Staread
星文文化

牵引

Holding Your Hands

上

六盲星 著

长江出版社

目　　录

CHAPTER 1
他看不见了　　001

CHAPTER 2
最好的朋友　　026

CHAPTER 3
别再装凶了　　052

CHAPTER 4
我会保护你　　080

CHAPTER 5
让你看看我　　105

CONTENTS

CHAPTER 6
你不是拖累　　131

CHAPTER 7
变故与遗失　　159

CHAPTER 8
你能看见了　　184

CHAPTER 9
不只是朋友　　206

CHAPTER 10
原谅我一点　　230

「我就这一个愿望。」林清乐对着蜡烛,认真地重复了一遍,「我要许汀白能看见我。」

希望,我专注于一点,老天就不会摇摆,也能听得更明白。

CHAPTER 1
他看不见了

高一上学期,林清乐从外地转学回来,跟着母亲回到了老家溪城。

这是她第三次转学了,这些年来,随着母亲工作地点的转移,她也跟着跑了几个城市。转学并不是一件值得高兴的事,前两次她都转得心不甘情不愿。

不过,这次不一样。

溪城这些年发展越发偏重南边,南边成了城中心,高楼林立,而北边这些老房子相较起来就成了矮破小。

林清乐家就在这堆矮破小里。

这块地方跟几年前比没什么大变化,她回家依然要经过一条老街味道浓郁的小路,依然要爬过堆着很多杂物的楼梯。从楼梯上去的时候,也依然会听到某间屋子里传出来的喋喋不休的唠叨声和麻将声。

其实,以前她是不喜欢走这条路的。但今天大概是因为心情好,她竟然觉得这一切都挺亲切。

"小清乐,下课了啊?"临到家楼下的时候,听到有人喊了她一声。林清乐抬头,看到对面二楼有一个女人倚靠在窗口。

女人穿着吊带的连衣裙,露出的手臂肉白花花的,有些松弛。

"梁姨。"林清乐站定,乖乖地唤了声。

"第一天上课，感觉怎么样啊？"那女人问道。

"还行的。"

"那就好。哎呀你这孩子可越长越水灵了，比以前更可爱嘞。"女人居高临下，又打量了她好几眼，"哎，这次回来可不走了吧？"

林清乐点头："妈妈说不走了。"

"不走好，不走好，咱溪城多好啊。"女人笑着道，"你看李家那小姑娘，在外头读了几年书混了几年班，还不是灰溜溜地回来了，嫁得还不错呢，读得好不如嫁得好啊！我跟你说呀，那大城市的人都精着呢，我瞧着就不如咱这边。哦，你还记得李家那姑娘吗，就以前那个常穿黄裙子的，比你大好多岁……"

"梁姨，我妈还等我吃饭。"林清乐打断了她。

滔滔不绝的女人顿了下，脸上带着没说尽兴的遗憾："哦哦好好，那你快回家吧。"

林清乐"嗯"了声，转头便上了楼。

而二楼女人的视线一直尾随着林清乐，直到看不见她的身影，才漫不经心地露出一个同情的表情来："唉，真是造孽啊……"

林清乐家就在这栋楼的三层，推门进去后，一地凌乱。因为刚搬回来，很多东西都还没来得及收拾。

"回来了，快吃饭吧。"母亲林雨芬拿掉围裙，从小厨房里出来。

林清乐把书包放下，坐到了餐桌边。

"别听那些人胡说八道。"

林清乐拿着筷子的动作一顿，不解地抬眸。

林雨芬说："大城市就是好，你一定得考到大城市去。她们懂什么，李家那丫头混不下去是因为她读的本来也不是什么好学校，那是她自己能力问题。你啊，不能跟她们比，你要上最好的学校，以后也一定要在大城市里混出前途。你专心读书，读书最有用了。"

"读书论"林清乐从小到大听了不下百遍，她吃了口小青菜，乖巧地"嗯"了一声。

"对了，今天第一天上课，感觉怎么样，跟得上吗？"

"可以的。"

"不懂的你要记得多问问老师啊。"

"知道了，妈。"

九月的天十分闷热，这一年，林清乐家里还没有那个闲钱装空调。

"大早上的洗什么澡，小心迟到了。"林清乐从浴室出来的时候，林雨芬已经准备去厂里上班了。她上班的地方有些远，坐公交车单程就要一个小时。

林清乐皱了下鼻子："妈，昨天好热，我都流汗了。"

"让你开窗睡，开了吗？"

"会有蚊子。"

"啧，晚上回来我去买蚊香。"林雨芬急急穿了鞋，"你动作快点，早餐自己买来吃。"

"好。"

时间其实还不紧，林清乐穿上校服，拿上书包，磨蹭了半个小时才出门。

从家里出来的那个路口有个早餐摊，林清乐买了个奶黄包，一边吃一边往学校方向走。

"给！"

突然，边上出现了一瓶牛奶。

林清乐顺着拿牛奶的那只手往后看，看到一个短发的女孩子，单眼皮，眼睛略狭长，带着股英气。

"你不会不知道我是谁吧？"短发女孩见她不说话，眼睛瞪大了些，"我是你同班同学，唔，坐你前面的前面。"

林清乐想了两秒，脑子里依然没有关于这个人的印象："不好意思啊，我还记不全班里的人。"

"昨天还是我给你领的书呢，这就忘啦！"蒋书艺虽然这么说，但显然也没计较，"我是咱们班班长，我叫蒋书艺。"

这么一说林清乐倒是有点印象了，昨天确实是班里的同学帮她领的新书。

"啊……昨天谢谢你了。"

林清乐长了一双桃花眼,照理说会是明艳的长相,但她留着齐刘海,皮肤白白的,脸圆圆的,中和了那股子明媚的气息,看着很乖很温顺。

她认认真真说谢谢的时候,还让人觉得有种纯纯的可爱。

蒋书艺盯着她看了几秒,内心莫名其妙生出了点保护欲。

"怎么了?"林清乐问。

蒋书艺回神,嘿嘿一笑:"没事没事,那个,我之前在办公室看过你的资料,你小学是在三小读的啊,我是五小的,咱们以前小学只隔了三条街。"

"是吗?"

蒋书艺把牛奶往她手上推了推:"对啊。给,你喝。"

林清乐没接牛奶,有些抱歉道:"谢谢,我不喝纯奶。"

"啊?"

"从小就不喜欢。"

"那下回给你买果汁吧。"蒋书艺说,"我家跟你家蛮近的,咱们现在都同班了,以后一起回家呗。新同学,我多多关照你啊。"

林清乐看了她一眼,低低道:"好啊。"

林清乐家离四中不远,走路的话十多分钟就能到。

四中是这座小城市里最好的一所高中,林清乐是因为优异的成绩才能转进来的。

"这学期我们班第一个值周。"两人从校门口进来的时候,蒋书艺跟边上站着值周的同班同学打了一圈招呼。

林清乐跟同班同学还不熟,所以只是看着。

"怎么样,帅的吧?"走过校门的检查队伍后,蒋书艺突然凑到她耳边说。

"什么?"

"就我最后打招呼的那个,郁嘉佑。"

林清乐随着蒋书艺示意的方向回头看了眼,校门边站着两排人,那其中,确实有一个高挑的身影最为出众。

"唔……好像是。"

"什么叫好像是，那可是我们学校校草，我们班的荣耀人物呢！"

"校草？"

"对啊。"蒋书艺得意地笑着说，仿佛校草出自自己班是件十分长脸的事，"这可是我们学校全体女生一起投出来的，票数是压倒性的高。"

早自修铃声开始响了，路上还在走着的学生都加快了步伐，林清乐犹豫了下，停下脚步。她看着蒋书艺的背影，尽量让自己的问题听起来只是随口，只是不经意。

"那……许汀白呢？"

"嗯？"蒋书艺回过头，眼里带着点茫然。

林清乐愣了一下，心里冒出一丝紧张的情绪。

难道，他不在这学校？

"你刚才说许汀白？是你们三小的那个许汀白吗？"

"嗯。"

蒋书艺反应过来了，她脸上带着些许怪异，说："他不在我们学校。"

林清乐心里一沉："他搬走了吗？"

林清乐认定，以许汀白的成绩，但凡还在这个地方，就一定会在最好的高中。

蒋书艺退了两步走到她边上，神秘道："你不知道吗？"

知道什么？

她小学毕业后就转学了，一直没能再回到这个地方。直到今年，她才因母亲工作调动回到这里。她对这个地方的记忆空白了三年，对那个人，自然也空白了这么久。

"他看不见了。"

铃声还在响，穿过走廊，在整座学院里来回飘荡。

林清乐微微歪了歪脑袋，显然不解："什么？"

蒋书艺的语气带着些许唏嘘，小声道："哎呀，就是变成一个瞎子的意思嘛。"

林清乐想过很多许汀白再次见到她时的场景。可能是很高兴的，那个长相出众、阳光温暖的男孩会笑着看着她，说"你竟然回来了"。

　　也可能是有些疏离的，毕竟好几年没联系，是人都会陌生。但再陌生，她想他那样的人，应该也会说句好久不见，不至于让人觉得尴尬。

　　很多很多……总之回来前，她总在脑子里幻想见面的场景，心里隐隐带着欣喜和激动。

　　但她从来没想过，许汀白会看不见她。

　　这么荒谬。

　　"小姑娘，岳潜路路口到了。"前排的出租车司机道。

　　"谢谢师傅。"林清乐给了钱，很快下车。

　　现在是下午下课后到晚自习开始前的那段休息时间，她用晚饭的钱直接打车到了从蒋书艺那里听来的，许汀白现在住的地方。

　　眼前是一片老旧楼房和小巷，在溪城老城区。

　　竟然离她家不远。

　　可印象中，那个少年家境非常殷实……

　　林清乐皱了皱眉，沿着小巷往里走。

　　小巷横七竖八，上坡下坡错综复杂。蒋书艺不知道他具体住哪儿，所以也没办法告诉她精确的位置。再加上路上没看见路人，林清乐只能漫无目的地绕圈。

　　其实，她不知道就算今天见到了许汀白自己要说什么，更不知道自己急不可耐地一下课就跑出来打车是不是合适。

　　如果不是今天听到蒋书艺口中的那些消息，她会在学校里等个"有缘"的偶遇，如果他一时认不出她的话，她就追上去拍他的肩膀，然后笑着跟他说，好久不见啊。

　　可蒋书艺却说他瞎了，这让她没法冷静地等那个偶遇。

　　时间一分一秒地过去。

　　林清乐停下来，靠在小巷的墙边。她看了眼手表，晚自习时间快到了，她得走了。

　　大概，今天她是见不到许汀白了。

林清乐沮丧地叹了口气，转身往来处走去。就在她转头准备离开的时候，身后突然响起了脚步声。不快，一步一步，带着一丝不易察觉的犹豫。

像是突然有了什么感应似的，林清乐立刻回了头。

于是，她看到他从拐角处走了过来。

纯黑的T恤，简单的黑裤。比起年幼的许汀白，少年许汀白身高拔长得有些夸张，身型也跟以前完全不一样了。

可她一眼就认出了他。

一时间，心口涌来的是无尽的欣喜。

但触及他的眉目时，欣喜像被扯住了，一下又被拉回了心脏。

眉眼是他，可好像也不是他了。

记忆中阳光温柔的瞳眸，此时平静漠然到激不起一丝火花，代替的是触目惊心的空洞。

听到是一回事，亲眼见到就是另外一回事了。

林清乐静默地看着他，只觉半边身体都凉了。以至于他从她身边走过的时候，她一声也发不出来。

只能感觉到他走过时带着轻飘飘的一阵风，带着小巷特有的阴冷。

许汀白路过了，真的看不见她。

夏日的夜晚来得比较迟，小巷还未暗下来。

林清乐放轻了脚步，在距离他几米处安静地跟着。方才那一瞬间的惊心让她脑子里一片混乱，压根不知道怎么叫住他，她怀疑自己都快要跟到他家了。

"跟够了吗？"不远处的人突然停了下来，他没有回头，声音极冷。

林清乐愣了下，第一反应是往周围看了看，等意识到现在这条路上只有他们两个人的时候，她才确定这句话是对她说的。

林清乐轻吸了一口气，终于小跑了两步到他边上。

"你知道啊……"她摸了下鼻子，声音低低的，有些小尴尬。

许汀白微微侧了下头，但他不是在看她，他的眼里是失了焦的。

"又想做什么？"

"嗯？"

许汀白眉头轻拧,嫌恶和排斥溢于言表。

林清乐微怔,她从未看过他这种表情,她意识到,他可能是认错人了。

她着急解释:"不是,我……我没想做什么。我是……"

"那就滚远点。"

"……"

过往她最喜欢的,笑得温柔好看的那张脸,此刻不复存在。

恶言之后,少年继续往前走。

背影清瘦冷寂,拒人千里之外。

林清乐呆愣在原地,本就一团乱的心更是烦闷。

蒋书艺口中那个她陌生的许汀白,是真的。

这个认知让她难受得无以复加。

"许汀白!"她回过神,轻而易举地追上了他,拉住了他的衣摆。

"没完了是吗?"他语气冷得让人却步。

林清乐摇了摇头,可想到他看不见,又立刻开口道:"不是,你认错了。我……我是林清乐。"

眼前的人面无表情,没有反应。

林清乐勉强笑了下,问道:"你还记得我吗,小学的时候我们是同桌,我们……"

"不记得。"

"……啊?"

"放手。"

许汀白很聪明,林清乐从小就觉得他是她见过的最聪明的人。所以他说不记得她,她一点都不信,可是他冷着脸把她的手拉开也是事实。

教室的风扇徐徐转动着,书本上数学公式错综复杂,乏味枯燥。

最后一节晚自习的下课铃响起的时候,林清乐的笔尖停在了某个公式边,拉出了一条长线。

"清乐,走啊,一起回家。"蒋书艺抬手招呼道。

"嗯。"林清乐合上书,把书收进了书包里。

两人出了教室,一同往校门口走。

"书艺！要不要去吃夜宵？"班上一个女生从后面跑了上来。

蒋书艺晃了晃手指："不吃，最近我胖了超多，戒夜宵了！"

女生闻言抬了下自己的腿："我最近腿也粗了好多。"

"那你还吃。"

女生皱眉，可怜兮兮道："这不是学习太勤奋饿的嘛，算了算了，你不吃那我也不吃了。"说完，女生看向蒋书艺边上的林清乐。

她对这个新同学挺好奇，应该说，班上的人或多或少都对她挺好奇，因为新来的同学长得好看，而且听班主任说过，她的成绩还很好。

"嗨，你好啊新同学，我叫于亭亭。"

林清乐心不在焉，但还是礼貌地打了个招呼："你好。"

蒋书艺："清乐，她是我们班的文艺委员，以前也是五小的，不过估计你也不认识。"

于亭亭："那可不一定，我小学那会儿逢艺术节必参加，这么知名，其他学校也有人认识我的。"

"得了吧你，我那会儿都不认识你。"

"那是你记忆力不行！"

"嘿你这人……"

"……"

边上两人叽叽喳喳吵了起来，但林清乐一个字也没听进去，她一个晚上，脑子里只是重复出现着那个少年的眼睛。

"他的眼睛还能好吗？"她喃喃说了声。

"什么？"蒋书艺回头看她。

林清乐这才意识到自己想入神了，心里想的竟说了出来："啊？没什么。"

"你是在说许汀白？"

林清乐今天从蒋书艺那里问了好些许汀白的事，所以蒋书艺很容易就能联系起来，她意味深长地道："你好像特别好奇他的事。"

林清乐微微低眸："我们……以前同班。"

"这样，那对许汀白变成这样好奇也正常。"

"谁谁？许汀白啊。"于亭亭凑了过来，"他怎么了？"

蒋书艺:"没什么,清乐小学跟他是同班同学,问了两句,有点感慨吧。"

于亭亭"噢"了声:"要换我我也感慨,当初他家多好啊,谁知道能反转成这样……我还记得当年他家出事那会儿,还引起咱们这地方不小的轰动呢,又是破产又是车祸。哎对了,许汀白的眼睛不就是因为那场车祸瞎的嘛。唉,真可惜,我还记得小学那会儿,我们学校很多人都喜欢跟他一起玩呢。"

时间慢慢过去后,当年许家的事也被人说烂了,到了这会儿甚至都挤不进众人茶余饭后的谈资里。

现在说起许家那个天之骄子许汀白的遭遇,众人可能也就是象征性地感慨一下,然后轻描淡写地略过,挑自己最关注的点八卦。

"什么,你们也太夸张了吧?都不在一个学校,还特意跑过去找他玩啊。"蒋书艺笑道。

于亭亭不以为意:"那怎么了,他人长那么帅成绩还那么好,当然受欢迎了。"

"啧啧啧,不得了啊于亭亭,你还这么关注隔壁学校的人呢……"

"哎打住打住,我就是说我当年,想当年你懂吧。"于亭亭语气里带着急于撇清的嫌弃,也带着高高在上的惋惜,"可是现在他算是废了啊……谁会想要和一个瞎子一起玩。"

林清乐脚步一滞,看了于亭亭一眼。

那一瞬间,从今天见过许汀白后就存在的那股子郁结不可遏制地涌了上来,压都压不住。

"他也不想这样。"

于亭亭和蒋书艺一顿,一齐看向突然说话的林清乐。

后者定定地看着于亭亭,分明是乖巧无害的长相,可这会儿看着却莫名凌厉,她重复道:"他也不想这样。而且,他的人生废不废不是你说了算。"

"……"

林清乐说完便离开了。

于亭亭怔怔地看着林清乐的背影,好半天才道:"她什么意思?"

蒋书艺皱眉:"你别乱说话了。"

于亭亭嘴唇轻噘，委屈道："我说错什么了吗……"

回到家后，林清乐依然心情低落。她没有再看书，洗了澡后直接上了床。

具体许家发生了什么蒋书艺也不知道，她只能告诉她，许家三年前破产了，也是同年，许汀白因为车祸受了重伤，眼睛就看不见了。

那么那一年，她在做什么呢？

林清乐看着天花板，回忆起自己三年前，那年她跟着母亲去了另一座城市，读了初一……所以，是她转学后不久他家就出事了。

林清乐烦闷地转了个身，突然想，要是那年她没有转学就好了。

至少……可以陪他一下。

就像很多年前，稚嫩的小男孩在哭得崩溃的她面前蹲下，笑着塞给她一颗糖一样。

"一切都会变好的，相信我。"

没有人知道，曾经他的一句话，支撑了她的整个童年。

这次回到溪城，母亲林雨芬的目的是工作和给女儿一个好的学习环境。而林清乐的目的除了稳定学习外，还有一个许汀白。

这三年她在外地都有好好学习，她一直想着，只有这样，再回来时才能跟他上同一个学校。到时候，她也能骄傲地告诉他，她学习还不错，不再是小时候那个老是要他重复教的小学渣了。

可谁能料到，她如愿去了这里最好的高中，他却不在。

这个周末，林清乐又去了岳潜路路口。

"小姑娘，吃不吃米线呀，十年老店，味道一绝。"岳潜路路口孤零零地摆着一个小摊，摊主五十多岁的模样，热情地招呼着。

林清乐在摊子前站定，有些后悔那天没有继续跟着许汀白，导致她现在来了也还是不知道他家在哪里。

"小姑娘，要不要来一碗？"

林清乐看向锅里热腾腾的汤："大叔，您在这里摆了十年的摊？"

"是啊，你可别不信，虽然我没有门店，但知名度绝对有的，你随便去附近问问，谁不知道我老杨头家的米线。"

林清乐："那……给我来一碗。"

"得嘞,打包还是在这儿吃?"

"在这儿吃吧。"

"行。"

米线下锅。

林清乐没去边上摆着的椅子上坐下,而是站在摊前问道:"大叔,我想问一下,你认识住在这里的,一个叫许汀白的人吗?"

米线大叔看了她一眼:"小姑娘,你也来找那小子啊。"

"也?还有别人找他?"

米线大叔:"现在是没有了,不过以前他们家刚搬来的时候蛮多的,还都是小姑娘。"

"……哦。"

"那小子啊,长得招小姑娘喜欢。"米线大叔说罢又摇了摇头,"可惜眼睛瞎了,现在的小姑娘哪会真的跟一个瞎子一起玩呢。"

林清乐沉默片刻:"他家住哪儿,您方便告诉我吗?"

"他家啊……"米线大叔微一抬眸,突然道,"哎哎,这不是来了吗,我不好说,你直接问他吧。"

林清乐顺着米线大叔视线的方向看去,竟真见许汀白从不远处走来。

他今天依然穿了一身黑,还戴着个黑帽子,眼睛隐在帽檐下的那片阴影里,看不清楚。

大概是很熟悉这一带的路,他走得并不算慢。右手执盲杖探路,身型消瘦,但身姿笔直。

"来了啊。"米线大叔似乎是掐了点,在许汀白过来的时候,变戏法似的在摊子下面拿出打包完毕的米线,递到他手里。

"谢谢。"因为眼神空洞无焦,许汀白整个人看上去越发冷漠。拿完米线后,他转身往巷子里走去。

"小姑娘,人都走了你怎么不问?你……"

"大叔,我的也打包吧!"

"啊？噢，行行。"

林清乐提上打包的米线后，许汀白已经走出一段距离了。她小跑几步跟上，这次丝毫没犹豫，一下子扯住他的衣角。

动作被阻，许汀白眉头浅浅一皱："谁？"

林清乐看着他，小声道："我，林清乐。"

许汀白眉头微微一动，声线依然又沉又冷："放开。"

林清乐松了手。

她有点怕他现在这个样子，可又一点也不想退缩，她抿了抿唇，鼓起勇气道："好巧啊，又在这儿碰到你，我……是来买米线的。"

许汀白沉默以对，几秒后，盲杖动了，他只管往前走。

"听说这家米线很好吃，我还是第一次吃。"林清乐跟上。

"……"

"那大叔说他摆摊十几年，真的吗？"

他依然没说话，仿佛身边只是一团空气。

林清乐看着他的眼睛，心里难受。可她还算不笨，不会在这个时候开口问。

她现在想的只是跟他说两句话，保持轻松的氛围，不让他觉得她哪里变了。

"许汀白，这面冷了好像不好吃……我家离这里十几分钟，回到家应该凉了，你家在哪儿？我……我能不能去你家一起吃？"

小学那几年当同桌的时候，他经常邀她去他家吃饭。那时她胆怯不敢去，他却坚持又热情，还说她长得小小的，得多吃点。

过往每次都是他让她去的，这还是第一次，她厚着脸皮，自己说想去他家吃饭。

她话音刚落，许汀白握着盲杖的手也猝然收紧，他停住了脚步。

林清乐也跟着停了下来。

"我们很熟吗？"执盲杖的少年开口，语速缓缓，声音里带着讥讽。

可林清乐却恍若未闻。

她仰头看着他，默了两秒，肯定道："是啊，我们是朋友！"

随着长大，随着时间的推移，过往很多回忆其实都会慢慢淡化。

但林清乐觉得很奇怪，关于许汀白的事，甚至他跟自己说过的每一句话，她都能清清楚楚地记在脑子里。

小时候因为家里的缘故，她沉默寡言，总待在角落里。那时，很多小男生总是口无遮拦地嘲笑她有那样的父亲，变着花样地欺负她。

有一次她又被堵在操场，是许汀白发现，把那些欺负她的人赶走。

但那会儿她的眼泪还是无声地掉了下来，小小的他很有大人模样，给她擦眼泪，说了很多好听的话来哄她。

后来她止了哭，奇怪地问他为什么所有人都不喜欢她，他却还要帮她。

他说，他们是同桌，是朋友，所以他肯定会帮的。

后来她就记住了，许汀白是朋友，也是个很好的人。

"朋友？少胡说八道。"

可是……长大后的许汀白不承认了。

"但你说过的……"

眼前的人脸色又阴了些。

林清乐低眸，继续说："不管你怎么想，反正我记得。当年我转学后，有用你给我的号码给你打过电话，但打不通，我以为，你写错号码了……现在我才知道，原来是你家出了事，那你这些年……"

"说够了吗？"许汀白打断她，"你现在可以走了。"

"可是我……"

"别再跟着我！"他眉间躁意顿现，明显不耐烦了。

林清乐没他的允许，也不敢再继续往前跟了。她站在原处，看着有些消瘦的少年越走越远，最后消失在小巷的某个拐角处。

她只能又回到米线摊。

米线大叔看到她提着完整的一袋米线出来，丝毫没有意外。

"小姑娘，还是坐这儿吃吧。"

林清乐"嗯"了声，在小桌子边坐了下来。

米线大叔看她低着头沉默的样子，大概率猜到她肯定是在许汀白那里碰钉子了，他安抚道："小姑娘，那小子性子奇怪，说话也不好听，你可别太在意。"

米线大叔记得从前还看过一个女孩集爱心送来了钱,最后又拿着钱哭着走了。还有一个送了吃的过来,最后也是气冲冲地离开……反正每个来的,走的时候都没有好脸色。

而现在这个小姑娘看着柔柔弱弱的,估计更禁不住许汀白那小子的冷脸。

米线大叔见林清乐依旧不吭声,还想再安慰几句,然而他刚准备开口,就看到坐在小板凳上的小姑娘抬眸看了过来。

她眼里一片清明,丝毫没有被骂之后生气的痕迹。

"不会,他性子一点都不奇怪,他很好的。"

"啊?"

林清乐放下筷子,问道:"大叔,你能不能告诉我,他基本上什么时候出门啊。"

"怎么……"

林清乐低眸看着已经有些凉了的米线,认真道:"我想下次再问问他,能不能去他家吃面。"

林清乐今天这趟不是白来,她在卖米线的大叔这里得到了一些关于许汀白的信息,是蒋书艺她们都不知道的。

米线大叔说,许汀白刚搬到这边的时候,根本就不出门。直到去年年末,他才被他父亲安排到了附近一所特殊人群就读的学校。

他父亲是怎么说服他去上盲人学校的米线大叔不清楚,但是他说,他大概知道许汀白父亲的意图。

那所特殊学校赶上政府资助,完全不需要学费。免学费就相当于有人免费看护啊,这对于许汀白父亲来说绝对是件好事。

而自打许汀白愿意去上学后,他父亲就很少在家了,具体去了哪里他们这些邻居不清楚,住在这儿的都是有难处的人,哪里还能顾得上别人。

至于他母亲,据说因为以前公司出的事,现在都还在牢里。

除了这些以外,米线大叔还告诉了林清乐她最想知道的事,那就是许汀白所在的那所特教学校的上课时间。特教学校跟正常学校不一样,一周只上四天课,休息时间是周日、周一和周二。

这对林清乐来说算好事,因为周六她有空,可以等他下课的时候再"偶遇"他一次。

林清乐很想知道他到底发生了什么,也很想接近他、帮助他。

像他以前对她那样。

所以之后的一个多月里,她每逢周六就踩着点跑到小摊这边,等他回来。

但许汀白还是不理她,有时候她鼓着勇气多说一些话,他还会生气,就更别说让她去他家里吃饭了。

不过林清乐一点都不介意,因为她了解他原本什么样,也觉得自己能理解他。

他不是故意生气也不是故意那么凶的,她知道,他只是被这个世界折磨了。

看不见的许汀白肯定需要别人陪。

就像很久以前,她缩在角落里生人勿近,但其实也很想别人跟她一起玩一样。

又是一个周六。

这天,林清乐中午去了趟图书馆,临近下午五点的时候,她收拾好书包,掐着点到了岳潜路。

今天米线大叔没出摊,林清乐在路口等了一会儿,看到许汀白过来了。大概米线大叔跟他说过了,所以今天他没有停留,径直往巷子里走。

"我今天在图书馆写作业,他们那儿开了空调,特别冷……我手都是冰的。"经过一个多月多次的"偶遇",她现在对着许汀白胆子大了许多,开场白都敢是长句了。

许汀白脚步微微一顿:"我说了,你……"

"放心,今天没要去你家吃米线!"林清乐急急道,"今天杨叔没出摊,我什么都没买。"

许汀白的话被噎了回去,咬了下后槽牙。

林清乐看着他的神色,说:"我也不会跟着你到你家的,我说话算话,你没同意我就不去。嗯……我就跟你走一段就行,帮你拿一下蛋糕。"

这段日子,林清乐几乎都会在这个时间段出现,她总是说一些没用的话,这让许汀白已经从一开始的生气恼火变成了现在的麻木。

他不愿意见到过去的任何人,人声鼎沸会消失,人情冷暖会显现。

命运骤变带来的一切,他都受够了。

他被捆在无边无际的黑暗里,不再指望谁可以救他。

他冷笑一声:"帮我?我有什么蛋糕?"

林清乐赶紧把自己手上在图书馆附近买的蛋糕往前递了递——她省了三周的早餐钱,买了个小尺寸的。

"我刚才买的,给你吃!"

许汀白唇角微绷:"没兴趣。"

"这是你最喜欢的香草味。"林清乐稍微打开了一点,把蛋糕拿高,离他近一些。

很浓郁的香草味,卷着细腻的奶油味,不客气地往人鼻子里钻。

"你以前从家里给我带过,你说这个口味是你最喜欢的,我现在也最喜欢。"

即使他什么都看不见,也能感受到眼前这个女孩是带着笑说的。

他被迫回忆起她的笑,他记得这个叫林清乐的女孩,也记得她个子小小的,笑起来眼睛弯弯的。

可是,他排斥这种记忆。

"那个,你的口味没变吧?"

所以他不想要她靠近他。

"许汀白?"

真的不想要……

"你不喜欢吗?"

"不喜欢!"许汀白突然抬手一挥。

他的手正好打在女孩的手腕上,那个被捧着的蛋糕盒整个摔了出去,掉在地上发出闷响。

林清乐微怔,看向倒扣在地上的蛋糕盒。

"林清乐,你觉得你现在是在给一个残障人士送温暖吗?"许汀白对着她，面目狰狞，他用极尽恶劣的语气嘲讽道，"少在那里自我感动，我不需要你跑这里来，我跟你也没有很熟！你装什么好心？做这些又要给谁看？"

"做给你看啊。"林清乐低声接道。

许汀白一顿。

林清乐收回手，感到手腕微微发麻，她抬眸看着他，突然问："许汀白，你是不是在学我？"

"……什么？"

"我以前也丢过你送给我的蛋糕。"林清乐有些委屈道，"你是不是在报复我啊。"

小学时，林清乐转学到溪城的三小上学，当时许汀白是班长，老师安排了他和新来的她同桌。

因为她父亲的原因，那时其他人都不跟她玩，也都取笑她，只有许汀白还从家里带了蛋糕给她。

可那时林清乐浑身是刺，沉默敏感的她以为他是在嘲讽自己吃不起蛋糕，故意用这个来戏耍她。所以在他把蛋糕递过来的时候，她用力地把小蛋糕推翻了，就翻在他们两个座位下的地上。

后来，是许汀白一个人把残局收拾干净的。

他一点都没有生气，甚至上课前还问她，是不是因为不喜欢香草味……

许汀白显然也是想到了过去的那件事，狰狞的表情凝住，喉间像被堵塞了似的。

"那就当你是在报复我。"林清乐轻笑了下，"一报还一报，那我们扯平了。至于蛋糕，你不喜欢我以后不买了。"

"……"

"但是你说得不对，我没有装好心，也不是演戏不是给你送温暖。"林清乐犹豫了一下，低低道，"我只是想见你，我回来不久，认识了一些同学，也有了几个朋友。但是我觉得……我还是最喜欢你这个朋友了。"

林清乐走了。

她走的时候是什么表情许汀白不知道,但她的话却和空气中残留着的香草味一样,细细密密地朝他压过来。

最喜欢?

还有人会想和他做朋友……

可笑……

"小白,你干吗站在这儿,怎么了?"不知站了多久,身边响起一个年迈的声音。

许汀白回过神,听出是住他家楼下的姜婆。

"没怎么。"许汀白摇头,抬脚往前走。

"哎等等,这什么?蛋糕啊,小白,是你的吗?"

香草味顿时浓郁了,是姜婆把那盒子捡起递了过来。

许汀白停顿了下:"不是。"

"哎呀,那是谁丢的?这还能吃的吧,只是里面形状摔得不好了。"

许汀白目光空洞地看着姜婆的方向,许是被那人影响了,这瞬间,他脑子里出现了从前他带着蛋糕去学校的样子。

他握紧了盲杖,几乎瞬间就因为回忆里自己的模样感到窒息:"丢了吧姜婆……蛋糕坏了。"

"啊,是吗……"

许汀白没有吃自己带的蛋糕,这让林清乐郁闷了两三天,不过她郁闷的不是许汀白的态度,而只是蛋糕。因为蛋糕很贵,一口都没吃真的很可惜。

这天是周三,林清乐早起出了门。

"清乐,等等我!"蒋书艺急急地在路口买了早餐,追上了林清乐。

林清乐:"早。"

"早啊。"蒋书艺看了她一眼,"对了清乐,你是不是还在生于亭亭的气啊?"

"什么?"

"我看你这段时间好像不是很想跟她说话的样子,是因为那次她说了许汀白吗?"

林清乐咬了口奶黄包,并不否认:"我不喜欢她那样子说。"

"……是啊,她说的话确实是过分了点,不过你放心,我已经帮你说过她了,她也知道自己说得不合适了。"蒋书艺道,"这不,她还让我跟你道歉。"

"跟我道什么歉……"林清乐摇摇头,"要道歉也是跟许汀白。"

"也是。"蒋书艺想了想,问道,"你以前上学那会儿,跟许汀白关系挺好的吧。"

"算是吧……"虽然,那人现在不承认了。

"难怪啊。"

林清乐在班级里人缘还不错,因为她成绩好,看着又乖巧可人,班上很多同学都喜欢找她问问题。

这天下午,她给前桌讲了一道数学题后,和蒋书艺一同去往食堂吃晚饭。

"你们等我一下啦!"临近食堂的时候,于亭亭跑了过来,"走得可真快,我追了好半天。"

蒋书艺:"你怎么来了,不是说去外面吃面吗?"

"就突然想吃饭了嘛。"于亭亭瞄了眼林清乐,求和意味明显,"今天我请你们吃吧。"

蒋书艺:"干吗啊,什么好日子?"

"没什么,就……"于亭亭挽上林清乐的手,"我就来赔罪嘛,清乐你别不高兴了,我以后不那么说话了,我知道错了。"

突然有人跟自己这么赔罪,林清乐有些不自在。

"走走走,我请你吃东西,你随便挑啊。"

林清乐:"不用……我没不高兴了。"

"不管啊,今天你们吃的都算我的,走啦走啦——"

于亭亭硬生生将她拖进了食堂。

于亭亭的热情不容拒绝,进了食堂后,林清乐只好跟着她们,寻了位置坐下来。

"坤哥，戴容真的是眼神不好，你说这么好的你在她面前站着，她怎么就非看那瞎子不可呢！"

"就是啊，姓许的有什么好的。"

"哎……上次我偷偷跟着戴容，果然见她去找许汀白那小子，还给他带了很多东西，看起来关系很好的样子。你们说，她到底是怎么想的？"

隔壁桌坐着几个男生，几人一边吃饭一边聊天，原本也没什么，但后来竟然提及"许汀白"这个名字。

林清乐不动声色地看了过去。

"你说能怎么想！戴容就是心地善良，发发慈悲而已，会不会说话！"

"也是哈，那就一瞎子。"

"行了行了，别提他了，烦。"

被叫作坤哥的男生一脸怒气，拿起餐盘离开了座位。其余几个人看他吃完了，连忙也塞了两口，之后跟了出去。

林清乐的视线从那群男生那儿收了回来。

蒋书艺看了林清乐一眼，道："那男的是高二的，叫章易坤，全校都知道他对燕戴容十分关注。"

——戴容每次给他送的东西他都会收下。

林清乐撮了撮饭，念及这句话，有些郁闷，他可是把她的蛋糕丢了的。

"燕戴容是谁啊？"

于亭亭："五班的，她是郁嘉佑的表妹，长得嘛……还行。"

蒋书艺："别还行了，她可是咱校草的表妹，长得很不赖好吗，校花了都。"

"校花？谁给她评的？哪家组委会？"于亭亭轻哼了声，"我瞧着她就一般，还不如我呢！"

"你可得了吧……"

"那不如清乐！这总行吧！"

蒋书艺摸了摸下巴："虽然不同类型……但我赞同！"

"她跟许汀白那么熟吗？"林清乐问。

记忆中，她并不知道燕戴容这个人，想来这个人小学并不在三小读。

蒋书艺："许家还得势的时候两家人肯定走得蛮近，都是有钱人，有生意往来嘛，但许家出事之后应该没啥联系了……现在燕戴容跟许汀白还熟不熟，那我真不知道。"

于亭亭："你刚刚没听那个章易坤说吗，俩人走得很近。"

蒋书艺："那他们还说俩人之间有什么呢，可信？"

"好像不可信，燕戴容怎么可能和许汀白……"于亭亭说到这儿突然卡了下，连忙解释道，"啊，我的意思是以燕家的门户，不可能允许女儿……哎呀我就是觉得家庭背景不合适，我绝对没有贬低许汀白的意思哦，我发誓！"

林清乐抿了抿唇："别说了，吃饭吧。"

"……哦。"

岳潜路的小巷子林清乐这段时间已经走了好多遍，周六那天，她又习惯性地来到这里。

许汀白也准时回来了，林清乐跟在他后面，但没有打招呼。

走到平时的那个路口截止点时，她转身回去了。

她觉得自己有点生气，不是气他不理自己，也不是气他凶她，而是气他愿意接受别人的好意却不要她的。

小学的时候她便知道许汀白很受欢迎，人缘很好，但是他那会儿对她这个同桌更好，虽然对别人友善亲近，但从不会超过对她的分量。

现在……是不一样了。

回去后，林清乐郁闷了一个晚上，心里甚至都想着不要再去找他了。

然而第二天醒来，她又立刻鄙视了昨晚的自己。

许汀白现在这情况，有人愿意对他好也很不错啊。不管那人是谁，能让他接受总是好的。

于是闷气来得快去得也快，第二周周末，林清乐借口去书店找点资料，又从家里出来去了许汀白家附近。

她在巷口等了一会儿，看到许汀白走了过来。他今天没选择吃米线，而是直接往小巷里头去了。林清乐远远跟着，想着跟他说点什么好。

"可算等到你了啊，许汀白。"

拐过一个弯,林清乐突然看到远处多了几个人。

见许汀白过去,他们慢悠悠地走到他身边,挡住了他继续前进的路。

"听说你收了戴容的东西啊。"那个为首的蓝衣服男生往前走了一步,脸上隐隐带着怒气,"你有什么脸收她东西?"

许汀白跟他们一般高,但看起来清瘦很多。听到他们的话,他一脸漠然地想要绕开。

"你一臭瞎子拽什么呢!"蓝衣男生不满,用力朝他的盲杖上踢了下,盲杖脱手,顿时飞出了几米外!

许汀白顿住,眉宇间顿显戾气。

"拿了东西还不承认?说吧,东西都放哪儿了!"蓝衣男生看着许汀白这样子,气就不打一处来。不就是长得稍微好看了点吗?再好看也是一瞎子,凭什么让戴容给他送吃的送喝的。

他越想越气,拽住许汀白的衣领便往后一推!

"说啊,眼睛瞎了嘴巴也哑了吗!"

少年到底眼盲看不见,在旁人的用力推搡下,他狠狠地撞上身后的墙。身体和墙面撞击发出一声闷响,少年狼狈吃痛。

"不知道,让开!"他挥手反击,可蓝衣男生轻而易举地躲过他的攻击。

蓝衣男生嗤笑了声:"姓许的,你还以为自己是什么大少爷呢,你就一瞎子,能不能有点自知之明啊。好笑,还好意思找戴容?就你这样,给她提鞋……啊不,你还找不到鞋在哪儿吧?啊?"

"噗哈哈哈哈……"

恶心的笑声从四面八方传来,可他的眼前是黑的、是空的,根本找不出他们在哪儿。

什么都看不见,连反击都成了笑话!

许汀白脸色发白,毫无焦距的眼睛"看"着声音来源处,指尖扎得掌心生疼。

"你拿不拿出来?是找不到?找不到跟哥说啊,哥回家帮你找om。"蓝衣男生怪笑着,伸手又去拽他的衣领。

衣领揪紧,许汀白的脖子被衣服勒住,呼吸顿时困难。

他咬紧了牙,刚想去推眼前的人时,感觉喉咙一松,揪着他衣领的手竟然松开了。

"我喊人了!"

他先听到一个声音在他身前响起,紧接着,闻到一股淡淡的茉莉香。

鼻尖微痒,是头发,而那香味是从发丝上传来的。

他意识到有人站在他的身前,很近很近。

蓝衣男生的手突然被人拉开,也愣了下。他低眸,发现自己和许汀白之间钻进了一个女生,个头刚到他的下巴,她把许汀白护在身后,抬着眸,冷冷地看着他。

"这谁啊……"

快速跑过来的林清乐此时还有点小喘,她推了下蓝衣男生:"你离他远点!不然我现在就……就喊救命!"

蓝衣男生没防备,被推得后退了一步,他低眸看了眼自己的胸口,又不可思议地看向林清乐:"喊救命?小丫头片子,你还跟我动起手了?"

蓝衣男恶狠狠的,林清乐心里害怕,眼底却丝毫没有退意:"是你别动手动脚,一帮人欺负一个人,你算什么英雄……好汉。"

她实在不太会骂人,再加上长得娇俏可爱,语言就更加没有攻击力了。

"噗——还英雄好汉呢,老子喜欢当江洋大盗行不行?走开走开!"

林清乐没动。

"还不走?你让开啊!"蓝衣男生见她不肯动,伸手便要推她。林清乐瘦瘦小小的,在人高马大的男生面前简直像纸片人,随便一推便被摔在边上。

摔下去的时候她条件反射地用手去撑地,地面凹凸不平,小石子错落,瞬间掌心连着手臂的那片肉都蹭出了血丝。

然而此时她也顾不得这些,立刻爬起来站了回去,拔高的声音中带着一丝颤抖:"我知道你们是四中的!你!"

林清乐指着蓝衣男生身后的一个男生:"穿着校服还敢出来欺负人,生怕挨不了处分吗!"

"什么?坤……坤哥?"穿校服的男生有些着急地看向蓝衣男生。

蓝衣男生回头瞪了他一眼:"你周末穿什么校服!"

"……我这不是随便一套嘛!"

"你有病啊！"蓝衣男生骂完看向林清乐，冷静下来，"穿校服怎么了，你还能跑去举报啊。"

林清乐："那你试试，章易坤你敢让我试吗？我现在可以报警，然后就领警察去学校指认！反……反正你打了我是事实。"

女生个头小小的，可那副神情却莫名让人觉得信服，仿佛她铁定能做到似的。

章易坤没想到她竟然认识自己，皱眉道："我什么时候打你了？！"

林清乐举起自己的手："这也算。"

章易坤："……"

林清乐："还不走吗？看来是想等我去学校，找老师给你处分了！"

章易坤气得额头青筋暴起，瞪了她好一会儿才怒道："靠！我们走。"

到底还是四中的学生，有好前途、好成绩，即使在外面再坏再恶劣，也还是会怕自己被学校处理。

章易坤气冲冲地走了两步后，又不甘心地回头道："许汀白，识相点以后就别再靠近戴容！还有你！"他又指了下林清乐，"我记住你了，下次别让我再碰上！"

CHAPTER 2
最好的朋友

  杂乱的脚步声渐渐远去，林清乐松了口气，回头看向许汀白："你有受伤吗？刚刚撞到了吧，疼不疼？"
  许汀白嘴唇抿成一条线，没吭声。
  "你等等啊。"林清乐小跑着到不远处，把盲杖捡了回来，放到他掌心，"在这里。"
  她一手递过盲杖，一手轻搭住他的手掌，牵引着他握住。
  很软。
  他感觉到了她的手心，小小的，带着紧张过后的湿意。
  "你真的没有受伤吗？"她问。
  许汀白避开了她的手，不语，径直往前走。
  林清乐不放心地跟上："他们跟戴容……你跟戴容……"
  她突然不知道怎么问了，因为那好像是他的私事。她想了好一会儿后才道："他们是不是经常这样来找你啊？"
  "……不关你的事。"
  林清乐忽略他的话，直接道："反正他们以后要是还来，你记得喊边上住的人，别一声不吭。"
  "你为什么又来？"许汀白站住，咬着牙，"我说过很多遍了，你别再来。"

"是……是吧,但我今天就是来吃个米线。"

"……"

这借口用几遍了?天天过来吃米线,当他是智障吗?

林清乐:"那个,今天能去你家吗?"

许汀白几乎脱口而出:"不能去我家吃!"

"不是不是,你放心,不是要去你家吃!是我手伤了,真的!喏,你摸,有血。"林清乐生怕他不信,拉着他的手触碰自己的手臂,强忍着疼道,"你家有消毒药水吗?我想涂点再回家,不然我妈会担心的。"

"许汀白?行不行啊……"

她又来了,又拉着他。

而他的指腹也摸到了她手臂上被石子蹭过的不平整的皮肤和浅浅的湿意,这感觉有些怪异。

就跟她方才站在他身前护着他时,他闻到的清香一样。

不合时宜也不可理喻。

许汀白觉得自己有病。

像上次站在摔坏的蛋糕边上很久一样,突如其来的毛病。

不然他怎么会脑子一蒙,就点了头。

两人慢慢上了楼梯,许汀白听着边上轻微的呼吸声和脚步声,拿钥匙的动作慢了几分。

而整个过程林清乐都在压抑心里的喜悦,就连手上的伤都忘了疼,因为许汀白的同意让她觉得,他们总算能近一些了。

上楼的时候林清乐打量四周,许汀白家所在的这栋老楼在小巷深处。他家在顶楼八楼,走廊十分阴暗,大热天她都感觉到一股寒意。

她还记得小时候第一次去许汀白家,她愣了好久。当时,小小的她简直被他的住所惊呆了。那是栋很大很大的房子,独门独户,还带着一个阳光充沛的大花园。

那时的他像个小王子一样,礼貌绅士、不染尘埃,被很好地保护在城堡里。

回想起从前,林清乐的目光落在了眼前的背影上。

现在小王子没有了城堡,他摔在泥土里,一身狼狈。

但她不会因为他没有城堡而不理他的。林清乐想,不管怎么样,只要他是许汀白,那她就一定会像小时候他对待她那样,耐心又温柔地对他。

"你还是走吧,去诊所看看。"钥匙都已经插进钥匙孔了,许汀白突然道。

林清乐惊了下,慌张道:"可是我没有钱啊……"

许汀白:"……"

她见他犹豫了,小声说:"我们就不要浪费钱了好不好,自己涂一下药就行了,其实也不是特别严重。"

我们?怎么是我们了?

许汀白心里冷笑一声,但钥匙却下意识地扭了一下。

门被违心地打开了。

"消毒的红药水你放在哪里了?"因为开了门,林清乐的声音都欢快了几分。

许汀白沉默着走进屋子,把盲杖放在了固定的地方。

"坐着,我去拿。"

"哦。"

"你别乱动东西。"

"嗯!"

许汀白对家里的构造已经十分熟悉了,摸索着往卧室里走去。

林清乐也没坐,只是看着这个屋子。

许汀白住的地方有两个小卧室,还有一个餐厅和客厅,但说是客厅,其实也就有个小小的、破旧的沙发,沙发边上就是餐桌,其实两个区域是算作一体的。

这里很小,但好在有个阳台,光亮从阳台进来,让整个房子都敞亮了许多。

而且意外地还挺干净,她原本想着他父亲不在家,那他一个人看不见,很难收拾家里。

"林清乐。"

"在,我在呢!"

许汀白出来了,他手上拿着一个盒子,走到餐桌边上后,用手摸了下边沿,再把盒子放上去,略带不耐烦道:"自己拿。"

林清乐看了眼自己的手心,说:"我能不能先借用水龙头洗一下?我手上都是灰。"

"随便。"

"嗯。"

林清乐跑到厨房那边去洗手,许汀白站在原地没动,仿佛随时等着她上完药把她赶出门一样。

林清乐回头看了他一眼,这才又专心洗手。伤口碰到水刺痛得不行,她深吸了几口气,花了好一会儿才把伤口上的灰尘颗粒都清理掉。

回到餐桌边,林清乐在椅子上坐下,找出药箱里的红药水和棉签:"你家里好多消毒药和擦伤药。"

而且种类不一,装满了整个盒子。

许汀白漠然道:"速度快点,弄完就走。"

"……哦。"

如果说刚才用水冲很疼,那现在涂消毒红药水就是超级疼!

林清乐才用棉签碰了一下,就痛得倒吸了一口凉气:"啊……嘶……"

许汀白皱眉:"你叫什么,安静点。"

林清乐眼眶都红了:"太疼了……"

是真疼,他都能听到她声音里带着轻微的哭腔,软软糯糯,尾音像带着钩子。

许汀白微怔,语气生硬地道:"谁让你多管闲事。"

林清乐:"这哪叫闲事……"

"呵。"

许汀白不说话了。

林清乐哭唧唧地继续上药,她的伤口主要在右手,就那一片,很快就上完了。

她放下棉签,轻轻朝自己的手臂吹气,等痛感减少一点后,便抬眸看向许汀白。

他还执拗地站在边上等着她,不离开,但也不坐下。

太阳要下山了,外面的天色有些暗了下来。但因为那个敞亮的阳台,林清乐此刻能清晰地看见他的眼睛。

许汀白的瞳色很浅,因为看不见,无神的眼睛仿佛蒙上了一层雾。但是这一点都不影响他眼睛很美这个事实。

林清乐觉得他的眼睛比蒋书艺口中的校草郁嘉佑还漂亮,而且是那种一眼看过去完全移不开的漂亮。

"你好了没有?"大概是觉得时间有点长了,许汀白出了声。

林清乐没回答,只道:"你晚上吃什么?"

"不关你的事。"

又来了,许汀白还是不想跟她聊天。

但林清乐想,今天已经算是一个大大的进步了,她不能太着急。

"好吧,那我先走了,你记得吃晚饭。嗯……谢谢你让我用你的药水。"

林清乐说着起身,往门口走去。

走了几步后她突然又想起一件很重要的事,顿时又回过头——

许汀白想去关门,也跟着往门口的方向去,他看不见林清乐转身,所以径直迎了上去。

"唔……"

林清乐头回得猛了些,直接撞在他的胸口。

撞了一下没站稳,又弹了回去。许汀白顿了下,下意识地伸手扶了她,没想到她惊叫了一声。

"啊!!"

"?"

"手!"

他胡乱一抓,十分不凑巧地抓在她刚上了药的胳膊上!许汀白明白后立刻松开,恼怒道:"你干什么?"

林清乐委屈巴巴:"我不知道你离我这么近……"

许汀白深吸了一口气:"我看不见你也看不见吗?突然回头做什么!"

"我想起有件事要说。"

许汀白感觉到指腹因为抓了她的手臂有些潮湿,也不知道她涂了多少药水,或者说,她的伤口有多严重。

他皱着眉头,心里越发烦躁,下意识地道:"你这毛毛躁躁的毛病什么时候能改?"

林清乐先是愣了下,随即意识到这句话意味着什么,她嘴边顿时溢出了笑:"一个人的习惯不是那么容易改的啊。"

他果然还是记着他们从前一起学习、一起玩的日子的。

许汀白冷哼了声:"要说什么,说。"

林清乐:"是这样,我想问问你有没有手机。你给我个号码,以后联系会方便些。"

许汀白又寒了脸,他伸手去摸门,很快将门打开:"没有。"

这一年,智能机未普及,翻盖机还是潮流。

林雨芬因为在外工作时间长,所以咬咬牙买了个两百多的山寨机给林清乐,以便她不在家的时候联系用。

林清乐想,许汀白的父亲也经常不在家,那肯定是会给许汀白一部手机的。

林清乐:"我平时不会打电话给你,你放心,有事才会打的。"

许汀白:"说了没有,你出去。"

"……"

林清乐不情不愿地挪到门外。

许汀白站在门后,目光空洞。

"林清乐。"

她以为他改变主意想给她手机号了,眼睛顿时一亮:"嗯?"

许汀白:"不要再来,我不是你印象里的那个人。"

回家后,林清乐手上的伤很快就被林雨芬看见了。

"你这手怎么回事啊?"

林清乐:"刚在路上不小心摔了。"

"你多大了，走路还能摔？！"

"就撞上人摔了，我已经去附近诊所上过药了。"

"严重吗？你这要影响学习的你知道吧？也不小心点。"

林清乐低声反驳："伤了手又不是伤了脑袋，怎么影响学习……"

"你手这样还能写字？！"

"能，你放心吧。"林清乐心里有些小烦躁，快速扒了几口饭就窝进了自己的房间。

"啧，我才说几句你就不耐烦了？"林雨芬的声音从外面传来，"你这脾气是遗传了谁啊你。"

……好吵。

林清乐趴在床上，捂住了耳朵。

遗传谁呢？不是遗传你，那就是遗传了那个人啊。

手臂依旧刺痛，外面的人不再碎碎念后，林清乐才放下了手。她看了眼伤，想起了今天在许汀白家上药的情景。

"不要再来，我不是你印象里的那个人。"

她知道许汀白跟以前比有些不一样了，可不论是谁，遭遇了人生重大变故后，都不会跟原来一模一样，更何况在那三年里，他可能还经历了很多她不知道的很难过的事。

林清乐盯着伤口，良久后，语气执拗地自言自语道："你本质上还是那样，不然，你今天不会让我去你家。"

在学校的日子平静而忙碌，虽然只是高一，但林清乐丝毫不敢松懈，她不是天才型学生，她需要很努力才能保持好成绩。

这天周三，下午第二节是体育课。

这节体育课体测八百米，林清乐在第一组，蒋书艺在第二组。她跑完后，先去小卖部买水，顺道也给蒋书艺买了一瓶。

跑完八百米后口干舌燥，她刚走出小卖部就已经耐不住，拧开矿泉水瓶灌了几口。

"呼……"喝完后，整个人都舒服了，林清乐心满意足地拧上了盖子。

"哼，我就想着你这小丫头片子肯定是我们学校的，还想着费点时间找找呢，想不到我还没开始行动，你自己就出现在我面前了？"

就在这时，前方突然传来一个男声。

林清乐疑惑抬眸，只见某个有些眼熟的人朝自己走了过来。

她顿时捏紧了手中的矿泉水瓶。

那人竟是上次堵了许汀白的章易坤。

对于章易坤这个人，林清乐是有些害怕的。因为他在蒋书艺她们那儿的口碑很不好，如果被他缠上，以他在学校里的作风，肯定得明里暗里给她使很多绊子。

所以此时见到章易坤，林清乐的第一个念头就是视而不见，赶紧走。

"哎哎——跑这么快？！"章易坤显然不会这么轻易放过她，追了几步就拽住了林清乐的衣服。

林清乐心里一慌："你干什么！"

章易坤盯着她："没干什么啊，这么有缘，聊两句呗。"

林清乐去扯他的手，可拉了半天都拉不开："我跟你很熟吗！没什么好聊的，你……你给我放开！"

章易坤像抓小鸡似的把她攥得紧紧的："不是，同学，我就问问你叫什么名字，几班的，你这么怕干什么？"

"我不想告诉你！"

章易坤眉头轻挑，声音冷了下来："那要是我让你非说不可呢？"

"我——"

"章易坤。"两人正僵持着，突然又有另外一个人的声音穿插进来。

两人同时寻着声音看去，只见一个穿着运动服、身高腿长的俊朗少年站在不远处，他打量着两人的姿态，皱眉道："你又在做什么，还不放手！"

章易坤竟然还挺听来人的话的，被这么一说还真就松了手："我以为谁呢，原来是你啊嘉佑。"

来人正是郁嘉佑——蒋书艺每日都要提一嘴的四中大帅哥。

"现在不是在上课吗，你怎么在这里？"郁嘉佑走上前来。

章易坤："自习课，下来买点吃的啊。"

"买吃的抓着我班上同学不放干什么？"

"你班上的?"章易坤笑了下,"哦,原来是你的同学啊!"

郁嘉佑拧眉:"章易坤,少在学校里欺负人,不然我不会替你在你父亲面前兜着。"

"啧,瞎说什么呢,我哪里欺负人了。"章易坤看了林清乐一眼,阴阳怪气道,"我就是看她和许汀白挺熟的,想认识认识她而已。"

郁嘉佑听到许汀白的名字微微一顿,但没多问,只对着林清乐道:"你没事吧?"

林清乐没点头也没摇头,盯着章易坤。

"哎哟我真没欺负她。"章易坤道,"行了行了,同学你也别看着我了,我走好吧,我现在就走。"

章易坤说着摆了摆手,钻进了小卖部。

郁嘉佑不放心,又问了一遍:"林清乐,他刚才有为难你吗?"

林清乐转学到这里这么些日子,虽然跟郁嘉佑是同班,但这还是头一回跟他说话。

"……没有。"

"那就好。"郁嘉佑道,"章易坤这个人心思不正,总想搞点事情,之后他要是再为难你,你可以跟我说。"

林清乐紧捏着矿泉水瓶的手松了些,低声道:"谢谢。"

郁嘉佑:"没事,都是同班同学。"

"还是谢谢你。"

"嗯,那你现在要回操场吗?"

林清乐点头,说:"书艺还在跑步,这个水要拿给她。"

"行,那一起回去吧,我也帮班上几个男生买了水。"

"哦,好。"

如蒋书艺所说,郁嘉佑确实是一个很温和、很好相处的人,他讲话不会让人尴尬,也不会让人觉得有尖锐感,说话时带着一点笑意,让人如沐春风。

"上次周考你数学考了第一,最后一道大题很难,你竟然都能做出来,很厉害。"

一路上，两人都在闲聊，但大部分是在说学习的事，林清乐成绩好，作为同班同学，郁嘉佑自然早早就注意到了。

林清乐不好意思道："其实是巧合，我之前在自己买的练习册里做过一道类似的题。"

"是吗？你买的是什么，能给我看看吗，我也去买一份。"郁嘉佑说，"我数学是各科里的弱项，大题总写不完。"

郁嘉佑的总成绩在年级数一数二，他说的弱项在别人看来分数都是可望而不可即的。不过学霸总会有更上一层楼的想法。林清乐也不吝啬，说："可以，回教室给你看封面。"

"行，谢谢啊。"

"不用，你刚才也帮了我。"

从小卖部到操场的距离不算远，两人临近操场的时候，郁嘉佑突然问道："刚才章易坤说，你跟许汀白挺熟？"

林清乐看了他一眼："怎么了吗？"

"也没什么，就是听戴容说起过这个人。哦，戴容是我表妹，也在我们学校。"

戴容……这算是她第二次听到这个名字吧。

林清乐看着远处跑道上的人，问："她跟许汀白关系很好吗？"

郁嘉佑顿了下："这个，我不清楚。"

"这样啊。"

"你呢？"

"嗯？"

"我是说，你跟许汀白是什么时候认识的？"

"很早以前就认识了。"林清乐侧眸看他，一点也不隐藏，"他是我最好的朋友。"

林清乐拿着水回到操场时，蒋书艺已经临近终点。

"书艺，这里。"林清乐招了招手。

蒋书艺早早地就看到了她，朝她那儿走了几步，脱力地坐在地上。

林清乐伸手去拉她："别坐了，站起来走走。"

蒋书艺站不起来，苍白着脸问道："你跟郁嘉佑一起过来的啊。"

"你怎么知道？"

"我远远地看到你们走过来了。"

林清乐："刚才在小卖部碰上了，他问我一些学习上的事，就一起走过来了。"

林清乐省略了章易坤那个小插曲。

蒋书艺："这样啊，哎，我说的是不是没错，郁嘉佑很友善吧，说话都特温柔。"

林清乐："好像是……"

"什么好像啊，你这小屁孩怎么对啥都没感觉。"

"有感觉啊。"林清乐想了想，认真道，"不过我见过更温柔的。"

蒋书艺笑着拍了她一下："怎么可能呢。"

"真的。"林清乐把矿泉水瓶盖扭开，递给她，"好了，你快喝点水，休息一会儿我们回教室吧。"

林清乐每周六都会在路口等许汀白，可这周六，她没有等到他。

摆摊的米线大叔说他偶尔也有不去上课的时候，所以没出现很正常。

林清乐等不到他，只好作罢，想着之后再来，到时候再告诉他，上回他说的"他不是她印象里的那个人"这句话没有什么意义。

他们都会长大，变了也正常。但朋友之间，感情不应该那么容易就改变。

然而，后来一周，她也没等到他。

林清乐虽然一直告诉自己，他肯定只是不想去上课而已，但心里还是不放心，毕竟一个人看不见，生活里会多无数的危险。

百般纠结之下，这天，她直接去了他家。但站在门口敲了会儿门，却没人应答。

"许汀白？"

"许汀白你在家吗？"

"许汀白！"

……

里面越安静，林清乐就越不安心，可不管她怎么敲门、怎么叫他，里面都毫无动静。

"许——"

"你是谁呀？"

突然，楼梯口处走上来一个老人，大概是被她的声音吸引过来的。林清乐指了指大门："我是他朋友……"

"小白的朋友？"

"嗯。"林清乐着急道，"婆婆，您是住在这儿的吗？"

姜婆点头："我住在楼下。"

"那您知道许汀白在不在家吗？是这样的，他最近似乎都没有去上课，我有点担心。"

"是他父亲回来了。"

"啊？"

姜婆道："前段日子他父亲回来了，大概因为这样才没有去学校的吧。"

"那他在家吗？"

"应该是在的。"

林清乐："可为什么没有人来开门？"

老人："他父亲是个怪人，不喜欢别人串门。小姑娘，你还是走吧。"

"……"

林清乐小时候是见过许汀白父亲的，但他父亲来去匆匆，她并没有什么印象。

不过如果他不喜欢别人串门，那开个门看看是谁总可以吧，为什么连门都不开？

林清乐觉得有些奇怪，可是也没有办法，只能先回家了。

但回去之后，她还是会莫名地不安心，大概是因为许汀白眼睛看不见，她不亲眼看一下就不能放心。

思前想后，最终林清乐还是趁着周一晚自习前的那段时间，打了个车去找他。到了路口下车后，一路狂奔，跑到了许汀白家楼下。

可上楼后，门依旧敲不开。

林清乐在门外站了许久，泄了气般地往楼下走。就在这时，又碰上了那天那个老婆婆。

"婆婆。"

姜婆看到她愣了一下："小姑娘，你怎么又来了？"

林清乐："这两天许汀白有出门吗？"

"这个……应该是没有。"

林清乐疑惑道："为什么，那他父亲呢？"

"我没有看到，不清楚他父亲还在不在家。"

"好奇怪，我敲了好几次门，他应该不会一直不给开门的。"林清乐想，难不成是因为许汀白不想见她，所以不给她开门。

"婆婆，不然……您帮我敲一下门吧。我看一眼就行，没别的事。"

"哎那可不行，我现在还不知道他父亲在不在，他父亲凶神恶煞的，我这个老婆子可不敢。"

"可是……"

"其实想进去倒是不难，我看他可怜，平时偶尔会帮忙打扫一下他的屋子。他家门边上堆着的盒子，第二格和第三格的缝隙里放着把钥匙……"

林清乐听到这话，顿时眼睛都亮了，转身就要往楼上去。

但姜婆一把拉住了她，看她表情，仿佛是有些后悔嘴快说了出来："小姑娘，不然你过两天再来，他父亲可十分不喜欢别人闯进去，我平时也都是趁他不在的时候去照看照看那孩子。这样，我多多看着，一发现他父亲走了我就告诉你，你可以给我留个电话。"

"没事的婆婆，我现在就想去看看。"

"哎——"

老婆婆拉不住林清乐，小姑娘一溜烟就跑上了楼。

她望着林清乐的背影，缓缓摇了下头。

他父亲不喜欢别人串门，那她就偷偷看一眼，即便真的被发现了，她立刻道歉，叔叔应该不会为难她。

林清乐心里记挂着许汀白，此时也等不了了，照着那老婆婆说的地方摸到钥匙后，轻手轻脚地开了门。

门缝渐渐拉大，客厅没开灯，窗帘半拉，只有外头的残阳照入。林清乐扫了一眼，没有看见大人的踪影。

他父亲并没有在家啊……

"许汀白？"她走进去，小声地把门关上。

客厅不大，一眼扫过去就能知道，人不在这儿。

林清乐走到许汀白的房间门口，将虚掩着的房门缓缓推开。

她知道他一定在房间里，可是她没有想到会在地板上看到他。

许汀白就坐在地板上，背靠着墙，一只腿曲着，低着头，也不知道在想什么。

房间里太暗了，除了他的身体轮廓，其他什么都看不清。

林清乐皱眉，缓缓走了过去，她在他身前蹲了下来，轻声问："怎么了，你在家为什么不开门？我……我还挺担心你的。"

眼前的人动了动，似乎才回过神。

他缓缓抬头，右侧脸微肿，嘴角一片瘀青。他的眼睛在昏暗中又冷又瘆人，还带着一丝麻木的冷漠。

他"看"着她，声音很淡："出去。"

眼睛适应了房间的昏暗程度，看得更清楚了。

林清乐盯着眼前的少年，完全呆住了。

"谁……谁打的？"她缓了好一会儿，才难以置信地问出口。

许汀白依然面无表情："我让你出去，听不懂吗！"

"我问你谁打的……"林清乐心脏紧缩，呼吸都有些急促起来，她揪住了许汀白的衣袖，不依不饶，"谁打的，怎么会这样，许汀白你说话啊！"

许汀白擦了下唇角，声音因疲惫有些低哑："到底关你什么事，你能不能别来了！"

林清乐慌乱摇头，拉住了他的手腕："不行，不能这样，你跟我走，我们去医院，去警察局，去……"

"林清乐！"他伸手去拽她的手，可女孩执拗地握着，用力到他一时竟拉不开。

许汀白浑身都疼，可即便这样，男女的力气还是相差悬殊的。

他扯不开她便把她用力往回拉，林清乐轻易地被拽了回去，摔坐在地板上，被他反身按在墙上。

许汀白扣着她，咬牙切齿道："不、关、你、的、事。"

林清乐被他粗暴地按着，浑身颤抖，可眼睛却是执拗地看着他："关我的事。"

"呵。"许汀白觉得有些好笑，他目光空洞，讥诮道，"你为什么要这样？就因为我小时候对你好了点吗？笑话，我好像对谁都挺好的吧，不止你一个啊。你至于吗……"

"至于。"

"……"

林清乐极力控制着情绪，其实从回来后第一眼见到许汀白开始，她就一直在忍。可到了这会儿，眼泪终于控制不住地涌了出来。

她道："至于，就是至于！"

你对谁都好吗……可那时对我好的，只有你一个啊！

有什么液体滴在了许汀白的手背上，是温热的，但他却像被烫到了一样，手一下子缩了回去。

他看不见，可是他感觉到眼前的人哭了，她的哽咽无法克制，说话带着一丝克制的哭腔。

"许汀白，我们先去医院看看吧。"林清乐擦了把眼泪，说。

"不用。"

"那报警好不好？"

"报警？抓谁？"许汀白头疼欲裂，却笑了，"别想着当救世主，更别自作聪明，我不需要你救。"

他不愿意说是谁打的，也不愿意透露一点原因。

林清乐突然有点明白了，是许汀白自己没有好起来的意志，他无所谓，也不做抵抗，仿佛自虐一般。

"我不是想当你的救世主，只是你对我很重要。"林清乐抬手掩住了眼睛，声色很低，那瞬间是无力的，"只是因为很重要，所以我想你好好的……"

许汀白嘴边的嘲弄顿时哽住，听着一旁女孩细微的抽泣声，好像被扼住了喉咙。

重要？

他吗？

奇怪啊，为什么还会有人觉得他重要啊？

明明那么多本来觉得他重要的人，一个个都厌恶他了。

为什么呢……

到底……为什么呢？

"你身上很烫，你发烧了。"林清乐吸了吸鼻子，坚持道，"你坚持不去医院那就不去了，让我帮帮你总行吧……"

没人回应。

"行吗？"

"许汀白？"

砰——

一声闷响。

林清乐倏地从掌心里抬起头来，转过去时，就看到许汀白因为体力不支倒在了地板上。

她一惊，立刻爬起来到他身边，方才她碰到他的手了，觉得很烫，这会儿摸了摸他的额头，更是确定他发烧了。

林清乐心里着急，即便现在的许汀白很清瘦，可对她而言也是太重了。她试图拖他上床，可压根就拖不动。

最后没办法，她干脆把床上的被子和枕头都拿了下来，将他整个裹在被单里。

做完这些后她才去找药箱。她很快找到了上次他给她用过的药箱，但是里面只有一些外伤药，没有感冒发烧的药物。

发烧不能硬抗过去，林清乐当机立断，跑出门去药房买退烧药。

去的路上，她还给蒋书艺打了个电话，说自己身体不舒服，让她帮自己请了晚自习的假。

林清乐成绩好，平时更是乖巧听话，班主任那边丝毫没怀疑就同意了。

等到她买完药回到许汀白家里的时候，天已经完全黑了。

林清乐虽然年纪还小，但很有照顾人的经验，以前林雨芬生病或者受伤，都是她在边上看护的。

她打开了许汀白房间的灯，先给他测了体温，再把退烧贴给他贴上，然后给他喂退烧的汤药。

但喂的过程不是很顺利，汤汁漏了很多，顺着他的脸颊流到他的脖子上。一整碗喂完后，枕头都湿了一片。

于是林清乐把床上另一个枕头拿下来，一只手把他的头扶起来，一只手去换枕头。

他睡得很沉，人也特别重。做完这一步后，林清乐累得气息不稳。

"许汀白，你也长大太多了吧，好重……"

昏睡过去的人眉头紧紧锁着，听不见她的话。

林清乐轻叹了一口气，坐在地板上看着他。

也许，没人知道她为什么对他这么执着。

就像没人知道过去的那几年，她有多希望妈妈能快点换工作，早点回到溪城，让她再见到那个浑身发光的小男孩。

她不太清楚过去许汀白对别人是怎么样，但对她而言，他那时的好，是她唯一的救命稻草。

许汀白醒来的时候觉得浑身都疼，可这种疼并不难忍，似乎还有点清清爽爽、微妙的舒适感。

他抬了下手想动，可手却被什么握住了。

他微微一愣，下意识地捏了一下。软软的、小小的，他分辨出来了，是一个人的手。

而这只手紧紧拉着他，生怕他抽开似的。

这大概是这些年来第一次，他醒来的时候，边上有人。

"你——"

"唔……退了点，马上就好了……"一阵呢喃传来，像没睡醒。

而且这声音好近，似乎……就躺在他身边。

许汀白一怔，立刻抽回自己的手坐了起来，可这大动作扯得他身上的伤口更疼了。

他闷哼了声，伸手摸了下自己腹部的位置，湿湿的、凉凉的，竟然被上了药。

等等……

许汀白摸完后察觉到不对劲，因为，他竟然没有穿衣服！

"你醒了啊。"林清乐刚才隔一会儿就给他测一次体温，后来守着守着就睡着了。

这会儿看到他坐起来，她条件反射似的拿起边上的体温计就给他量了一下："三十七度三，太好了，已经退下来好多了！你再睡一觉，明天就能好了。"

她开心地把体温计放下，等再抬眸去看许汀白的时候，发现他的脸色不太妙。

"怎么了？还是不舒服吗？"

"我衣服呢？"许汀白绷着脸，声音发紧。

"我……我脱了。"

"……"

见他面色不善，林清乐连忙解释道："因为你身上有伤，我得看看才能给你上药。"

"你……"许汀白慌乱地朝边上一摸，没摸到衣服。

他暗暗捏紧拳头，耳朵克制不住染上了薄红。

但面上却是刻意疏远的表情："大晚上给一个男的脱衣服？看来学校老师没教你这些啊，这么没安全意识。"

他说得不隐晦，林清乐顿时红了脸，两只手有些无措地揪紧："但你受伤了啊。"

"这伤不至于让我动弹不得。"

许汀白觉得自己是在恶意挤对她，可说完后，却听她仓皇道："可我只是上了药，没有乱摸！"

"……"

"真的，我发誓！"

"……"

"好吧，我以后不乱脱就是了。"她轻叹了口气，有些无奈的样子，"那你饿了吧，我去看看你家有什么可以做的。"

许汀白的脸色变幻莫测，林清乐走了好久，他才从地板上爬起来。

她这是什么脑回路？

难不成……难不成以为他在怪她吃他豆腐？！

许汀白摸索着从房间出来，刚出房间，他就闻到一阵香味，是从厨房传过来的。

上一次厨房有人在是什么时候？

他已经忘记了。

那一瞬，这种家里有人在给他做饭的感觉让他有些迷茫，连带着反应都迟钝了几分。

"你怎么出来了？你得休息。"

林清乐的声音传来，许汀白静默了好一会儿，才对着声音的方向问："没记错的话今天是周三。"

"啊！是，怎么了？"

"那你为什么还在这儿？"

林清乐意识到他是在说她为什么不在学校了："你，是关心我上课的问题吗？"

许汀白撇过了头："……想多了。"

"你放心吧，我请假了，老师也同意了。"林清乐把做好的面端到了餐桌上，"许汀白，你现在能过来坐着吃吗？我做了面。"

她的声音里带着一点小雀跃，可能是他有病多嘴问了一句让她产生了什么错觉。但同时，声音里也带着一丝犹豫，大概是怕被他拒绝。

而许汀白也认为自己应该要拒绝的。

可不知道为什么，他闻着那个味道，听着她的声音，不知怎么的就坐下了。

"给！"林清乐见他坐下了很高兴，连忙把筷子放到他的手里。

许汀白沉默着握住了。

他突然想，她爱做就做吧，但就这一次，下一次，他一定不会再让她过来。

林清乐并不知道许汀白在想什么，她只是有些不安地看了眼那碗面。刚才她在厨房找了找，空空如也，能做配菜的只有鸡蛋。

这面做完后她尝了尝，清汤寡水，实在不怎么样。

"面里只有鸡蛋，你试试吧。嗯……其实不太好吃。"林清乐想了想，还是对自己今天的厨艺有些不好意思，"不然，不然我还是出去给你买吧，那个杨叔的摊子应该……"

"不用了。"许汀白低着眸，咽下了第一口。

"还行。"面的热气湿润了他的脸颊，他忍着心里那点浮动，淡淡说道。

一次请假并没有让人怀疑，第二天去学校的路上，蒋书艺还贴心地问林清乐身体好点没有。

"我昨天就是肚子有些疼，没什么事，你放心吧。"

蒋书艺："来大姨妈啦？"

"没。"林清乐不想透露和许汀白昨晚的事，只道，"应该……是吃坏东西了。"

"那你之后可得注意点。"

"嗯。"

两人走到临近校门口，只见不远处，一辆黑色轿车停下，一个穿校服的男生从后车座上下来了。

"郁嘉佑！"

蒋书艺眼尖，见着是她的大校草后连忙抬手打招呼。

郁嘉佑回头看见两人，走了过来："清乐，班长，早。"

蒋书艺："早啊。"

"你们还没吃早餐？"

"吃了啊。"蒋书艺说完看了林清乐一眼，这才发现她手里还提着刚才在家附近买的包子，"你怎么还没吃呢？"

林清乐心里藏着事，走着走着，一直忘了吃。

"啊……我忘了。"林清乐看校门口的检查队就在那儿站着，说，"那你们先进去吧，我吃完再进。"

郁嘉佑看了眼手表："还早，不着急，等你一起吧。"

林清乐连忙摆手："不用的，我很快。"

蒋书艺："哎呀我们等你啦，别磨叽，快吃快吃。"

见两人坚持，林清乐也就没再说什么，只好把包着包子的袋子打开，咬了两口。

早晨的校门口最是热闹，穿着统一校服的学生三两成群，不时从边上路过。

郁嘉佑长得好看，又是学校里的风云人物，他站在这儿，撇过来的眼神自然不少。蒋书艺挺直了腰杆，脸上笑容灿烂。

林清乐却没关注时不时落到自己身上的视线，她心不在焉，一口一口吃着包子。想着今晚晚自习大概是不好找借口请假了。

"清乐，这包子哪里买的？"突然，郁嘉佑开口说了句。

林清乐听到自己的名字，抬眸看了他一眼："啊？你说这个吗？"

"是啊。"

林清乐嘴里一口包子还没咽下去，脸颊鼓鼓的，衬着因为疑惑微微睁大的眼睛，看着可爱得有点让人想捏。

郁嘉佑忍俊不禁："你吃东西让人好有食欲。"

林清乐看了眼手上的包子。

"哎！你这话说对了，她吃饭真的让人有食欲，我最近跟她一起吃都胖了好几斤呢。"蒋书艺笑嘻嘻地看着林清乐，"其实这包子就是我们家附近一小摊上买的，味道一般，你想吃我明天带一个呗。"

郁嘉佑："行啊，那给我买一样的吧。"

"没问题，这就是奶黄包，清乐最喜欢奶黄包了，天天只吃这一种。"

林清乐："……"

最后，在身旁两人的注视下，林清乐加快速度把手上的包子吃掉了。

之后三人一同进了学校。

今天周四，下午后两节是化学小考。化学是林清乐比较擅长的科目，所以她提早半小时交了卷。

出校门后，为节省时间，她直接招呼了一辆出租车。

今天时间有点赶，到了岳潜路路口，匆匆在米线大叔那儿买了份米线后，她直接往许汀白家跑。

到了这会儿,她来许汀白家已经轻车熟路了。敲了两下门没等到人来开,便直接摸了门口的钥匙开了锁。

推门而入,又是一片昏暗。

"谁?"角落处少年的声音传来。

林清乐反手关上门:"是我。"

许汀白坐在客厅的小沙发上,整个人隐在阴影里。

他听到林清乐的声音顿时皱起了眉头,他忘了把钥匙收起来了。

"你又请假了?"

林清乐看不清他,只听到他声音里带着不满。

"没有,是晚自习还没开始,我趁休息时间过来的。"林清乐走到阳台那边,唰的一下把窗帘都打开了。

光亮照射进来,沙发里被黑暗笼罩着的少年瞬间清晰。

林清乐的视线舒服了些,走过去站在他面前。她低眸看着他,犹豫了下,说道:"许汀白,你,能不能把衣服脱了?"

沙发上的少年面色一僵:"你说什么?"

"我昨天说我不乱脱你衣服了,那你能不能自己脱啊……"林清乐在他面前蹲了下来,小声道,"我想看看。"

她的声音坦然,不带任何杂质,可说出来的话却不能让一个已经快是个成年人的男孩觉得纯洁。

许汀白僵住,呼吸都重了几分:"林清乐,你知道自己几岁吗?"

林清乐:"可是你得掀衣服啊,不然……我怎么给你上药。"

"不用,我自己会。"

"但你看不见哪里有伤——"

"我知道哪里疼!"

林清乐怔住,良久后闷闷道:"到底是谁打你的,章易坤?还是其他人?"

"不用你管。"

"可下次如果我还看见你这样,我,我……"林清乐想了一下,坚定道,"我会报警,我会用我的方法保护你的。"

保护……

一个小丫头片子还想保护谁。

许汀白面上露出嘲弄的笑,可心脏却不受控制地又闷又酸,那感觉让人难以忍受。

"回去上课,我这里不需要你。"他猝然起身,径直往房间里去。

林清乐看着他的背影,说:"那你上完药记得出来吃东西,我放餐桌上了。"

许汀白没回应,房间门也被他关上了。

上药对许汀白来说不算难事,他习惯了在黑暗中做事,也习惯了受伤。伤口还是疼,他随意涂了两下后,轻捂着小腹站了起来。

房间外很安静,他出来的时候,已经感知不到有人在了——林清乐走了。

走了好。

许汀白沉着脸走到餐桌边,摸到了一个塑料袋,袋子里是碗面。

他把袋子提了起来,想去扔掉,可走到垃圾桶边上,却迟迟没有放下去。

面有些凉了。

跟人心一样,轻而易举就能冷。

他想,她总有一天也会跟别人一样,厌恶他,恶心他。

就像今天,她对他的冷言冷语应该已经有些受不了了吧,因为她今天在这儿甚至还没待到三分钟。

不过这样很好。

这是他想要的结局。

哗——

脑子里恶意的念头刚闪过,突然,背后猝不及防地传来拉门的声音,是阳台门被打开了!

许汀白一怔,还没反应过来,就听到一个女孩软糯的声音:"许汀白,外面衣架有点少,衣服晒不完了……"

她竟然……还没走?

许汀白心脏一紧,回头:"你怎么还在这儿?"

林清乐站在阳台处,奇怪道:"还有半个小时才到晚自习呀,我不着急的。"

方才心里闪过的念头突然被否定，许汀白有那么一丝无措。

"你说什么衣服……你在干什么？"

林清乐说："刚才看到盆里丢了几件衣服，顺手帮你放洗衣机里洗了。"

他看不见，做很多事都会比寻常人难百倍，况且他现在还受伤了。

林清乐是真的心疼，可是她这个年纪，并不知道怎么才能真正帮到他，所以她觉得自己应该在生活上做一些力所能及的事，比如帮忙上个药、带个饭，又比如，晒几件衣服。

这些都是很小的事，她真的只是顺手。

许汀白却突然拧眉，他一个箭步上前，跟看得见似的，一下子把她拉了进来。

林清乐手臂上堆着一团没晒的衣服，差点掉了。

"谁让你洗衣服的？"

林清乐："没事，我有空。那个，衣架到底在哪儿，这还没晒完呢。"

许汀白胡乱一抓，把她手臂上的衣服都扯了过来。衣服刚从洗衣机里拿上来，原本卷在了一起，但许汀白这么一抓，衣服散开了，一件T恤还掉在了地上。

剩余的衣服在许汀白手上，他分辨了一下，一件是上衣T恤，一件是裤子，还有一件小的，是他的……内裤。

四周的空气似乎都静止了。

林清乐微微瞠目，她发誓，刚才一股脑儿地把衣服塞进洗衣机的时候，压根就没注意到里面有内裤，后来拿出来的时候，内裤应该是被缠在衣服中间了，她没有发现。

林清乐小心翼翼地看了许汀白一眼："衣架给我，我去挂……"

许汀白冷着脸，抓着衣服的那只手，手指关节因用力微微发白。他张了张口，欲言又止，最后只生硬道，"你别动我衣服，这不用你洗。"

"不是我洗，是洗衣机洗的。"

"……"

"许汀白，你生气了吗？"

他的脸色确实不好,林清乐低眸看了眼他的手,语气认真地抱歉道:"是我不对,不该随便动你的东西,下次我一定先征得你的同意……那个,这些还是先帮你晒了吧。"

"不用!"许汀白猛地退了一步,不自觉地把衣服放到了身后,"我自己会晒。"

"啊……"

"你还站着干什么,还不回去上课!"

他好凶,看来是真生气了。

林清乐懊恼着自己的莽撞大意,只得妥协,慢慢挪到房门口:"知道了,那我走了,你自己小心点。"

许汀白背对着她,不搭话。

林清乐退了出去。

砰——

门关上的声音传来,她走了。

许汀白攥紧了手里的衣服站在原地,脸色一阵青一阵红。

思绪混乱,直到房间安静了很久很久,他紧绷着的脸才略微放松了些。

最后,他去房内找了两个衣架,走到阳台,摸索着把衣服挂了上去。

阳台周边弥漫着洗衣液的清香,是他熟悉的。可今天,在这片清香中,莫名萦绕了另外一种淡淡的,他曾闻到过的,茉莉的香味。

林清乐踩着点回到了学校,晚自习三节课后,她肚子饿得有点疼。

"今天的化学卷子好难啊,你竟然还提前交卷,都会吗?!"回家路上,蒋书艺有点崩溃地看着她。

林清乐摇摇头:"有几道确实挺难的,我没写出来。"

"可你还提早了半个小时呢!"

"我想着反正怎么想都想不出,干脆就不写了吧。"

"你牛!"

林清乐和蒋书艺一边聊一边走,很快走到了放学路上必经的那条小吃街。

减肥许久的蒋书艺有点忍不住了:"清乐,我们吃个夜宵再回家吧。"

林清乐零花钱有限，每天饭钱都是固定分配的，而她今天的额度已经用在了打车和给许汀白买的那份晚餐上。

"夜宵就不吃了，吃太饱……我睡不着。"小吃街各个摊子飘来的香味勾人得过分，林清乐轻捂了下肚子，加快了脚步。

"哎哎，那你等我下，我买个冰激凌。"

林清乐"嗯"了声，默默又往前挪了几步，远离肉香。

蒋书艺很快就买完回来了，她手里拿着两个颜色的冰激凌："来一个，蓝莓还是香草。"

"你这么晚要吃冰激凌吗？"

"年轻人大晚上也能吃冰，你选一个。"

"不用了，谢谢啊。"

"哎呀，你老是这么客气干什么呢，我买都买了，给！"

林清乐抿了抿唇，只好指了指米色的那个。

蒋书艺扬眉："我就知道你会选香草味，你好像很喜欢香草味啊，吃什么都这个味。"

林清乐低眸轻咬了口冰激凌，香草的浓郁在舌尖化开，她想起了小时候那个只吃香草味的小男孩，也想起那时，他什么都选香草味。

她的唇角小弧度地勾了下，其实她也不知道怎么的就被他影响了，还影响了这么久。

"香草味很好啊，我很喜欢。"

"唔，是嘛，那我下次也试试你这个。"

CHAPTER 3
别再装凶了

第二天，林清乐依然趁着晚自习前休息的那段时间偷偷跑去看许汀白。

但今天下午不像昨天考试那样可以提前交卷，所以她并没有很多的时间。

因为休息时间短，她匆匆买了饭便去开他家的门，然而，她今天没在那个隐蔽的位置找到他家的钥匙。

她站在门口喊了几句，迟迟没等到许汀白来开门后，只好告诉他自己把饭放门口了，然后一路小跑着回学校。

后来，许汀白有没有出来拿饭吃她不知道，她只知道"钥匙"被收走了，自己有点小郁闷。

这点郁闷还憋了蛮久的，总算熬到周日那天，她一吃完午饭就背上书包，准备去找许汀白。她想问问他能不能把钥匙再放回去，他一个人在家很不安全，即便不是她，也需要姜婆或者其他人能随时关照。

"妈，我去图书馆了。"

她家隔音不好，附近打麻将的人又多，很吵，所以她周末去图书馆学习林雨芬是同意的。

"带一个苹果，饿了吃。"

"嗯。"

林雨芬把苹果拿过来，放进了她的书包里。

林清乐看了眼桌上放着的另外几个大苹果，突然道："再给我拿一个。"

林雨芬有些意外地看了她一眼："吃得完？"

林清乐不太会说谎，低眸掩去了眼里的闪烁："能……我最近很容易饿。"

"行，我给你拿。"

书包又沉了一分。

从家步行到许汀白家也不算远，走快些二十分钟能走到。

林清乐在巷口跟米线大叔打了个招呼后，径直往许汀白家走去。走上他家那栋楼的时候她还想着，等会儿没有钥匙她可能又要敲好半天门……

但没想到，还没等敲门，她先在许汀白家门口碰上了一个女孩子。

女孩穿着一身白裙，长发披肩，大眼睛高鼻梁，是蒋书艺看到肯定会说女神的那一类人。

林清乐愣了下，站在原地没上前。

那女孩脸色有些红，眼底微微湿润，望过来的眼神却是倔强的。而她的手还在门把手上，显然刚从许汀白家里出来。

那女孩侧眸时也看到了林清乐，脸顿时绷了起来，停顿几秒后，一言不发地走了过来，和她错身而过。

女孩走过的时候林清乐闻到了她身上的香水味，不知道是什么牌子，但是觉得很有气质。

那女孩走得有些匆忙，很快下了楼梯，直到脚步声渐远。

林清乐回了神，揪了下书包带。

她没见过她，但不知道为什么，她觉得自己猜出了女孩是谁。

咚咚——

女孩走后，林清乐上前去敲许汀白家的门。

这次，门竟然很快就开了。

"什么没带走？"许汀白出现在门后，他神色阴郁，他的话显然不是跟林清乐说的。

林清乐看了眼他的身后，不远处的餐桌上摆着一大盒水果，看样子都是现切的，品种多样，橙子、车厘子、红提……好多都是贵到她家根本不会买的。

许汀白："说话。"

"说什么……你知道我是谁吗？"

许汀白愣了下："林清乐。"

"是我。"林清乐心里更郁闷了，趁许汀白没反应过来，从他边上走了进去，"你中午吃了吗？"

许汀白意识到她进了他家，眉头浅皱："吃了。"

也对，家里都来客人了，肯定吃过了。

林清乐看向餐桌上那盒水果："许汀白，你是不是把钥匙收起来了？"

"是。"

"你放回去吧，这样以后你出了事，我不好进来。"

许汀白："你不用进来。"

"为什么啊？别人能进来，我就不能进来吗？"林清乐说这句话的时候声音不自觉地拔高了，这算是他们重逢后，她第一次在他面前有小情绪。

许汀白并不知道她在外面看到有人从他家出去，只问道："你今天来要干什么？"

林清乐心里的不高兴在叠加，这让她的胆子大了许多，说话都带着点不管不顾的味道。

"我家太吵了，我想来你这儿做作业！"

许汀白一怔，觉得莫名其妙又匪夷所思："做作业？"

"……顺便问问你的伤好些了没。"

许汀白的脸色并不是很好，但林清乐也很少见他有脸色好的时候，所以压根也不在意。她像赌气一样，直接在餐桌边坐下，默不作声地把卷子和笔都拿了出来。

稀稀疏疏的纸张翻动声传来，许汀白拧着眉，朝她的方向走过去。

"你在哪儿写作业不好，非得在这儿写。"

许汀白的语气跟平时一样不好，他就是习惯这样，就是要将她推开。但林清乐不明白，为什么他能接受别人的善意，却要将她推开！

"我就要在这里写,我非得在这里写,我就想要这样,你家我不能待吗?明明你以前很喜欢我去你家的。"林清乐涨红着脸,情绪有些激动,"而且……而且我给你洗过衣服,给你买过药呢,我待一下不过分吧!"

她突然的暴躁让许汀白愣住,下意识地道:"我说你什么了,你喊什么。"

"我……我就喊!"

谁让你允许别人靠近,却一直推开我,谁让你有别的好朋友忘了我的!

"你……"许汀白刚想说什么,指尖突然意外碰到了一个袋子。他伸手摸了下,皱眉,"这是什么?"

林清乐闷声道:"刚才从你屋里出去的女孩子给你送的水果啊,好多好吃的。她没跟你说放这儿……"

林清乐话都还没说完呢,突然就见许汀白把那水果盒拿了起来,他一言不发地走到房门口,拉开门,然后……丢了出去!

动作一气呵成,看得林清乐的郁闷像被戳破的气球,一下子瘪掉了。

他在干吗?

许汀白面无表情地走了回来,似乎是懒得再跟她拉扯:"你爱在这儿写就写吧,别烦我。"

说完,径直往房间里去了。

林清乐的视线追随着他的背影,一头雾水,他怎么会直接把那一整盒水果给丢了?他们……不是关系挺好的吗?

但许汀白显然不会跟她说原因,而房门紧闭下,林清乐也终于后知后觉地意识到,自己刚才对他吼得很大声。

脸颊越发烫了,可林清乐想想也没后悔。她想,好像偶尔也应该强硬一点的,生了病的人倔强,你就要比他更倔强,才能让他好好听话吧。

比如今天她就如愿在他家待下来了,所以,还是要强势一点才行!

林清乐在心里暗暗给自己打了个气,然后摊开试卷,开始写题。

之后两个小时,两人一个在客厅,一个在房间,安安静静,互不干扰。

写完两张卷子后,林清乐站起来活动了下手腕和脖子。她回头看了眼,许汀白的房门依然关着。

他在房间里做什么,不吃东西不喝水吗?

林清乐想起了自己书包里的苹果，站了起来……

几分钟后，林清乐来到他的房间门外，敲了敲房门。

门打开了，许汀白站在门后，一双漂亮的眼睛焦点落在虚无处，直接道："写完作业就回去。"

"哦，但我还没写完。"

"……"

"我想问……来你家的那个女孩子是叫燕戴容吗？"她问了句。

许汀白："你认识？"

"她是我们学校挺有名的女孩子，因为大家说她长得很好看。"林清乐喃喃道，"确实长得挺好看的，而且好香……"

最后一句林清乐就是自言自语，刚才擦肩而过的时候，觉得燕戴容身上的香水味很好闻，有气质的甜香，莫名衬得人都更美了几分。

林清乐想，那香水一定很贵。

林清乐说得小声，但是许汀白听力好，还是听见了。

香？

他不知道什么香不香，只是眼前这人说起的时候，他脑子里不合时宜地想起了他在她发丝间闻到的味道。

茉莉香，很淡。

"对了，你为什么把她给你的东西丢掉，你们关系不是挺好的吗？"

许汀白被她的声音扯回了思绪，眉头浅浅一皱，奇怪自己为什么会突然想起那些。

"挺好的？谁告诉你的。"

"就听说，所以，不好？"

许汀白不想说这个话题，只道："不熟。"

"哦。"

嘶……怎么回事，竟然觉得有点高兴。

"不熟的人送来的水果都要丢掉吗……那我呢？"

"什么？"

林清乐说到这儿突然有些不安，但她想起之前自己的结论——对待不乖又倔强的"病人",你得更倔强才行。于是心一横,干脆道:"许汀白,你张嘴。"

许汀白不知道她葫芦里卖的是什么药,不予配合:"你又想干什么……唔!"

嘴里突然被塞进了什么东西!

许汀白一惊,刚想吐,就有一只手伸过来捂住了他的嘴。

"不要吐不要丢!我……我们是朋友,是熟人,我带的水果你可以吃的!"

掌心贴在他唇上,密不可分。

她这样突如其来地对一个瞎子动手,他根本避不开。

感受着那微热的掌心,许汀白只能狠狠地想,她的手这么小这么软,怎么力气还这么大。

"甜吗?"林清乐稍稍松开了些,心口因自己大胆的动作怦怦乱跳。

许汀白立刻退了一步,他气息不稳,也不知道是怒还是慌:"不甜!"

"不甜吗……我特意从家里给你带的呢!"

女孩的声音听起来有些低,看样子十分懊恼。

许汀白捏紧了拳头,似是气极了,可牙齿却鬼使神差、不受控制地咬了一下。

苹果汁液在口腔中四溅——

其实是甜的,很甜。

林清乐看到许汀白咀嚼的小动作,她眼睛一亮,连忙又拿了一块往他嘴里递。

"其实还可以,对吧?唔……你再吃一块。"

许汀白看不见,但嘴唇上抵着什么他能感觉到。

"我不吃,要吃你自己吃。"

林清乐说:"但是你得补充营养呀,你有点瘦,得多吃点。"

她这语气像在哄人。

许汀白眉头一皱:"你当我是小孩吗?"

"小孩可比你好喂……"林清乐低喃了句。

"你说什么?"

"没什么,没什么!"林清乐赶紧把盛着切好苹果的盘子放在他手上,"给你,那你自己乖乖吃,我去写作业了!"

"……"

乖乖吃……还真当他是小孩了。

周末卷子不少,林清乐坐回去后,一直在写题。

因为房子小,门没关的话,许汀白能感觉到客厅人的动静。

笔尖滑过纸面的声音,窸窸窣窣的翻页声,还有她大概想不出什么题时,发出的懊恼的小气音。

他觉得他的世界因为看不见,声音都放大了很多倍,在外面的时候,他经常因为周边过于嘈杂而产生不安和烦躁感,所以除了去学校,他几乎不出门。

在家的时候世界才是安静的,安静到一片荒芜,他只能感觉到自己的存在。

许汀白放下手里的果盘,听到椅子因外面坐着的人挪动了下,和地面摩擦发出一个怪声。

他拧了下眉,又一次告诉自己,她也是有点吵的。

他不可以让她留在这儿,也不能……留她在这儿。

晚饭时间,林清乐回了家。

到家的时候林雨芬正好把两道菜做好,招呼她过来吃饭。

"你们也要期中考了吧?"林雨芬问。

"嗯,下周。"

"准备得怎么样,课都跟得上吧?"

林雨芬过去只读了个小学,她在林清乐学业上能问的就是"能不能跟得上""能不能听得懂"这类浮于表面的话,林清乐没法告诉她"听得懂也跟得上,但有时候遇到题就是不会做"这类的困扰。

"我觉得还行。"

林雨芬放下了筷子,语重心长道:"那你这两天还是得好好复习,你要考好拿个第一名,给周围这些人看看。"

"妈,第一名没那么简单……"

"所以你要努力啊。"林雨芬轻嘲道,"这些人,以前一个个看我们笑话,现在又是表面上假情假意,背地里也不知道说我们什么……你说我们母女俩生活得好好的,他们自己家里破事一堆,还看不上我们什么呢?真是好笑。"

林清乐闷闷地扒了一口饭,试图劝慰:"妈妈,我们管好自己就好了,不用管别人。"

"可我就是想证明我能带好你,你爸是什么样的人不重要!他永远影响不了咱们两个!"

提起她那个父亲,林清乐依然会在母亲脸上看到怨恨的表情,她想,林雨芬这一辈子提起他都会是这个模样。

她习惯了,也不会觉得有什么不对。

因为她也一样,只要想起那个失了魂的杀人犯,同样百爪挠心,满腔怨恨。

期中是分班考,林清乐和蒋书艺不在同一个考场,考试第一天,两人吃完早餐便分头去找教室。

"清乐,你在几班考?"上楼的时候,遇到了郁嘉佑。

林清乐停在楼梯口:"我在七班。"

"这么巧,我也是,那一起走吧。"

郁嘉佑跟蒋书艺熟,蒋书艺又是林清乐在班上最好的朋友,日积月累,连带着林清乐跟郁嘉佑也熟了起来。

两人一路往楼上走,边走边聊。

"昨天背了一晚上古诗词,也不知道考的是哪几句,我反正不喜欢背这些东西。"郁嘉佑有些苦恼道。

林清乐:"我也是……政治历史这些不太行。"

"所以你以后会选理科对吧?"

"嗯,我可能比较偏理科。"

郁嘉佑笑:"你还真特别,一般女孩子都是文科比较好。"

"是吗?"

"对啊,你看我们班女生,很多……"

"哥!"

郁嘉佑的话被打断,他往后看了眼,见是个熟悉的人:"戴容,你也在这层?"

"嗯,我在七班,你呢?"

"我也在七班。"

林清乐在听到郁嘉佑口中那个名字时就已经回头看了,燕戴容今天跟那天在许汀白家门口时不一样,那天她穿着白裙,长发飘飘,今天则跟她一样,穿着四中校服,长发扎成了马尾,青春又挺拔。

而她回头的时候,燕戴容也看到她了,两人视线一对,自然都知道她们在哪里遇见过。

"介绍一下,这是我们班的,叫林清乐。清乐,她叫燕戴容,我表妹。"

燕戴容站定在她面前:"你好。"

她没有要提起那天的事的意思。

林清乐微微颔首:"你好。"

"哥,你这同学长得好可爱,我以前都没见过。"燕戴容嘴角微微一弯,说道。

有时候夸一个人可爱是没词可夸才这么说,可林清乐不一样。

郁嘉佑看了她一眼,林清乐长得乖巧可人,眼睛大大的,皮肤白白的,再加上齐刘海,就像橱窗里的娃娃,是真的可爱。

"啊……是啊。"郁嘉佑收回了视线,轻咳一声,"清乐是中途转学来的,你没见过正常。"

燕戴容微微扬眉。

郁嘉佑看了眼手表:"时间差不多了,别站这儿了,先进教室吧。"

"行。"燕戴容道,"哦,对了,中午一起吃饭吧!"

郁嘉佑:"随便。"

燕戴容顿了顿,突然道:"那你同学也一起吧,咱们一起吃。"

林清乐:"不用……"

燕戴容却是热情:"没事,一起吃吧,顺便对对答案。"

三人一边说一边进了教室,燕戴容并没有给林清乐拒绝的时间,转身就找自己的位置去了。

林清乐看了眼她的背影,沉默片刻,心里没再拒绝。

因为她觉得燕戴容跟她可能是同一类人,虽然那天许汀白说他们不熟,可看起来并不是那样。

或许,她也是在为许汀白好。

语文考完的午饭时间,一行人去了学校边上的一家餐厅。

落座后,林清乐身边是来找她吃饭的蒋书艺,而她们对面,则是郁嘉佑和燕戴容。

"清乐你喜欢吃什么,你先点。"郁嘉佑把菜单推到她面前。

林清乐:"没事,我都可以,还是你们点吧。"

"那你有什么忌口吗?"

"没有。"

"行,那我先点一些。"郁嘉佑又把菜单拿了回去。

燕戴容支着下巴,打趣道:"哥,你怎么也不问问我呀?就问清乐一个人。"

林清乐微微一怔。

郁嘉佑也是一愣,他瞥了燕戴容一眼,笑道:"我们都多熟了,你吃什么我还不知道吗,而且我是先点一些,剩下的你跟我们班长来。"

"哦。"

"戴容!嘉佑!这么巧,你们也在这儿吃饭呢?"就在这时,餐厅门被推开,一个甚是熟悉却讨厌的声音从后面传来。

接着林清乐就看到自己边上的椅子被拉开,一个同样穿着校服的男生坐了下来。

"……"

章易坤一点不客气地给自己倒了杯柠檬茶,喝了一口后一转头,这才发现旁边坐着的人是林清乐。

"嘿你——"章易坤微微眯目,"我的天,戴容,你们怎么……怎么还一起吃饭了?"

燕戴容对章易坤是不屑一顾的:"我跟谁吃饭还得你同意吗?"

"不是,你们不是……"章易坤差点脱口而出"关系不好"四个字,但他及时收住了,这个场合他不敢扫燕戴容的兴。

"行行行,没什么没什么。"章易坤侧头看着林清乐,"嗨,同学,好久不见啊。"

林清乐撇过头,不搭理他。

倒是郁嘉佑不满道:"你自己吃饭去,坐这儿干什么?"

"我一个人来的,这么巧遇见,一起呗。"章易坤把他手上的菜单拿过来,"一起吃没问题吧?总不能有些人见着我就怕得要死,拍拍屁股溜了吧。"

郁嘉佑拧眉,看了林清乐一眼。但见林清乐只是侧着头,她跟边上的蒋书艺说着话,好像并没有什么情绪。

章易坤的难缠程度郁嘉佑和燕戴容都是知道的,所以见他没做什么过火的事,两人也就不跟他多纠缠,他要坐着吃饭就坐着,随他去了。

总之后来四人就只当他是空气,菜上来后,一桌人聊今天语文考试的题目,你一句我一句,不是同年级的章易坤完全插不进话。

然而,章易坤显然不是个肯被冷落的主,见众人有意忽略他,得了个空隙便故意道:"戴容,听说你前两天去看许汀白了啊。"

"……"

餐桌上的人瞬间安静了下来。

燕戴容原本还笑着的脸顿时拉了下来:"我什么时候去看许汀白了,你少臆想这么多。"

"你不用骗我,反正我就是知道。"章易坤冷哼了声,"你这回是去干吗的,那小子又收了你的东西?"

"滚。"

"戴容,我说你怎么就看不清呢,那死瞎子有什么好同情的,我跟你说,你送了他东西,他在别人面前压根都不承认,白眼狼一个。"

"章易坤,我警告你!你要是再敢跟踪我,打听我的事,我——"

"我不是要打听你的事,我就是不放心你,怕你被许汀白那家伙骗。"章易坤道,"你看他爸妈做那些偷鸡摸狗的事搞得破产,他还能是个什么好东西。"

燕戴容："……"

"我这就是关心你，你这么优秀这么好，可别被那死瞎子欺负了。哎呀，你就是太善良了才会这样，我跟你讲，你肯定不了解他。"章易坤像大爷似的往后靠了靠，嫌恶道，"也不知道那小子背地里靠他那张脸糊弄了多少女孩子给他送这送那，真恶心……"

"少胡说八道！"

章易坤话没说完，突然一杯冰水迎面泼了过来，透心凉！

"我去！"他吓得立马从椅子上站了起来。抹了把脸后，难以置信地看着泼了自己一脸水的林清乐，"你……你你——"

林清乐拿着杯子的那只手在微微发抖，可人却丝毫没有惧色："你什么！我警告你，你不要乱说话！"

"……"

章易坤被气得一时说不出话，而郁嘉佑和蒋书艺则是呆住了。

这么久以来，林清乐给他们的印象都是温顺可爱的，她从来不会大声说话，更别说去泼人家的水了。

"小丫头！你胆子不小啊你！"章易坤一脸水渍，很是狼狈，这会儿他哪能就这么算了，抬手就要上前。郁嘉佑回过神，立刻把他抓住了。

"放开我！"

郁嘉佑："章易坤！你别在学校惹事！"

"我惹事？你眼睛没事吧！是她泼我水！"

郁嘉佑嘴唇轻抿，看向林清乐。

蒋书艺把林清乐往后拉了一下："是你先说别人的！不怪清乐！"

章易坤："我又没有说她！我说的是许汀白！"

"那更不行！"林清乐盯着他，一字一句道，"你没资格说他。"

"你——"

林清乐唰的一下拿上自己的书包："我吃饱了，你们吃吧。"

"等等，等等，清乐，我跟你一起走。"蒋书艺瞪了章易坤一眼，连忙跟上。

走出餐厅的时候，林清乐回头看了眼。章易坤被郁嘉佑拉住了，不知道两人在吵什么。

而燕戴容则坐在位置上看着她，面无表情，只是冷冷地看着她。

林清乐咬着唇把视线收回——

她想，她错了，燕戴容跟她不一样。

燕戴容能容许章易坤这样说许汀白，她不能，一句都不能。

"清乐，你刚才就这么……啧，你这也太……"回学校的路上，蒋书艺支支吾吾地道，一脸震撼。

林清乐其实也有些后怕："他嘴巴不干净。"

"他确实嘴巴不干净，但是我也没想到你这么刚，敢惹那个小霸王啊。"蒋书艺道，"虽然说，有郁嘉佑在那儿，章易坤也不敢真来动你，但是你这样会不会太过火了。"

林清乐站定："你觉得，我不应该泼他？"

"我的意思是，你没必要为了许汀白把章易坤得罪个彻底。"蒋书艺说，"他侮辱许汀白是不对，但是你不至于因为许汀白这么跟他刚啊。"

"不至于……为什么不至于？"

"我是为了你好，许汀白已经被章易坤盯上了，再怎么也就这样了。你这么搭进去又是何必，我知道你是好心，但是你们只是同学过而已，真不至于这么做，无用功啊……"

不至于吗……

他那样侮辱许汀白，都不至于被泼一次吗？

是，要认真说起来，她和许汀白确实只是同学过而已。可即便只是同学，她难道就可以任由他这样一个连看都看不见的人被别人肆无忌惮地欺负吗？

为什么要忍受恶毒的人，恶毒的人难道不该被惩罚吗？

"清乐——"

"我没有做无用功。"

蒋书艺微怔。

林清乐低低道："至少我让他们知道了，有些人虽然弱势，但他的身边还是有人会向着他的，是不可以随便被欺负的。"

下午考两门，林清乐提早了几分钟交卷，所以走出校门的时候还没几个人。

她没有往家里走，而是在半个小时后，停在了那个熟悉的小巷里。

中午那顿饭后，她心里憋着闷，很不舒服。

就好像自己一直奉为宝贝的东西让人践踏，一直守着的信念被踩入泥地，绷着的一根弦完全断了。

她记忆里的许汀白，众星拱月，善良温柔，是个很好很好的人。可现在，没有人向着他了，连章易坤那种烂人都有资格来骂他两句。

一口一个恶心，一口一句死瞎子。她这个旁人都能随随便便听到这些，那在她不知道的那些年里，他又听过多少。

藏在门边的钥匙已经摸不到了，林清乐敲了门，但是没人来开。

可她今天就是执拗上了，就是不断地敲门。

她敲了太久，里面的人终于忍无可忍。

许汀白拉开了门，隐忍着情绪："林清乐，你到底想怎么样？"

她抬眸看他，因为想到那些乱七八糟的事，情绪很低落："我都还没说话呢，你怎么知道是我？"

"这样敲门的除了你还能有谁？"

"我……我今天考试，没有晚自习。"

"然后呢？"

"然后给你带了晚饭，这是我们学校附近的盒饭，很好吃。"

许汀白深吸了一口气，想关门。

她怎么能这样一而再再而三……

难道他说的那些还不够难听吗？他的态度还不够恶劣吗？

但林清乐看出了他的意图，及时钻进门。

她是硬扒拉进来的，差点撞了个满怀。许汀白僵了一瞬，他又闻到了她头发上的味道，淡淡的茉莉香。

"你过来吧，吃饭。"林清乐把盒饭放到餐桌上，回头看他。

许汀白站在门后，半边身体隐在黑暗里。

"我的伤已经好了。"他说。

林清乐愣了下："我知道啊。"

"所以你以后不要再来,我……不想看见你。"他的声色极冷,甚至是带着刻薄的。

他不知道她怎么能这样坚持不懈地过来,他只知道他必须让她放弃。

"为什么?"

许汀白缓缓走向她的位置,并且很精准地停在了她前面。

他轻嗤了一声,缓缓道:"那你觉得,你一个女孩子一直去一个男人家,很合适吗?"

林清乐低低道:"有什么不合适……你又不会对我怎么样。"

"是吗?"许汀白像是得到了什么启发,他猝然抓住她的胳膊,一时间用力地好像要把她的手捏碎,"你怎么能确定,我不会对你怎么样。"

他的语气阴恻恻的,让人心底发寒。

林清乐疼得皱眉头:"你干什么,好疼……松手……"

她伸手去拽他的手,可两人的力气竟然相差那么悬殊,她根本拽不动。

许汀白是狠下了心的,这一刻,他伪装自己,却也真实地生出一种暴虐感。他不想对任何人产生希望,然后再去失望。

他恨透了这种靠近。

林清乐的手臂被他抓得生疼,可她看着眼前面目狰狞的少年,想起那些人对他的侮辱,只觉得心更疼了:"我就是知道你不会对我怎么样!我就是知道!"

许汀白的手在隐隐发抖,简直被她气笑了。

"怎么,因为我是个瞎子?"他扯着她的手臂,一下子就把她拉到身边,林清乐的后腰撞在餐桌边缘,再一下,轻而易举被拎坐到了桌上。

许汀白虽是少年,到底已经将近成年,身量相较于林清乐,那是碾压般的存在。

他揪着她的校服领口,狠声道:"可现在是我不想见到你!"

林清乐的脖子被勒得紧了,她有点难以呼吸。

而少年发了狠般地把她掐住,他紧紧"盯"着她,空洞的眼睛让他看起来像只没有感情的野兽,很可怕,也……很可怜。

林清乐看着他,心里是害怕的,像现在这样从来没见过的许汀白,让她心惊,让她慌张,这种压迫感也让她不知所措。可她更多的是难过,他为什么要让所有人都怕他，为什么要把自己弄得浑身是刺……

明明，他不是这样的。

眼眶通红，林清乐颤抖着，鼓足了勇气，伸手拉住少年的衣角："许汀白，你别再装凶了，好不好？"

她轻轻拉着他，像安抚似的摇了摇。

少年眉间戾气顿凝。

"我知道你在害怕什么，因为以前我也一样，我也怕别人靠近我又离开我，我也怕别人嘲笑我放弃我……可是你要相信啊，总有人是真的想陪着你的，总有人是真心的。"

女孩的眼泪蓄满了眼眶，林清乐吸了吸鼻子，低声道："就像你啊，以前别人都不跟我玩，说我爸是杀人犯，说我脏。可是，你还是跟我玩了，你还处处照顾我保护我……"

"许汀白，你特别好的。"女孩抬眸看着他，执着道，"反正不管别人怎么说怎么做，我都知道你特别好。所以……你别推开我行不行，我想跟你玩，我想陪着你。"

"你放心，我不会离开的，我保证。"

许汀白掐着她的那只手在微不可见地发抖。

黑暗中，她的话像一股热流，流进他的血液，让他整个人发热，发烫……

不知道过了多久，久到林清乐保持着这个动作都有些发酸了，才听到许汀白很低很低地说了句："你是不是有病……"

他松开她了，脸上因为刚才内心的震动而茫然。

林清乐从桌上坐起来，她喉咙有点疼，可她也不在意，从桌上下来后，乖乖地站在他面前。

"你就当我是好了，随便你怎么想。但是，你要承认我还是说对了，你不会对我怎么样的。"林清乐轻轻地笑了一下，"因为你是许汀白。"

不管怎么伪装自己，怎么强装凶狠，内里还是那个温暖善良的许汀白。

虎口微微发麻，连带着牵动了心脏，震颤着没法呼吸。

他听到眼前女孩胜利般欢欣的笑，一时间有种浓浓的无力感。可他却不得不承认，隐约间，这种无力感竟然让他有一丝喜悦。

因为有人说想陪着他……

因为有人说，她保证不离开。

"吃饭好不好？别站这儿了，饭都要凉了。"林清乐伸出手，揪住了他的衣袖。

许汀白感知到，下意识地想甩开。

"没有用的。"林清乐用力抓紧手上的衣料，向来胆怯的人今晚无比勇敢，她说，"在你以前非要跟我当朋友，非要给我吃那些好吃的东西的时候，你就该想到了，有人尝了甜头就赖上你了。"

许汀白怔住："谁非要……"

林清乐："你啊，你那会儿可说我是你最好的朋友，你现在耍赖……已经晚了。"

许汀白哑口无言。

林清乐擦了下眼泪，趁机拉着他在餐桌边坐下："好了，你快点吃饭，吃完我就要回家了，不然太晚。"

"林清乐……"

"我以后还是会来看你的！你不开门我还是会一直敲，你不嫌烦的话你就一直这样吧，反正我除了上学也没别的事，多的是时间。"

饭盒打开，饭菜飘香。

仿佛方才什么都没发生一般，他没有恐吓她，也没有掐她的脖子……她语气轻松，好像他刚才什么都没做。

许汀白捏紧了手心里她塞进来的筷子，被她毫无原则的纵容弄得心脏发疼。

她到底知不知道，如果他刚才真的动手了……她会怎么样。

校服质量也太不好了吧……领口处的扣子竟然快被扯掉了。

林清乐之前没发现，回家后换衣服洗澡，这才意识到校服最上面的那颗扣子摇摇欲坠。

洗完澡后，她趁林雨芬不注意，偷偷拿了针线回房，把那颗扣子重新钉好了。

缝好后，她将校服丢到一边，直到这会儿，紧绷着的心好像才完全松懈下来。

而松懈后，方才在许汀白家的惊心动魄才后知后觉地涌了上来。

他当时……给她的压迫感实在是太大了。

林清乐想起那会儿两人的姿势和动作，脸完完全全地红了。那个时候，她真的感受不到他是记忆里的小男孩，他身上那种略带侵略的成熟气息和温度……是完全不一样的许汀白啊。

第二天，依旧是考试，因为在同个考场的缘故，林清乐还是遇上了燕戴容。

燕戴容已经不像第一天那么热络了，两人碰面的时候，她甚至都没点下头。

林清乐也无所谓了，关于她跟许汀白到底怎么回事，自己突然不在意了。

考试为期三天，因为是期中大考，成绩出来得很快。

考完的第二天，外面的公告墙就挂上了排名榜。

"清乐清乐，走了，看一下名次！"于亭亭跑过来拉她，兴致勃勃。

蒋书艺跟在于亭亭边上，别扭地看了林清乐一眼，没说话。

自从那天中午两人对于泼水的事情意见相悖后，一直到现在都没有说过话。

"发什么呆啊，走啊。"于亭亭不知道两人的事，一把把林清乐拉了起来。

排名榜前人很多，三人挤了好一会儿才从外头挤进去。

"看看我在哪儿……我去，怎么还没有我啊……完了完了。"排名从左往右，于亭亭一路往右边退，表情越发凄凉。

"二百名……我竟然在二百二十名？"于亭亭顶着一张震惊脸回来，"我这么努力学习，就这？"

蒋书艺："……"

"你们在哪儿呢？"

蒋书艺成绩一般，常年在一百名左右徘徊，这次也一样。

"清乐，你是第十八啊，不错嘛。"于亭亭看到前排的名字，酸溜溜地道。

　　林清乐自然早看到自己的名字了，四中是溪城最好的高中，年级十八确实算是不错了。

　　但她没能高兴起来，她几乎能想象到她妈知道她的名次后会说些什么。

　　"你数学成绩一百四十七？也太好了吧，年级第一名数学也才一百四十四。"于亭亭摸了摸下巴，"唔……要是你英语再好点，前十肯定没问题。"

　　确实，拉分最严重的就是她的英语。

　　她也不知道怎么回事，反正她对这科就是不太感冒。

　　于亭亭："郁嘉佑是第四名，不愧是男神！"

　　"我先回去了。"林清乐朝两人点了下头，转身往教室走去。

　　"这就走了啊……"于亭亭看向蒋书艺，后者没什么反应。

　　于亭亭的视线在两人之间转了转，总算感觉到一丝不对劲，狐疑道："我说，你俩是不是吵架了？"

　　蒋书艺撇过头："我也回去了。"

　　"喂！"

　　回教室后，班主任分发了试卷，夸了班级前几名的同学，当然，着重夸了林清乐。因为班主任是数学老师，对于她任课的科目学习优异的学生，那更是爱惜得不行。

　　班主任把林清乐的数学解题思路夸得天花乱坠，搞得林清乐都有些不好意思了。

　　这天晚自习回家后，她把数学卷子放在了最上面，甚至偷偷记下班主任那些夸人的词汇，想着到时候可以告诉她妈。

　　"妈，你回来了。"

　　今天林雨芬加班，下班很晚，林清乐在家给她做了份夜宵。

　　"你吃了吗？"林雨芬换了鞋。

　　林清乐："我不饿，只给你做了。"

　　"好。"

　　林清乐见她进来了，瞥了眼桌上的成绩单和试卷："对了妈，期中考的成绩已经出来了,在那儿。"

"是吗?"林雨芬连忙走过去拿起来,第一张卷子就是林清乐特意放到最前面的数学卷子,卷子上"147"的红色字体十分明显。

"你考的第几名啊?"林雨芬看了眼分数,问道。

林清乐:"十八。"

林雨芬一顿:"什么?"

"十八名。"林清乐着重强调了下,"年级十八。"

"怎么才考了十八名啊?你不是说你听得懂吗,怎么还考这么差?"林清乐满心期待和满脑子想说的话瞬间消失殆尽。

"十八名也不是很差,不信你问老……"

"离前三这么远还叫不差?我不是跟你说了吗,你一定要用功,一定要做到最好,那十八名能考上最好的大学吗,很危险的,一个不小心就考不上。你得稳,稳上才行。"

林清乐的脸色沉了下来:"哦……那试卷给我吧,我回房间了。"

"哎你……我才说了两句你就不愿意听啦!"

林雨芬见女儿瞬间降到冰点的情绪,大概也觉得自己话说重了些,她缓和了下,上前拉住林清乐的手:"清乐,妈妈不是故意这样子,只是妈妈说的是实话,你要知道,要考上最好的学校,那平时最好稳稳在前三,成的概率才大呢,对不对?"

从小的成长环境和周边的人让林清乐知道她必须要考好,必须要成才,未来必须要稳稳拿住自己的人生……道理她都懂,所以她已经在努力了。

"我知道的。"林清乐抽回了林雨芬手中的试卷。

但是,她果然不能抱着她妈会夸她的期待,没有第一名,这种想法都不现实。

"我回房间了。"

"哎……"

郁闷的心情一直持续到第二天。

这天是周六,林雨芬休假在家。因为昨天晚上的事,林清乐并不愿意在家里待着,所以背着书包出门了。

"小姑娘,今天还吃米线吗?"走到那个熟悉的路口时,米线大叔笑着招呼道。

"不了,我吃过了。"林清乐说完问道,"大叔,今天他出门了吗?"

米线大叔:"许汀白那小子啊,昨天去学校了,今天倒是没见他出来,估计没去。"

"谢谢。"

林清乐其实就是来碰碰运气,有时候他周六是要上课的,如果今天许汀白去上课了,她就去图书馆。

但现在,她可以去他家看看了。

走进熟悉的小巷,上楼到许汀白家门口后,她习惯性地去摸了下藏钥匙的位置。

空的,他没有放。

林清乐没犹豫,立刻敲了门。不过今天没有敲很久,没到一分钟门就开了。

她看到许汀白站在门后,面色淡淡的,看不出情绪。

"你今天没有去学校?"

"嗯。"

"你为什么没有放钥匙在外面啊……"

"我……忘了。"

"那你下次记得放上。"林清乐道,"不然以后姜婆进来不方便。我不是完全为了我自己,我是说姜婆,她会担心你的。"

许汀白抿了下唇,没说话。但是,他今天也没拦着她。

林清乐意识到这点,心里一喜,从他身边擦进了屋。

林清乐:"你今天没去学校的话,在家做什么啊?"

许汀白不会承认自己在家里待着是因为今天是周六,她放假。他更不会承认,自己内心深处是期待着她今天会来的。

"……没什么。"

"哦。"

林清乐接下来就不说话了,她今天有些沉默,而她一沉默,两人之间的气氛就有种微妙的尴尬。这种气氛让许汀白很难不想起那天晚上发生的事，他当时发了狠地要让她害怕，所以下手没轻没重。

她今天的不同让许汀白觉得可能那晚的事对后知后觉的她产生了影响，她现在面对他，或许感觉到害怕了。

"害怕了就不要再来。"他脑子里想着这些，也就下意识地说出了口。

林清乐愣了一下，反应过来："我没有害怕啊……你是在说那天吗？那天……那天还好，就是回去后发现校服扣子被抓坏了，啊，不过我修好了。"

许汀白的声音有些紧绷："就这样？"

"唔……另外就是手臂和脖子有点疼？"林清乐老实道，"你好用力啊……"

是很用力，盛怒之下他的动作粗鲁又随便，甚至不清楚自己有没有伤到她。

指尖莫名发烫，许汀白轻吸了一口气，挣扎了下，最后还是忍不住道："很严重吗？"

林清乐愣了愣，他这句话里暗藏的关心让她心情大好，什么成绩，什么压力，一时间，原本很烦的事都不烦了。

"也不严重……"林清乐卡了下，突然想起什么，又改了口，"不不不，严重，严重的！"

许汀白拧眉："到底严不严重？"

"严重！"林清乐说，"所以，作为补偿，你能不能答应我件事啊……"

许汀白："什么？"

"很简单的，我就希望以后我来你家，你不说那些话。"林清乐咳了声，模仿道，"为什么你又来，为什么还不走？"

林清乐学着他说话的语气，一板一眼，还真抓到精髓。

学完后，她自顾自地笑了。

"我都听腻了，许汀白，以后我不想再听到。"

许汀白不说话，只觉胸中一股热流来回冲撞，空气都变得潮热了起来。

她此刻一定是在直勾勾地盯着自己，这让他突感局促，转身去了厨房。

林清乐没想到许汀白答都不答就做自己的事去了，她看到他伸手去寻什么，然后摸到了热水壶，拿稳了杯子，倒出了里面的水。

林清乐跟了过去，忐忑地问道："你会答应我的吧？"

许汀白背对着她，喝了一口水，因为心是乱的，差点呛到。

"许……"

"我答应不答应，你不是都会来吗？"

"嗯？"

"既然你都会来，我答不答应重要吗？"

林清乐："重要呀。"

"……哦。"

哦什么？

林清乐一时间没反应过来，抬眸看他。

他还是没有回头，但是下一秒，她却听到他的声音很淡地传来："那我以后，不会说了。"

冬日临近了，冷风夹杂着外头的落叶从阳台未关紧的玻璃门缝卷入。灰色的老旧窗帘随风而动，帘尾有一下没一下地，打在沙发的边沿。

林清乐看了眼许汀白，他坐在餐桌边上，桌上摆着她看不懂的盲文教材。

她进来的时候这些东西就摆在这里的，显然，她没来前，他在用他自己的方式看书。方才他说不会再说那些话后，他就真的没有让她走了，只是自己做自己的事。

于是她也就大胆地在他边上坐下，拿出自己的作业，安静地写着。

这会儿已经坐了快一个小时了，她有点分心，所以开始打量他。

许汀白的目光定定地落在一处，面无表情，指腹微动。风起时，他额前的头发被吹至一边，露出了饱满莹白的额头，人无声色，颜有春意。

林清乐支着下巴，仗着他看不见，大着胆子，肆无忌惮地打量他。

这会儿她有种错觉，他们好像回到了小时候，那时他们是同桌。当初他认真写作业的样子，跟现在一模一样。

"林清乐。"突然间，许汀白开了口。

林清乐的思绪飞到以前，正看得入迷。这会儿寂静被打破，她吓了一跳："啊？怎么了。"

"你在做什么?"许汀白皱眉。

林清乐道:"写作业呀……"

许汀白:"没有声音,你没在写。"

她确实好一会儿没动笔了,但总不能说她一直傻愣愣地盯着他看吧。

林清乐耳朵发红,说:"我不会写……看不懂。"

"什么?"

"英语,很难的一篇阅读理解。"林清乐沮丧道,"我这次考试考差了,因为英语。"

这个她没说谎,也是真的在因此苦恼。

许汀白闻言愣了一下,几乎是随着记忆下意识道:"你英文怎么还是不好?"

"啊……是吧。"

林清乐听他提到这事还有点小尴尬,她小学英语就不好,但许汀白不一样,他那时经常随家里人出国,能很流利地跟老师对话。那会儿,小小年纪的她简直羡慕得眼红。

后来作为同桌的许汀白大概是看不下去她的英语成绩,很好心地在课余时间给她补课。他教了她好多,当时,她的成绩是有显著提升的。

"可能我跟英语犯冲,总是学不好,前天成绩出来,还被我妈骂了。"林清乐叹了口气。

许汀白愣了下。

所以,她是因为这个,今天的情绪才不怎么高的?

林清乐:"你呢?你在看什么?"

说完后,林清乐皱了下眉——她不应该说看的。

但许汀白似乎没有什么反应,只道:"学校布置的任务。"

"你……已经能懂盲文了吗?"

"嗯。"

按照那个米线大叔的说法,他去特殊学校上学的时间并不算长。

但许汀白还是许汀白,依旧聪明。

"我能看看吗?"林清乐问。

许汀白:"自己的英语都学不好还来动别的做什么,快写去吧。"

"我就看看。"

女孩的声音忽地近了,许汀白能感觉到她靠了过来。她倾身过来的时候有几根发丝落下,扫过他的手臂,很痒。

"这怎么分辨是什么字的?"她问的时候,小心地伸出了手去摸。

她随意地触碰着,手指不小心碰到了他的手。

许汀白唇角微绷,不动声色地收回了手。

"林清乐,看你的书去。"他重复道。

"知道了……"林清乐撇了撇嘴,收回了手,"唔,你说我怎么总记不住单词,也总对那些句子没感觉。许汀白,你能不能再教教我。"

许汀白不知道他现在这个样子还能教她什么,可不知道为什么,他没有再说出拒绝的话。

"语感不好多看美剧英剧,代入语言环境会好很多。"他淡淡道。

"哦……但是我妈不喜欢我在家做这些,在她眼里,看电视就是在玩。"林清乐想了想,突然道,"啊对了,不然我以后在你家看吧?"

许汀白家客厅是放着一台电视的,那是上一个租户留下来的,有些老旧。

他从来没打开过,只在偶尔他父亲在家的时候听到过声音。

"电视……坏的。"他说。

谁知道他刚说完,就听到边上的小姑娘小跑过去的声音,接着,电视"滋滋"的声音响起,很快就有一个频道跳了出来。

"它是好的!"女孩惊喜的声音传了过来。

许汀白顿了顿,并不承认他在说谎:"没开过,我以为坏的。"

"那现在它没坏,我以后能经常来看电视吗?"

许汀白嘴唇轻轻一抿,他方才说坏了就是下意识地在拒绝她。但由于已经对"林清乐闯进他生活"这件事妥协了,现在听到她会经常来,心里竟也有了微微的期待。

"你这语气让我觉得你妈说的也没错。"许汀白隐去了那点喜悦,不冷不热地道。

"啊?"

"只是让你偶尔看看,不是经常看。"

林清乐不好意思地道："我会克制的。嗯……反正在你家，还有你监督我呢！"

许汀白指腹压在盲文上，力道有些重了。

他不语，但对于林清乐来说，他这个态度相当于默认。她喜滋滋地跑回来坐在椅子上："那就这么说定啦！我们继续学习吧。"

对于许汀白来说，学习的目的已经不是为了学知识，而是为了度过漫漫时光，让自己不至于每时每刻都困在黑暗的死胡同里。

但此时此刻，听着边上人翻阅书籍的声音，他沉寂的心好像稍微被拉扯起来一些，连指下的书籍也觉得没那么乏味了。

"对了，你的号码呢？"一个小时后，边上坐着的人又不安分了，凑过来干扰他。

许汀白停住："你要号码做什么？"

"当然是方便给你打电话。"

"……不用。"

"那……那我万一有事找你呢？"

许汀白："你不会有事需要我。"

"那万一你有事找我呢？"

许汀白轻吸了一口气："我不会有事找你。"

前后的路又被他堵得死死的。

林清乐放下了笔，闷闷道："197675486×6。"

"……"

"时间差不多了，我得走了。"

她的语气有些低落，大概是没想到自己刚走近了一步又被他不客气地拒绝。收拾书的时候，她也一言不发，简单收拾完后便起身了。

衣料摩擦声，走动声……许汀白在黑暗中感知着她所有的动作。

最后，砰的一声，门被关上了。

屋子瞬间恢复了宁静。

她生气了。

意识到这个，许汀白心口一闷，忽地站起身来。他加快脚步走到了门后，但在按下门把把门拉开一条缝的时候，动作又停住了。

一个瞎子，他无论如何是追不上她的……

许汀白把门又推了回去。

算了，随便她。

"是号码没记住吗？要不要我再说一遍。"就在他转身要往回走的时候，身边突然响起了一个明朗的声音。

许汀白一滞，倏地转向那声音的方向。

"197675486×6，这次记住啦？"

许汀白脸色顿变："林清乐！"

林清乐："我在，我在呢……怎么啦？"

"你要我？"

"不是不是！我……我就是忘了拿我的笔！"林清乐没说实话，但也不是在耍他。

她方才是真的有点沮丧，但开门的时候又觉得，要他接受一个人的接近不是一朝一夕的事，所以又软了心，想回头跟他说，不说号码没关系，她不介意。

她只是站在原地冷静了一会儿而已，谁想到她短暂的冷静后回头，看见他起身走了过来。

他走得有点急，好像是想喊住她的样子。

她承认，她看到他起身追过来，心里那点小小的不开心一下子烟消云散了。

"你……你刚才是不是想给我你的手机号了？"林清乐紧紧盯着许汀白的脸，观察着他的微表情。

许汀白却是像能感知到一样，猝然回了身，语气僵僵地道："我是在检查门有没有被你关好。"

"真的？"

许汀白拧眉："把笔拿好，别再落东西。"

"知道了……"林清乐只好回身去了餐桌边，假装拿那只没拿上的笔。

"拿"完后又走了回来："那我走了？"

许汀白绷着脸，伸手开了门。

林清乐："我明天再过来。"

明天再来，简单的一句话，却像一个诱人的许诺。

"再见。"她出去了，还帮他带上了门。

许汀白站在门后，这次屋子是真的安静了，静得他能听到自己的心跳声，一下一下……

CHAPTER 4
我会保护你

周日,林清乐跟林雨芬打了声招呼,说自己去图书馆,就从家里出来了。
但没想到,她走出家门口的那条小路时,遇到了郁嘉佑和蒋书艺。
她和蒋书艺已经好几天没说话了,此时两人眼神对上的时候,都在对方眼里看到了一点不自然。
其实,林清乐没想跟蒋书艺闹翻,蒋书艺对她的善意她能感觉到。只是那天,她在她气头上触及了她心里不可撼动的人。
"清乐,这么巧,你去哪儿?"郁嘉佑见到林清乐,有些意外。
林清乐还是走上前打了个招呼:"我去图书馆。"
"是吗,那正好了,一起去吧!"郁嘉佑道。
林清乐一愣。
郁嘉佑:"我跟蒋书艺是同一个学习小组的,所以打算去图书馆学习,没想到遇到你了。"
林清乐今天出来的主要目的是去许汀白家,去图书馆只是借口,她随便那么一说罢了。但说出的话泼出的水,她知道如果此时收回来,在蒋书艺眼中,估计就变成她刻意躲着她了。
她并不想让蒋书艺误会,她是想和好的。
郁嘉佑见她站着没动,淡笑着:"愣着做什么,走吧,早去能有个好位置。"

林清乐看了眼时间,还早。

"嗯,那走吧。"

三人走路往图书馆方向去,郁嘉佑并不知道身边两个女孩闹了别扭,如往常一般同她们说话。

"我去买点果汁和牛奶,你们在这儿等我一下。"路上经过一家小店,蒋书艺说。

郁嘉佑:"好。"

蒋书艺小跑着过去了,剩林清乐和郁嘉佑两人站在路边等着。

入冬了,天气有些冷,一阵风吹来,林清乐哆嗦了下,拉高了外套拉链。

郁嘉佑看了她一眼,细心地问道:"你很冷吗,我衣服给你穿吧。"

林清乐很快摇了头,一是因为郁嘉佑自己穿得也单薄,二是她觉得穿郁嘉佑的衣服会有些奇怪。

郁嘉佑见林清乐拒绝,便没有再坚持,只是看着她脸颊下半部一个劲地往拉高的衣领里钻。她的脸圆圆的,应该是很软,金属拉链轻易地就戳了一个小凹陷进去。

郁嘉佑瞧着好玩,忍不住笑了一声。

林清乐疑惑地看了他一眼:"怎么了?"

郁嘉佑摇头,说:"清乐,我觉得你好像不太一样。"

"什么?"

"看着是个乖乖的好学生,可那天跟章易坤对峙的时候……"郁嘉佑想了想,"挺凶悍的。"

林清乐被说得有些窘,不太好意思地道:"不凶点……他可能会觉得谁都好欺负。"

"他以后不会欺负你的,我警告过他了。"

"不是。"

"嗯?"

林清乐道:"我是说,怕他觉得许汀白好欺负。"

郁嘉佑顿了顿,轻笑了下:"他有你这样的朋友,很幸运。"

幸运吗?

可所有的不幸已经被他遇上了。

"嘉佑,牛奶。"蒋书艺买完回来了。

郁嘉佑:"给清乐吧。"

蒋书艺:"她不喝牛奶的,我给她买了橙汁。"

"这样……"

虽然闹着别扭,但蒋书艺还是记得她的习惯。

"你的。"蒋书艺直接把橙汁塞到了林清乐手上,看似不容拒绝,实则带着求和的味道。

林清乐低眸看了眼手上的饮料,说了声谢谢。

"你客气什么!"蒋书艺轻咳了声,径直往前走去。

三人到图书馆时人还不算多,寻了个靠窗的位置坐下后,便安静地做起了自己的作业。

林清乐原本想着写两个小时就说自己有事先走,但后来三人写了张试卷,遇到几个难题,便坐在一起研究了许久。

等到把题目都解出来后她才惊觉,都快要五点了。

"我要先走了!你们继续吧。"林清乐匆匆把试卷和书都收进了书包里,站了起来。

郁嘉佑看了眼手表:"时间确实差不多了,这样,我们今天就结束吧。"

蒋书艺:"也行。"

郁嘉佑:"不然,一起吃个饭再回家?"

蒋书艺:"可以啊。"

说完后,两人齐齐看向林清乐。

林清乐背上书包:"不好意思啊,今天你们去吃吧,我有点事得先回了。"

她昨天答应许汀白要去他家的,不能太迟了。

说完后,她抱歉地对两人笑笑,很快走出了门。

"干吗这么急。"蒋书艺没法,只好道,"嘉佑,那我们去吃什么?嘉佑?"

"啊?"郁嘉佑的视线从林清乐那儿回来,"哦,随便,你想吃什么?"

"我想想啊……"

不去学校的时候,许汀白只会待在家里。

他今天在房间里待了很久,后来又到了客厅,来来回回,除了吃饭和"读"学校发的教材,便只是发呆。

他经常会发呆,可以往是陷在自己的世界里,今天却隐隐有些不一样。

咚咚——

下午两点的时候,门被敲响了,许汀白的情绪突然浮动了一下,几乎是立刻起身去开门。他走得有点急了,黑暗中撞到柜子,小腿前部某处骨头被撞得生疼。

但他只是皱了皱眉就忍了下来,开门的时候,他让自己的表情保持淡定。

"你……"

"小白,饭吃过了吗?"

是姜婆。

浮动到顶点的心瞬间回落。

"吃过了。"

门外站着的老人说:"我想着今天来帮你打扫一下家里的,可我发现你那钥匙不在,所以才敲门。"

许汀白:"钥匙我之前收起来了。"

"哎呀你怎么收起来了呢,我不是跟你说了吗,不用不好意思,我就闲着有空的时候稍微帮你收拾一下。"姜婆道,"等会儿放回来啊,听见没。"

许汀白想到那个缠着他放钥匙的人,点了下头。

姜婆:"那我帮你打扫一下吧。"

"不用了姜婆,我收拾过了。"

"你自己收拾啊?那下次你别动啊,我来帮你就行了。"

"……嗯,谢谢您。"

姜婆操心他,站在门口又说了几句才走。

脚步声渐远后,门被他关上了。

那一瞬，许汀白几乎是自我厌恶地笑了下。

他在期待什么。

昨天她不过是随口说了一句而已，她没有说一定会来。

他怎么能，这么快就开始期待。

小腿被撞的那块地方疼得尖锐，但他站在原地缓了会儿后，也就慢慢淡了。许汀白回了房间，他把那把钥匙拿出来了，并且放到门外那个常放的隐藏位置……

下午五点，晚饭时间。

许汀白没什么胃口，也不知道吃什么，便走到厨房拿出了放在一旁的盒装方便面。

方便面快速而简单，倒了热水后他静静地站着，脑子里仿佛有时间在跳动。

五分钟很快过去了，他掀开盖子，闻到了味道。也就是在这时，门又被敲响了。

许汀白放下了塑料叉子，回身去开门。

"姜婆，钥匙我已经放了。"他对着外面说道。

"真的？！那我之后可以用吗？"

不是年迈的声音。

耳边的声音带着小姑娘特有的清脆和柔软，像一只小爪子，轻抓了下他的心脏。

许汀白愣了一下，因为意外，一时都没反应过来。

"好香啊，你煮了方便面吗？"女孩推开门，从他身边走过，"你才要开始吃吗？"

安静的屋子有了声音，一整天积攒下来莫须有的失望像被戳破的气球里的气体，突然就散了。

他关上了门，心脏克制不住地乱跳，他朝声音的源头处走了两步，问："你这么晚……来做什么？"

林清乐奇怪道："我昨天说我今天会过来的呀。"

"我是说，为什么是现在？"不知是否因为记挂了一天，他竟然脱口而出。说完后，许汀白立刻就后悔了，神色略带难堪。

"啊……对不起啊，今天遇到了同学，然后去图书馆写了几张试卷，有一张太难了，想了好久。写完才发现，时间有点晚了。"林清乐看着他，试探性地问道，"你……在等我吗？"

许汀白自然不会承认，自己竟然因为她昨天那一句话心不在焉了一整天。

"……想多了。"

"哦。"

许汀白走到厨房灶台边，去找那碗面。

"我来。"林清乐赶紧上前帮他端了，"你小心烫到。"

自己都能烧水煮面，还需要担心烫到这种事吗？

许汀白心里这么想着，但听到她有些着急的语气，没拒绝，由着她去了。

他在餐桌边坐下后，听到了边上人也拉开了椅子，她坐在了他旁边。此时她没写作业也没吃东西，那坐在这儿只能是看着他了。

许汀白想到这个场景，心里突然觉得有些不自在："你吃过了？"

林清乐肚子饿得咕咕叫："没呢，刚从图书馆回来。"

许汀白拿着叉子的手一顿，淡声道："那边还有，你想吃自己煮。"

"可以吗？"

"随便。"

林清乐立刻开心地起身泡了一碗泡面，没一会儿便端过来了。她在许汀白边上坐下，撩起面，轻吹了两口。

"泡面蛮好吃的。"林清乐说的是实话，他们这个年纪的小孩，对泡面没啥抵抗力，"但老是吃还是不好，下周末我们做饭吃吧。"

许汀白的手又是一顿，她的"我们"说得轻而易举。

林清乐："可以去买菜，然后在你家做，我厨艺一般，但是……但是还能吃吧，我妈有时候说蛮好吃的。"

许汀白缓缓吃了一口面，只觉得这样的日常对话让他十分生疏。

"我去倒水。"他不知道说什么话去应对，下意识地起身去逃避这一刻的熟络氛围。

"我帮你吧。"林清乐操心他看不见,起身跟了过去。

"不用。"

"还是我帮你吧。"

她的手握上了热水壶的把手,半边手掌压在了他的手上。

"你松开。"许汀白感觉到自己的手背有热度传来,可他一时也不敢抽开,怕她没拿稳摔了热水。

林清乐:"你松开我来倒。"

"我说了你松开,这点事我还做不好吗!"

林清乐的手被他拔高的音量击退,她看了他一眼,以为是她这样的举动打击到他的自尊心了。

"啊;我没说你做不好……"

林清乐的声音骤然弱了,许汀白抿着唇,知道自己刚才话音重了。他也不知道自己干吗就大声,他只是觉得她的手压着他的……很不合适。

他轻吸了一口气,拿到边上摆着的杯子,倒了两杯水。

"你生气了吗?"林清乐问。

"没有。"

"但你看着好像生气了。"

"……我没有生气。"

"你要是生气了你就说,可能,有时候你误会了我的意思也不一定。"

许汀白把倒好的一杯水推到她前面,然后拿着自己的杯子往餐桌方向走:"我没有生气。"

林清乐连忙端上水杯,屁颠屁颠地跟在他后面:"可是……"

"行了,安静,吃面。"

"哦。"

许汀白坐下了,他重新拿起叉子,吃了一口面。

"许汀白——"

"我真的没有生气,你别瞎想了。"他打断道。

"不是……我不是说这个。"林清乐盯着那碗他吃了一口的方便面,讪讪道,"那个面,是我的……"

"咳咳——"

许汀白骤然放下了叉子，错愕之下被不算辣的汤汁呛了喉管，咳得辛苦。

林清乐没想到他反应这么大，连忙把水推过去，再拉过他的手腕扶住水杯："喝点水！你小心点！"

少年因为常年待在一个小屋子里，皮肤很白，这会儿呛了这么一通，白皮染上一片绯红。

林清乐看着着急："我再给你去倒一杯！"

"不用！"许汀白喝了两口水缓了过来，可脸色依然不自然，"你怎么不早说！"

林清乐愣了一下："啊？你说面啊，我一时也没反应过来……没事的，呐，这是你的，你继续吃。我的给我。"

林清乐把他的那盒面推过去时，也想把自己的从他面前拿过来，可刚碰上就被他拦住了。

林清乐："怎么了？"

许汀白："……我用过，你别动。"

林清乐看了眼被他用过的叉子，心里其实是不介意他吃过的。但是她这个年纪，自然也知道男女之间应该要有的一点小距离，比如说，两个人不该用一个叉子。

林清乐收回了手："那我去拿双筷子，行不行？"

许汀白的喉咙依然因呛到而滚烫，他强忍着那刺激的感觉，沉着脸"嗯"了声。

吃完面后，林清乐赶回家了。虽然她能借口说自己在图书馆学习得太忘我，但也不能太晚。

后来的一周，气温骤降，所有人都在校服外面裹上了厚重的羽绒服。

冬天彻底到来了，周日那天，甚至还下起了雪。

"今天外面下过雪了，地上滑，你就别去图书馆了，在家学习吧。"这一天林雨芬调休，正在家里打扫卫生。

林清乐站在书桌边收拾书包，说："但是他们还是在打麻将啊，声音太大了。"

她们住的房子楼层间距很小,对面楼搓麻将的声音和交流声一声不落,都能传过来。

林雨芬皱眉,低低骂了两句对面那些人后,只好道:"那你走路小心点。"

"好,我知道。"

背上书包出门的时候,已经停了两个小时的雪又细细点点地下了起来。

林清乐挺喜欢下雪天的,一片白的感觉让她觉得世界很干净,心情也会随之好起来。

今天她去往图书馆的路依然变成了去许汀白家的路,她打算先把书包放他家,然后去附近的菜市场买点菜。

上周末她说过的,今天要在他家做饭,给他补充点营养。

到许汀白家门口后,她把手从口袋里拿出来,摸进了边上的盒子缝里,这次她如愿摸到了钥匙。

还好,许汀白没在她发现后把钥匙偷偷藏起来。

进屋后,林清乐原本打算放下书包就自己出去买的,可看了眼许汀白没关紧的房间门,她突然有了点别的想法。

走到他的房门外,林清乐轻敲了下。

"进。"

林清乐推开了门,探进一个脑袋:"许汀白。"

许汀白原本蹲在地上写学校的教材,听到她来了后,便停下站了起来。

"我马上要出去买菜了。"林清乐停顿了下,又说,"今天下雪了。"

许汀白眉头轻轻一皱,似是没懂她这两句话有什么联系。

林清乐笑了下:"我的意思是,你要不要跟我一起去?"

许汀白微愣,当下便道:"不去。"

林清乐知道,许汀白除了去学校的那条路,其他地方不是不得已从来不去。

平日里,他吃的东西不是从那条路附近带回来的,就是让姜婆帮忙带的。

他不去别的地方,把自己与社会隔离,孤独沉默地活在自己的小世界里。

林清乐:"可是今天下雪了呀。"

"那又怎样？"

"雪越下越大了，我刚过来的时候，草地上、树上，还有屋顶都是呢。地上就更别说了，好厚一层，踩着可舒服了。"林清乐走过去扯了下他的衣袖，"这是今年第一场雪哎，你跟我一起去感受一下好不好？"

女孩的话充满了诱惑力，她描绘的那个世界竟还真隐隐约约出现在了他的脑海里。

"你拉着我，我带你走。"

许汀白微微一怔，只听她继续道："别怕，我会保护你的。"

雪还在下，地面上的积雪越来越多了，鞋子踩在上面，咯吱咯吱地响。

许汀白不知道自己怎么就出来了，冰冰凉凉的物体落在他脸上的时候，他仿佛才回过神。

可也为时已晚。

"你小心点走哦，地上有点滑。"

许汀白没有带盲杖，于是林清乐更谨慎了些，一只手捏住他的衣袖领着他走，一只手撑着伞。

但是以她的高度，给许汀白撑伞实在有些困难。她尽力地抬高着手，但那姿势太酸了，显然不能持续太久。

所以没走多远，许汀白就发现了她颤颤巍巍的状态。

"给我。"他伸出手。

"什么？"

"雨伞给我。"

林清乐连忙把手又伸直了些："没事，我能拿！"

许汀白沉了声："拿来。"

"……哦。"

雨伞被他稳稳地拿在手心，不像她拿着的时候，东歪西倒。

林清乐偷瞄看了眼，又望向他拿着伞的那只手，他的指节修长干净，骨骼明晰。拿着伞柄的时候，十分好看……

"菜市场在哪儿？"许汀白突然问。

林清乐倏地收回了视线，但收回后又想起他看不见，自己莫名其妙慌什么……

"前……前面直走,然后右拐再左拐,差不多十分钟就到了。"

说完后发现许汀白绷着脸,显然是在嫌弃十分钟的路也很远。

"其实出来走走挺好的……"林清乐说着把手伸出了伞外。

雪花飘飘扬扬,落在了她的掌心。她眼尾染上了笑意,声音都欢快了些:"许汀白,雪花很凉,你摸摸。"

许汀白撑着伞往前走,感觉到袖子被边上的人扯了扯,他说:"你没见过雪吗?有什么好激动的。"

"唔……因为前几年在南方城市嘛,那个地方冬天不大下雪,就算下了也很小。"林清乐说,"我已经很久没有看到这么大的雪了。"

"哦。"

"跟雪久别重逢,是有点激动。"林清乐踩在雪里,厚厚的一层,一脚下去,心里十分满足。

两人走了一会儿后,拐了个弯。后面是一段石阶路,这里的雪不太厚,有些还结了冰。

"这里有点滑。"林清乐提醒的同时,揪着许汀白袖子的手也紧了些,生怕他滑倒。

"许汀白,你小心点——啊!"

结果刚提醒完别人,自己脚下就是一溜!

许汀白只觉衣袖被边上的人一扯,差点被带了下去!但好在他有防备稳住了,顺便也稳住了边上的人。

"是你小心点还是我小心点。"许汀白拧眉道。

林清乐鼓了鼓脸颊,耳朵有些热:"……我们都小心点。"

"看路。"

"哦……"

然而这段路可不是看路就能走稳的,林清乐两步一滑,摔得够呛。最后眼看就要走完这条路了,她刚松了一口气,竟然一溜,一脚滑到了底!

"啊——"

这次是真的要摔了,在这电光石火之间,林清乐及时松开了许汀白的衣服！然后"噗"的一声，屁股着地，坐到了雪地里。

许汀白感觉右手手臂一松，然后拉着他的人惊呼一声后，突然就不见了。

他呼吸一滞："林清乐！"

"嘶……"

林清乐的裤子不厚，这么一摔，屁股生疼……她呼了口气，回头看了眼站在后面的许汀白。

太丢脸了……

没照顾到他就算了，竟然还差点连累他。

这什么破鞋子，这么不防滑……

"林清乐！说话！"

许汀白往前走了一步，但他不知道她在哪儿，只能让她发声。

林清乐见他要走过来，连忙道："你别动你别动！我在这儿呢，你别走过来，这里很滑的！"

许汀白松了口气，但也没听她的，寻着声音往她的方向走了几步。等鞋尖碰到她后，他才伸出了手："起得来吗？"

林清乐抬眸，看到他有些着急的脸色和毫不犹豫伸过来的手，有些呆住了。

不知道为什么，她突然觉得自己摔值了。

"我起得来，没事的……"她下意识地就要去拉他的手，可在快要触及时，那只骨节分明的手还是让她意识到了什么。

她有点不好意思拉那只手。

耳朵微热，林清乐匆匆换了位置，改成抓他的手臂。

"不是已经走得很慢了吗？"许汀白语气里带着一股匪夷所思，问道。

林清乐借着他的力从地上站了起来，窘得要命："都怪鞋子……"

"那你刚才松手做什么，抓紧了不就不会摔了。"

"会摔的，我感觉到了。所以我才要松手，不然把你也摔了怎么办。"

许汀白一顿："……我没你那么笨。"

林清乐干笑一声："那个，站这儿怪冷的，我们继续走吧。"

"等等。"

"嗯？"

"抓紧。"他的胳膊横在了她面前，"两只手都抓紧，不要又摔了。"

林清乐看了眼已经走到头的超滑石阶路，犹豫了下，也没再说地不像刚才那样滑。只按照他的话，两手并用，一起拉住了他的右手臂。

许汀白："还有多远？"

"就快到了。"

许汀白"嗯"了声，没再说话。之后，他感觉到边上女孩拉着他的力度显然比之前大了许多……看来，是真的很怕再摔了。

她现在的谨慎让他想起刚才她一路走来一路跟跄的状态，脑子里莫名有了些画面。

她刚才应该像个企鹅一样，傻乎乎地前进着。

而现在，傻乎乎的企鹅正攀着他的手，几乎贴着他在走。

真笨……

"你笑什么？"林清乐本想问他今天最想吃什么，可抬眸间，忽地看到他唇角扬起了一个小小的弧度。

许汀白一怔，敛色："没有。"

"你笑了的。"林清乐缩了缩鼻子，"你不会是在笑我摔倒吧……"

许汀白听着她有些懊恼的声音，这下还真的有点想笑了："你也知道你刚才很傻。"

"哪有你这样的……"

"我怎样了？"许汀白眼底真实地染上了笑意，"我就只是奇怪而已，林清乐，到底是我看不见，还是你看不见？"

几分钟后，两人终于走到菜市场。

林清乐一到这里就开启了购物模式，为了周日这顿饭，她过去一周在饭钱上抠抠搜搜，还挨了几顿饿。

不过她觉得很值得，因为今天可以买很多肉了。

许汀白虽然高，可是他有些瘦，他应该多吃点肉。

"这个买好啦，再去买点虾吧，你现在还喜欢吃虾吗？"林清乐付完钱，转头看向站在自己边上的人。

"拿去。"

"什么？"

林清乐低头，发现许汀白手里有现金。

"不用，我准备了钱的。"

许汀白："用不着你给。"

"但是我今天想请你吃饭呀。"林清乐把他的手推了回去，"要是……要是你觉得不好意思，下次换你请我。"

林清乐从姜婆和米线大叔的口中得知，他父亲一直在还债，并且没还完，许汀白缺钱，平时过得并不轻松。

"好啦，快点走，早点买完早点回家。"林清乐用他短暂沉默的片刻插科打诨，重新拉着他的衣袖往前面去。

周围嘈杂凌乱，她拉着他的手臂，人虽小小的，但一直在护着他。

边上的人来来往往，她没让他被任何一个人碰到。

其实起初进入这个菜市场的时候，许汀白下意识地产生了排斥心理，因为受不了人多，也受不了嘈杂。可现在，他听着边上的女孩碎碎念叨着食材的声音，竟然觉得这里的一切也没那么难以忍受。

"老板，这虾新鲜吗？"

"当然新鲜了小姑娘，你看，活蹦乱跳的呢！"

"多少钱一斤啊？"

……

她又停在了一个商贩前面，她对着别人说话的时候，一只手还紧紧地拉着他。

许汀白眼眸微垂，终于还是把手上的现金放回了口袋。

算了，他想，那就等下一次吧。

"荤菜都买好了，再去买点蔬菜就行。"林清乐接过一袋子虾，看向许汀白。

他就站在她边上，身高腿长，腰杆笔直。其实，他就那么站着的话，并不容易让人看出他看不见，只有开始走路，他的眼神空洞，明显需要她拉着他的时候，才可能被人察觉。

许汀白："随便。"

"花菜好不好？我炒花菜可好吃了。"

"……哦。"

"那走吧，小心点，前面有一摊水。"

他们这趟需要买什么林清乐心里都有数，所以很快就把东西买齐全了。

两人回到家后，时间也还早。

林清乐把所有的食材先放到了厨房里，准备晚点再开始做晚餐。现在的空余时间，她拿出了卷子和书籍，像之前一样，把他家当图书馆。

卷子写了一会儿后，林清乐抬起头看了眼虚掩着门的房间。

许汀白在里面，他没什么动静。她一直觉得，他家比图书馆还安静。

不过，一直安静也不太像一个家。

"许汀白。"她喊了声。

没人应，一会儿后，她看到他走到了房间门口。

她问："我想看电视，可以吗？"

许汀白："随你。"

"嗯。"

林清乐放下了笔，走过去把那台老旧的电视打开，她按到了电影频道，正巧此时这个频道正在播一部美国电影。

他之前说过，可以用这些电影练练语感。

"作业写完了？"他突然又问道。

英文作文和翻译题还没写的林清乐心虚了下："还有一点呢……"

"那关掉，写完再看。"

刚才不是说随便她嘛，怎么这么快就变了。

"还剩下几道翻译不知道怎么翻合适。"林清乐犹豫了下，试探道，"不然，你帮帮我吧。"

许汀白顿了一下："自己想。"

"别……你知道我英语最差了。"林清乐见他又想回房间，连忙起身过去把他拉住，"就一会儿，你给我参考参考就行。"

许汀白被她揪着袖子，见她不依不饶，最后只好妥协，在餐桌边坐了下来。

"翻译什么?"

林清乐赶紧道:"这句——抱着努力不会白费的信念,他经历了起起伏伏,最终取得了成功。起起伏伏怎么翻译好?"

"With the belief that his efforts would pay off, he achieved success in the end after going through ups and downs."

"啊……"

许汀白面色淡淡,说:"经历了起起伏伏翻译成 go through ups and downs。"

"是哦……我怎么没想到。"林清乐眼睛闪闪地看着他,一边写一边由衷道,"你真聪明。"

许汀白愣了一下:"是你太笨。"

"唔,我也觉得,在英语上我是真的太笨了。"

面对小时候就已经精通英语的许汀白来说,她在这方面就是个菜鸟……

"还有呢?"

"什么?"

许汀白眉头轻拧:"不是说有几道?一次性问好。"

"哦好!这句,现代社会表达自我能……"

电视里还放着英文电影,但林清乐并没有看进去。

她看着许汀白一字一句地给她翻译中文,一个词一个词地给她解释……有时候大概是他觉得那句太简单了,对于她竟然还不知道怎么翻译感到有些诧异,顺道说了她两句,但说完后,他依然还是耐心地给她解答。

林清乐很喜欢他认真解题的样子,她看着觉得心里暖暖的,连英语都没有让她那么烦躁了。

"作文总可以自己写吧。"翻译题目都说完后,许汀白道。

"嗯……能的。"

"题目是什么?"

"大概就是李华给英国的笔友 Peter 介绍自己的家乡。"林清乐说,"我写完读给你听好不好,你帮我看看有没有语法错误。"

"林清乐,你真以为我是你老师吗?"

"可以是啊,你跟老师一样厉害。"

"……"

女孩盲目的信任和崇拜让许汀白觉得莫名又震动,其实他已经很多年没正常学什么了,她眼里的厉害,不过是他从前遗留下来的仅剩的一点东西罢了。

"你写吧,写完再说。"许汀白起身,没有继续在这里坐着。

他知道自己并不排斥待在她身边,但就是因为不排斥,所以他偶尔会有些顾虑。

因为有些东西要是太习惯,最后只会……舍不得。

一篇小作文花了林清乐好长时间,其实换作平时,也并不用写那么长时间。只是她想着自己等会儿得读给许汀白听,所以就想写得更好些。

但写完后,已经四点了,她念及自己需要开始准备一下晚餐,就没有立刻拿着自己的英语作文读给许汀白听。

她放下笔去了厨房,开始清洗食材。

林清乐还是挺擅长做菜的,母亲林雨芬因为工作的缘故偶尔回来晚,她就需要给两人准备晚餐。

三菜一汤花了快一个小时的时间,最后一道菜上桌后,她喜滋滋地拉着许汀白到餐桌边。

但就在两人准备坐下吃饭时,门突然被敲响了。

林清乐:"是姜婆吗?"

许汀白准备去开门,被林清乐拉住了:"我去开,你坐下吧。"

林清乐小跑了两步走到门后,开了门,她以为会是姜婆,但没想到门打开后,她看到了一张清丽好看的脸。

外面站着的人看到是她来开门时也是愣了一瞬,等再看到她身后那一桌子菜和桌边站着的许汀白时,神色顿时难掩怪异。

"林清乐,是谁?"许汀白没听见她吭声,问了句。

林清乐朝外面的人轻点了下头,回复许汀白:"戴容。"

许汀白没什么表情,闻声走了过来:"你先进去。"

林清乐:"啊?好……"

许汀白出去了,还把门带上了。

林清乐走回餐桌边,缓缓坐了下来,清汤还烫,热气缭绕。林清乐支着下巴盯着那道汤,想着应该不会聊太久吧,不然……菜凉了就不好吃了。

而此时门外,一男一女迎面对立。

一个面色冷淡,一个眼神震惊。

"解释。"燕戴容盯着眼前的人,两个字几乎是从齿缝里蹦出来的。

许汀白:"什么?"

"我让你解释,为什么林清乐在你家里?你们在干什么?做饭?"

许汀白眉头轻轻一拧,笑了下:"这些事为什么要跟你解释?"

"为什么不解释?凭什么,你不让我待在你家,也不让我接近你,为什么她行?你不是心高气傲不让人帮忙吗!那她是怎么回事?"燕戴容瞳孔颤动,因为激动,越说声音越高。

许汀白却没有丝毫表情:"说完了吗?"

"没有!"燕戴容捏紧了拳头,"我跟你打出生起就认识,谁比我们更亲!你凭什么推开我?许汀白你算什么,你凭什么!"

"亲吗?熟吗?"许汀白冷了声,嘲弄道,"你不是怕别人知道你来找我,怕别人知道你跟我有联系吗?你不是觉得丢脸吗?燕戴容。"

……

林清乐并没有想偷听他们说什么,但门的隔音效果不是很好,而且,后来门外的那个女孩子几乎是克制不住地在嘶吼。

过了一会儿,外面安静了下来,然后门被人敲响了。

林清乐立刻去开了门,许汀白走了进来,到餐桌边坐下。

"她走了吗?"

"嗯。"许汀白,"吃饭吧。"

"……好。"

一顿饭吃得很安静,林清乐觉得许汀白可能心情不怎么好,所以不敢开口说话。

吃完后,林清乐也安静地起身准备收拾碗筷。

"放着吧,我会洗。"许汀白说。

林清乐:"没事我就顺手,你去休息吧。"
许汀白没说话,但他也没有走,帮忙做着力所能及的活。
林清乐没有再阻止他,碗筷也没几个,都收拾到水槽后,她很快就洗完了。
"许汀白,那我先回家了。"她背好了书包,跟他打了个招呼。
"嗯。"
"你……"林清乐想问点什么,或者说点宽慰的话,虽然刚才听到了只言片语,但说到底,她并不清楚他和燕戴容之间的事,"没事,我先走了。"
她转身往门口走去,心里莫名有些发闷,虽不想承认,但燕戴容的出现还是影响了这顿本来应该很开心的晚餐。
"林清乐。"突然,身后的人叫住了她。
她回头,看到许汀白站在小客厅中央,面对着她的方向。
"刚才忘记说了。"
林清乐愣了一下:"什么?"
"你做的菜很好吃。"许汀白声音很轻,却意外柔和,"谢谢你。"

少年人的心情变换得容易,上一秒因外来人的侵入而郁闷,下一秒就能因为在意的人一句夸奖而满心欢喜。
许汀白说她做的菜好吃……
回家的路上,林清乐的脚步都轻盈了许多。每每想到临走前许汀白说的这句赞美,整个人就飘飘然的。
而且,这种好心情甚至持续到了第二天,早上林清乐在路口买早餐时,还给自己多要了一个茶叶蛋。
"清乐。"临近校门口时,遇到了在边上吃早餐的蒋书艺、于亭亭。
那天图书馆之后,她和蒋书艺算是和好了。
林清乐跟两人打了个招呼:"早啊。"
"早啊早啊。"于亭亭整了整围巾,"好冷哦,我手都冻红了。"
林清乐说:"那快点吃吧,快点回教室去,我也好冷。"
"行,这鬼天气真受不了。"
三人很快在校门口把早餐解决了,说说笑笑往学校里去的时候,蒋书艺突然停了下来，朝边上打了个招呼。

"戴容，早上好啊。"

林清乐听到这个名字脚步一滞，侧眸看了过去。燕戴容正好也在这时进了校门，看过去的时候，她的视线也落在林清乐的身上。

燕戴容面色冷淡地看了她一眼，一言不发，转头便往教学楼方向走去。

热情地跟她打招呼的蒋书艺一怔："哎？"

于亭亭瞪大了眼睛："我去，她怎么这么拽？你打招呼她都不回应一个啊。"

蒋书艺说："她今天是怎么了？"

于亭亭说："什么怎么了，就是拽！大小姐眼高于顶，不屑跟咱们这种平民老百姓打招呼，明白吗！"

蒋书艺摸了摸鼻子，有点尴尬："她平时不这样啊，我之前跟她打招呼她都……"

"平时都是装的吧我看，想打招呼的时候就打一个，不想的时候就不打呗。你以为她跟郁嘉佑一样好性子啊，人家跟咱校草只是有一点血缘关系而已，本质可一点不像。"

于亭亭平时就总听身边的男生戴容长戴容短地谈论，对燕戴容是不爽已久，所以逮着个点就说个不停。

蒋书艺看了她一眼，说："行了行了，这么大声也不怕人听见，别说了。"

"听见怎么了？"于亭亭努了努嘴问，"清乐你觉得呢，你是不是也有这种感觉，燕戴容就是表里不一对吧？"

林清乐看了那人的背影一眼，表里不一……这倒让她想起昨天在许汀白家听到的他们的对话了。

于亭亭："清乐，你说呀。"

林清乐收回视线："我跟她不熟。"

于亭亭："哎呀，你们真是……"

入学以来，林清乐在学校的日子都是平静而充实的。她很喜欢这种平静的感觉，这样的感觉能让她好好学习。

但她没有想到，她喜欢的平静，终有一天到了头。

原本这天对她而言只是一个普通的周四而已,晚自习第一节课前,她从老师办公室回来。

进教室的那一瞬,林清乐就有种奇怪的感觉,因为原本有些嘈杂的教室一下子安静了下来,所有人或直白或掩饰地都看了过来。

她不明所以,下意识地看了眼坐在第一排,离教室门口最近的于亭亭,可于亭亭却避开了她的眼睛。

林清乐愣了下,望向不远处的蒋书艺。只见她眼神微闪,张了张口似乎是想跟她说什么,可最后却是低下头没说话。

林清乐低眸看了眼自己的衣服,没穿反呀……

上课铃已经响过了,这会儿不是可以随便走动的时间。所以林清乐没再问,只是有些纳闷地坐回了自己的位置。

坐下去后,她还偷偷拿铅笔盒底部反光的地方照了下自己的脸,脸上干干净净,什么污渍也没有。

林清乐放下笔盒,看了眼周边的人。

此时旁边的人都低着头写作业了,没有人再看她,仿佛刚才的一切只是她的错觉。

但可能,也就是错觉吧……

林清乐没再多想,她拾起桌上的笔,打算开始写卷子,但要落笔的时候才发现这道题之前的辅助线画错了。她当时因为找不到橡皮就先放着了,后来又被老师喊去办公室看了几张卷子,就一直搁在这儿。

"陈宁,你橡皮能不能借我一下,我……"林清乐压低了声音,想跟同桌借一下橡皮,可没想到的是,她话还没说完,手都还没伸出去,她的同桌就像受了什么大惊吓一样,忽然往边上挪了一下。

同桌动作突兀,椅腿和地面擦出了尖利的一声,使整个班的视线瞬间又转了过来。

林清乐的手停在了半空中:"怎么了?"

陈宁好像是吓了一大跳:"啊?没什么,你……你刚才说什么?"

林清乐:"我说我橡皮掉了,能借一下你的吗?"

陈宁好像也尴尬自己刚才反应那么大,点头把橡皮推了过来:"给你,这里。"

"谢谢啊……"

林清乐把橡皮拿起来擦了画错的那道辅助线，而后再看向众人时，众人已经回归了正常。

她心里是觉得有些怪异的，不过因为晚自习已经开始了，她不便说话，最后也只能先写作业去了。

但这种怪异感一直存在着，她十分不解。

直到第一节课下课后，教室外面出现了一个不速之客……

"喂，林清乐，写作业呢？出来一下呗——"

林清乐坐在教室中间的位置，听到有人在走廊外喊她，转头看了过去。竟然是章易坤，他此时就靠在窗边，对她招手。

林清乐不喜欢他，在不知道这人想干什么的情况下，她并不打算理会他。

"林清乐，跟你说话呢，你怎么不回一个，你这人有没有点礼貌啊？"

"……"

见林清乐是铁了心无视他后，章易坤也就不跟她瞎扯了，直接道："哎，咱们贴吧上说的那事是真的假的？林清乐，那应该是真的吧，当年的新闻报纸都有贴上来哦。我还没想到你这小丫头片子挺狠啊，嘶……别说，我现在看你都有点瘆得慌……喂，喂我跟你说话呢，你听见没！"

林清乐原本想着章易坤肯定是来找她碴的，她不理会就好，反正他也不能拿她怎么样。可没想到的是，他提到了什么新闻报纸……

林清乐心里咯噔了一下，顿时有不好的预感。

"林清乐，你爸叫李民山啊，就是杀了人的那个？"章易坤说话很大声，所有人都听得见，他说，"听人说你那时小小年纪差点步了你爸后尘，真的假的啊？"

所有人都在看着她。

原来是这样，她从之前进教室起就有的怪异感，就是因为这件事。

林清乐的脸色顿时很难看，她已经很久很久没有听到别人提起这件事了。曾经的梦魇，她以为已经离她远去的噩梦，就在今天，以她最害怕的方式，卷土重来。

她都不知道自己是怎么从椅子上站起来的，从自己座位走到教室外的过程，她整个人都是蒙的，她只知道，不能再让章易坤这么大声地喊，她要阻止他。

章易坤："可算出来了，你就满足一下我的好奇心嘛，你当年是不是真的要杀那个被害人家的小孩啊，就因为那一家子上门来闹？"

林清乐看着他，咬牙道："我没有……"

"可是有知情人说那是真的，你爸当年杀了人，后来被害人的妻女找上门，你小小年纪就直接拿刀要去杀人家女儿，哇……难怪这么凶，原来这狠劲还能遗传啊！"

"你不要胡说！我说了我没有要去……要去杀她！"

"行吧，你是没杀成人，但是你爸杀了人是事实啊，新闻都报道了的。"

"所以呢，你想说什么？"林清乐只觉得在众目睽睽下异常难堪，她强忍着眼泪道，"你翻出这些想说什么，侮辱我吗？那你已经做到了，你可以走了吗？"

"我翻出？"章易坤莫名其妙，"我就是在网上看到的而已，这锅我可不背。"

林清乐死死地盯着他，眼眶红得吓人。

章易坤皱眉："反正就不是我啊，喂，你别在老师面前瞎说啊。"

"章易坤！"郁嘉佑从教室里出来，拦在两人之间，"别胡说八道，回你自己教室去。"

章易坤懒洋洋地道："我可没胡说啊，贴吧上不是都有吗，你没看到？全校都知道了啊，这是热门帖子。"

郁嘉佑当然看到了，起初原本是不信的，可后来看到新闻报纸的贴图和好多知情人的回想，他不信也得信。

郁嘉佑拧眉，回头看向背后明明已经眼眶通红，却一直没有掉眼泪的女孩："清乐，你……"

林清乐并没让他把话说完，转身便往走廊那头走去。

她走得很快，穿过长廊，走下楼梯……这一瞬间，她的第一反应只有逃离，她没办法立刻说服自己继续面色淡定地回到座位上。

同桌的恐惧，于亭亭躲避的眼神，蒋书艺的欲言又止，还有班上其他同学异样的眼光……

所有的一切，都仿佛把她拉回了最初在学校的时候……

这个晚自习，林清乐没有重新回到教室，她请了假，回了家。

林雨芬已经下班了，林清乐回来的时候她正在阳台收拾衣服。

"你怎么回来了？不是上晚自习吗？"林雨芬很惊讶。

林清乐摇了摇头，一言未发，转身进了屋子。

"怎么回事？清乐，你干什么呢？"林雨芬捧着一堆衣服跟她进了房间。

林清乐脱了鞋，直接窝进了被子里："我身体不舒服……请假了。"

她不会在林雨芬面前说今晚的事，因为那些回忆对林雨芬来说，无疑也是巨大的痛苦。

在情绪方面，她从来不会对自己的母亲说什么，小时候是这样，现在也是这样。

"不舒服？你是不是发烧了？！"林雨芬立刻放下了衣服，探出手去摸她的额头。

"没有，我就是有点晕，想睡觉。"

林雨芬不放心，出去拿了体温计过来给她测了一下，确定没有发烧才松了一口气："怎么突然就有点晕了，你是没睡好吗？"

"可能……"

"你昨晚是不是太晚睡了，题又写到大半夜？"林雨芬拧眉道，"以后不能这样了，得不偿失啊，你看你病这一通，更浪费学习的时间了。"

林清乐是真的头晕，太阳穴涨得她整个人都很难受，感觉身体空荡荡的，好像飘浮在半空中。

"妈我想睡觉，你出去吧。"她低声说。

林雨芬担心道："我去给你做点吃的吧。"

"我不想吃，你出去吧，我只想睡一觉。"

林雨芬只好道："行行，那你要是有别的不舒服，得及时跟我说啊。"

"嗯。"

房间门被关上了,周围总算安静了下来。

大概是到了自己的安全圈,从学校开始一路的紧绷才终于松懈了下来。

林清乐缩在被窝里,摸出了枕头下面的手机。

她自制力很好,从来不会用手机去上娱乐性的网站,除了跟林雨芬打电话以外,她这个手机几乎没有其他作用。

可今天,她在黑暗中捏着手机,点开了章易坤所说的,贴吧里的内容。

"你们有人还记得七年前一桩杀人案吗,那个杀人犯还是咱们这儿的人。记得当年那男的杀了自己的同事,后来被抓起来枪毙了!你们不知道那男的是谁吧?他是我们学校一个高一学生的父亲!"

"真的假的啊?这种事别乱说!"

"有图有证据,附当年新闻报纸照片!就是图上那个男的李民山!她女儿是高一的那个,好像叫林清乐。"

"清乐?是不是那个长得挺漂亮的,不是吧……"

"把人家女儿的名字说出来真的好吗,她也很无辜吧?"

"说出来是有原因的啊!我听说当年受害者的老婆孩子上门讨说法,她小小年纪就拿着把刀,要把那小孩那个啥……就超狠。我没乱说哦,你们去问问当年听说过这事的大人就知道了。"

"这玩意儿还能遗传?太吓人了吧!"

"自己爸杀了人,她不知道认错道歉就算了,还这么对受害人家属啊。"

……

其实,林清乐在打开前就已经猜到别人会说什么了,因为那些话,她已经听过无数遍了。

她不是不解释,而是小时候就反复解释过。然而她知道,信则信,不信的人,永远不会愿意去信。

这天晚上,林清乐睡得很不安稳。

她梦到了过去的好多事,梦到父亲的喜怒无常和暴戾,梦到了她和母亲在他的威压下如履薄冰,也梦到了出事以后,所有指向她们的可怕矛头。

她在睡梦中想,是不是不管过了多久,这些事都不会结束……

CHAPTER 5
让你看看我

"坤哥,好不容易等到周六有空,这次一定要给许汀白那家伙好看,别手软!"

"就是,我那天可是亲眼看见戴容哭着跑出来的。"

章易坤横了说话那人一眼:"让你跟过去你就知道她哭了,其他什么都不知道,你蠢不蠢!"

"这……这我不是怕跟太紧被戴容发现嘛!"

"你——"

"坤哥坤哥!别说了,看!许汀白那小子过来了。"

众人止了声,皆看向从小巷拐角处走过来的许汀白。他并不知道有人在这里堵他,微垂着眸,靠盲杖探路。

"喂。"临近时,章易坤拦住了他的去路。

许汀白听到声音,眉头一皱。

章易坤:"许汀白,我之前是不是警告过你,离戴容远一点?你是不是没听进去啊,还敢找她?你还惹她哭了?"

许汀白沉默了两秒,冷飕飕地问:"章易坤,你知道我看不见吧?"

"废话,你当我也是瞎的啊。"

"既然你知道,那你就应该清楚,我不可能去找她。要找,也是她来找我。"

　　章易坤一噎:"那你肯定给她打电话了啊!戴容人那么好,你求帮助她肯定来!"

　　许汀白冷笑一声:"既然我这么想她来,那她为什么是哭着走的。"

　　"……"

　　"你对她感兴趣,不代表别人也对她感兴趣。"许汀白有些不耐,戾气顿现,"让开。"

　　章易坤愣了愣,下意识地竟还真偏了一下,但他立刻反应过来,连忙伸手拦住了许汀白的路:"你拽什么呢!你跟那个林清乐,一个两个的都不把我放在眼里是吧!"

　　许汀白脚下一滞,再开口时语气显然带了怒气:"你找她麻烦了?"

　　"我找她麻烦?她不找我麻烦就不错了!"章易坤冷哼了声,"之前我说了你两句她就当众泼我一脸水,要不是看她是女的,我早对她不客气了!"

　　许汀白微怔。

　　泼他一脸水?

　　林清乐没有告诉自己这件事。

　　她是傻子吗,竟然为了他去惹这个神经病。

　　"不过,我瞧着你们这也算是物以类聚吧。"章易坤慢悠悠地说,"你父母当年破产可害了不少人,这林清乐更牛,她爸直接就是个杀人犯……"

　　"谁告诉你这些的!"许汀白声音顿沉,立刻打断了他。

　　章易坤看了他一眼:"什么?"

　　"我说,谁告诉你她爸的事的?"

　　"这需要谁告诉我吗?昨天有人在贴吧上爆料了啊,我们全校都知道了。"

　　难怪……

　　难怪今天周六,她却没有出现在这里。

　　"喂,许汀白,现在不是扯这些的时候,戴容的事我还没说完呢……"

　　"滚。"

　　"喂!"章易坤拽住许汀白的衣服,"我话没说完你敢走!"

"你们干什么呢？这群学生，你们做什么！"就在这时，买菜回来的姜婆和两个大妈路过。姜婆看到许汀白被围在其间，连忙出声呵斥。

章易坤见有人来了，松开了手。

"……算你走运！"

"这么多人来欺负小白啊，你们哪个学校的！"

章易坤眼神示意了下边上的人，假笑着从姜婆身边走过："老婆婆，我们可没有欺负人哦，我们就是看他看不见，帮他带下路的。"

姜婆横了他一眼，显然是不信。

章易坤才不管她信不信，说完后，带着几个小跟班，慢慢悠悠地离开了。

见人走后，姜婆连忙上前："小白，这些人欺负你了？"

许汀白脸色极差，摇了下头："没事姜婆，我先回去了。"

林雨芬这周已经调休过了，所以周六要出去上班，不能留在家里。中午的时候她打电话过来让林清乐自己煮点面吃，林清乐当下应了，可并没有真的走出房间。

她原本只是假装自己病了，却没想到今天真的有点不舒服。

叮叮、叮叮……

手机响了起来，除了林雨芬，没人会给她打电话。

林雨芬太唠叨了，林清乐有些不想接，可那铃声却持续不断，一副不接就不停的样子。

林清乐没法，只好把手机盖翻了过来，但意外的是，屏幕上显示的是一串不知名的号码。

林清乐奇怪地按了接听键："喂？"

没人应，对面静悄悄的。

就在林清乐以为是谁打错了，想要挂掉的时候，突然有个熟悉的声音从听筒那边传来：

"林清乐。"

林清乐猛地怔住，立刻把手机拿到面前看了眼，再放回耳朵旁时，她都有些难以置信了："是我……"

"我是许汀白。"

"……"

林清乐的眼睛因为意外微微睁大,她没有想到许汀白会突然打给她,还正好……是在她特别难过的时候。

其实从昨晚到现在,她一直没有哭,虽然她觉得难过,觉得羞耻,可从始至终,没有流过一滴眼泪。因为她觉得自己不能再因为那件事情哭了,她已经长大了,不可以像小时候一样。

可不知道为什么,此时此刻听到许汀白的声音,她竟然瞬间红了眼。眼泪唰的一下冒出一大颗,心里的委屈像膨胀到极限的气球,一下子炸开了。

她根本就控制不住那瞬间的生理反应。

她闭上了眼睛,把脸埋在了枕头里,企图把泪水擦干:"我……知道。"

"你哭了?"

林清乐下意识地摇头:"没有啊……"

"你声音很闷。"

"我还在床上睡觉。"林清乐把哽咽都咽了回去,艰难道,"我在被窝里。"

对面沉默了许久。

林清乐也等了许久,最终,她还是忍不住问:"你怎么给我打电话了,是不是有什么麻烦?"

"没有。"

"那你为什么……"

"林清乐。"

"嗯?"

"别听别人说什么。"

林清乐在黑暗中睁开了眼睛,怔愣间,只听到对面的人对她说:"那些事情,都不是你的错。"

被窝被她压得紧紧的,里头的空气也渐渐稀薄。

林清乐紧紧握着手机,任由它压在耳朵上发烫,不舍得松开。

"你听到别人说什么了吗?"她低声问。

"章易坤来过。"

林清乐顿时紧张了:"他……他又去找你了!他有没有对你怎么样?"

"没有。"许汀白停顿了一下,似乎有些无奈,"你现在还能操心别人。"

"……我没什么事。"

"没什么事你哭什么?"

他认定她哭了,但也确实猜对了。

林清乐不再否认,皱了皱鼻子,眼眶又热了。也许因为对面是许汀白,她此刻终于忍不住,有了倾诉的欲望:"我跟李民山不一样,我没有想杀人……"

"我知道。"

"小时候那次是因为他们找我妈妈麻烦,一直在打她,我很害怕,我想让他们离开我家,所以才用那个小弟弟做威胁……但是我没有想伤害他,我就是……就是想让他们离开我家。"

"我知道。"

"可是事情过了很久,我现在说什么也没人信吧……网上好多人都觉得我很吓人。"

"林清乐,我以前跟你说过的话,你记得吧。"

"什么?"

许汀白:"你父亲做的事不是你的错,跟你也没有一点关系。因为这件事反感你的人,你就不必再在意他们的感受了。"

林清乐愣了一下。

其实,这算是他们重逢以来,许汀白第一次主动地、心平气和地跟她说这么多话。

这让林清乐有一种错觉,好像回到了以前,许汀白还是那个温柔的许汀白,他们还是很要好的他们。

她的心情破天荒地好了起来,这瞬间,好像教室里同学异样的眼光都没有那么让她难过了。

林清乐:"嗯……我记得。"

许汀白:"所以,你不要再像小时候一样躲起来哭了,知道吗?"

是啊,时隔这么多年,她为什么还要那么在意别人的看法呢?

杀人的又不是她,她没有做错任何事。

林清乐的嘴角忍不住扬了起来:"你打电话来,是为了安慰我吗?"

许汀白沉默了半响:"我只是试试你给我的电话打不打得通。"

"当……当然打得通了。"

"哦。"

"……"

"还在哭?"

"……没有了。"

"那先挂了。"

"等等等等!"

"怎么了?"

林清乐拿着手机想说什么,可一时紧张又不知道说什么好。

"我……还是有点难过的,你能不能陪我聊聊天啊?"林清乐说了点小谎,她其实不难过了,就是舍不得挂电话。

现在这样让她很有满足感,也会让她觉得,这世界上还是有人能懂她,能陪着她的。

许汀白顿了顿:"你想聊什么?"

"唔……"

"清乐,清乐你在房间?"就在这时,房间外传来了林雨芬的声音,她下班回来了。

林清乐吓了一跳,连忙把手机往枕头底下塞:"在,我在的。"

林雨芬推门进来:"怎么还躺在床上,你还没吃吧,妈带了晚饭回来,出来吃。"

"哦……"

"身体舒服点了吗?"

"嗯。"

"那快出来吃饭。"林雨芬说完转身走了,但没帮她带上门。

林清乐看着房门口,一直到脚步声远去,才缩回了被子里。她把方才藏在枕头下面的手机又拿了出来,躲在被窝里小声道:"你还在吗?"

"嗯。"

"我妈叫我吃饭。"

"听到了。"

"那我先去了。"

"挂了。"

"等下。"林清乐犹豫了会儿，压着声说，"许汀白，那我们能不能晚上再聊？"

"……"

"晚上我给你打电话，行不行？"

许汀白有一会儿没出声，就在林清乐有些紧张，以为他会拒绝的时候，突然听见手机那边，他低低应了一声。

"知道了。"

林雨芬给林清乐买了一些粥回来，看着她吃完后，又给她量了一次体温。

"还好没发烧。"

"妈，我说了我没发烧，我就是突然有点虚……"

"啧，看来下回得给你买点补药炖一炖了。"

"不用，那多贵啊。"

"跟你的身体比起来有啥贵的，你这虚弱的样子要是影响你学习怎么办，那可是终身大事。"

又来了，又跟学习扯上边了。

林清乐轻吐一口气，妥协了："那你给自己熬点喝，你工作也很累。"

"你别操心我，管好你自己。"

……

喝完粥后，林清乐回到了房间。

林雨芬操心她的身体，一会儿倒热水，一会儿拿水果，时不时来房间看看她。

林清乐在林雨芬的眼皮子底下自然不敢打电话，最后她干脆拿出了放在家里的练习册，坐在书桌前开始刷题。

她们的房子不大，隔音效果更是一般，林雨芬没睡下前，林清乐便一直在看书写卷子。写题的同时，她也一直注意着，林雨芬是不是回房间睡觉了。

可今天不知道怎么回事,一直到十一点,林雨芬都还在客厅。

这让林清乐分外揪心,她有些担心,怕许汀白已经睡觉了。

"清乐,不要熬夜。"林雨芬又推门进来了。

林清乐"嗯"了声:"马上睡了,妈你也早点睡吧。"

"知道,你快睡啊,别明天又头疼脑热不舒服。"

"哦。"

吩咐完后,林雨芬给她关上了门,离开了。

林清乐放下笔,轻手轻脚地走到了门后,她贴在门上,听到了林雨芬走路的声音。

砰——

对面的房间门被关上了。

林清乐眼睛一亮,立刻小跑着钻进被窝里。她迫不及待地把手机从枕头底下拿出来,从联系人里找到许汀白,拨了出去。

她有些忐忑,这个时间点她怕他睡了,怕会吵醒他。于是她想着,只响三声就好,三声他没有接的话她就立马挂掉,不吵他睡觉。

但没想到的是,手机才响了一声,就被接了起来。

"喂。"

"你还没睡呀!"

许汀白"嗯"了声:"你要睡了吗?"

林清乐:"当然没有,刚才我妈在,我不敢打电话……"

"现在你妈不在了?"

"嗯,她去睡觉了,我一听到她进屋就赶紧给你打电话了。"

林清乐说话很小声,而且因为在被窝里,声音听起来有些闷。

在这样的深夜,女孩语气雀跃地说出这样直白的话,听着其实有些歧义。仿佛他们是不一般的关系,仿佛他们因为某些原因打着偷偷摸摸的电话。

许汀白坐在床边,一只手拿着手机,另一只手无意识地抓了下床单:"你想说什么,说吧。"

"谢谢你啊。"

"谢什么?"

"谢谢你下午给我打电话,本来我挺不高兴的,但我现在都好了。"

许汀白:"哦,我只是随便打打。"

"那我可不是随便听听,这样吧……为了感谢你,我再给你做一顿好吃的怎么样?"

听得出来,她的心情跟下午比起来确实好了很多。

许汀白无声地勾了下唇:"夸你一次就真觉得自己做的菜很好吃了?"

"是挺好吃呀……"林清乐道,"下次做个可乐鸡翅,那是我的绝活。"

听筒那边的人声音更雀跃了,甜甜的,像带了小钩子,钩得听的人都觉得心情好了。

许汀白靠在床边,意识到自己已经开始期待她的可乐鸡翅了。他垂了眸,低声道:"是吗?"

"是呀,是真的绝活,因为我还有特别的做法。就是你要先把……"

……

絮絮叨叨,大部分时间都是林清乐在说,且说的也不是什么重要的事。但他一直在听。

最后,林清乐自己说到被子里的空气有点稀薄才停下来,她探出头吸了口新鲜空气,看了眼屏幕。

此时上面显示着通话时间,十五分钟。

"许汀白?"

"我在。"

"我是不是说多了……"

许汀白:"你打电话不就是为了说话吗?"

"唔……也是。"

"还有什么想说的没?"

林清乐想了想,突然道:"我们……说说你吧,好不好?"

许汀白:"我没有什么好说的。"

"有的。"

"你想知道什么?"

林清乐听得出他说到这个有些排斥，可她知道今晚算是个机会，今天不问，可能下次又不知道什么时候能撬开他的嘴了。

　　"我想知道你眼睛的伤严不严重，医生怎么说，它会不会好……"

　　"不知道。"

　　"什么？"

　　"不会好的吧，反正，就这样。"

　　林清乐瞪大了眼睛，难以置信，难不成许汀白父亲压根就没带他去看过医生，或者说，没有能力带他去看医生。

　　"你没去过医院？"

　　"没什么事的话，挂了吧。"

　　"许汀白！"林清乐急急道，"就算去过我们溪城的医院也不算数的，这里只是个小地方。可外面的大医院就不一样了，他们有更好的技术，他们很厉害的。我们可以想办法，想办法存钱去外面看医生，我们……"

　　"有那么好看吗？"他凉凉道。

　　林清乐："什么……"

　　"没什么好看的。"许汀白笑了一声，略带嘲弄地说，"你执着我的眼睛干什么。"

　　他不想看到这个世界吗，不想看到身边的事物吗？

　　那怎么办……

　　林清乐心里着急，脱口便道："因为……因为我想让你看看我！"

　　许汀白愣住。

　　林清乐抓紧了手机："可能我是没有那么好看……但是我长大了，长大后的样子你还没看过呢！"

　　林清乐不想许汀白一直生活在黑暗中，所以即便有一点希望，她也觉得应该去试一试。

　　如果他父亲没办法，就由她来想办法。

　　如果缺的是钱，那就慢慢存；如果缺的是许汀白的信心和向往，那她就努力让他觉得，看得见，还是一件很好很好的事。

　　第二天周日，林雨芬买了早餐，放在餐厅叫林清乐过来吃，自己便上班去了。

　　林清乐从房间出来时林雨芬已经走了，她看了眼桌上的早餐，没吃，提上后带上钥匙，径直出了门。

　　她是想趁着林雨芬不在家去许汀白那儿看看，没想到走到路口的时候，碰到了蒋书艺。

　　林清乐看到她第一眼时，下意识是想避开的。但她走过去的时候，蒋书艺却喊住了她。

　　"清乐，等等！"

　　林清乐停住了脚步，回头。

　　蒋书艺走了上来，她犹豫了下，低声道："对……对不起啊。"

　　林清乐一愣："什么？"

　　蒋书艺："那天在学校，对不起，我……我就是看到那个有点不敢相信。可我后来想了想，我们也一起那么久了，你的性子我们都知道的……"

　　蒋书艺说这个的时候很尴尬，毕竟她那天的迟疑也都是真的。

　　林清乐则是没想到蒋书艺过来是和她说这件事的，她这两天甚至都想好了，如果在学校没有朋友……那便没有了吧，她不会强求所有人都接受自己。

　　"说起来那个发帖的人也有病，你爸……呃，我是说那事是别人做的，跟你有什么关系，你还是受害者呢。至于说你意图杀人的，怎么可能嘛，你胆子这么小——"

　　林清乐呆呆地看着她："你，真这么想吗？"

　　"对不起啊，我应该早点来找你说这些的，可是周五那天，我……我脑子一时也乱了。"

　　"谢谢。"

　　"没有没有……你不用跟我说谢谢，我还觉得愧疚呢。"蒋书艺抿了抿唇，"那个，你现在要去哪儿啊？"

　　"我去找个朋友。"

　　"许汀白？"

　　"你知道啊。"

　　"我猜的。"蒋书艺似乎因为自己总算见着她把想说的话说完了，松了一大口气,"那你去吧,我先回家了。"
"嗯,好。"

林清乐去往许汀白家的路上,一直有些蒙。

其实,说一点都不在乎身边朋友的看法是假的,蒋书艺是她来这所学校认识的第一个人,也是她真心当成朋友的人。

那天看到她眼神躲闪,林清乐是真的伤心了。

可她没想到蒋书艺现在会来找她道歉……即便蒋书艺的相信晚了一点点也没关系,此时她有些控制不住心里的窃喜。

这点窃喜在她慢慢感觉到真实的时候发酵得越发大了,导致她到许汀白家的时候,都克制不住语气里的欢愉。

"我给你带早餐了!我们分着吃吧!"

许汀白一下子就听出了她语气里的喜悦:"你很高兴?"

"唔……有一点。"林清乐把一个奶黄包放到他的手里,"给。"

"你高兴什么?"

"偷偷告诉你哦,刚才我来的路上遇到一个同班同学,她是我在学校最要好的朋友。她和我说,她相信网上说的都是假的,她说,那事不是我的错。"

许汀白一边听着她说,一边咬了口软糯的包子。

他一口就吃到了里头的奶黄馅,香甜在舌尖蔓延开,是他最喜欢吃的早餐包口味。

"在学校那天,她怎么不跟你说这些?"许汀白咽了下去,问道。

"不是所有人都跟你一样的呀。"

许汀白一顿。

林清乐说:"不是所有人都能像你一样好,一下子就觉得我什么错都没有,他们肯定也会怀疑也会思考,但其实这样就已经足够了,我很开心。"

不是所有人都能像你一样好。

许汀白垂了眸,又咬了口奶黄包:"哦。"

或许这个世界上,只有林清乐这个傻子才会这样想。

"好吃吗?"

许汀白"嗯"了声。

林清乐:"我妈买的,这里还有豆浆,你拿着。"

她牵住他的手腕,指引着他去拿豆浆。她的举动和语气细致又小心,又好像在带小孩了。

许汀白缩回了手,有些无奈:"知道了,你坐下,管自己吃。"

"嗯!"

一顿早饭吃得安静,快吃完的时候,林清乐想到一件事,昨天她忘记问了。

"章易坤来找你,又是因为燕戴容吗?"

许汀白:"嗯。"

林清乐皱眉:"那我能不能问个问题……"

"我说不能你会不会不问?"

林清乐摸了摸鼻子,不敢说话了。

许汀白见她沉默下去,嘴角微不可见地勾了下。他知道她肯定是憋不住的,现在被他这么一堵,估计欲言又止,纠结得很。

许汀白最后还是道:"说吧,想问什么?"

林清乐眼睛一亮:"我就是想问戴容跟你是什么关系,我不是想探听你的隐私,我只是觉得章易坤每次都因为她来找你,很烦人。"

许汀白:"以前我们父母关系很好,因为这个才认识。"

"很久以前吗?"

"有记忆以来。"

竟然……比她还早那么多。

"那认识这么久,感情怎么也算是好的吧……为什么她来找你却不希望别人知道,你又不愿意她来看你呢?"

"我家的事你听说了吧?"

"啊?"林清乐闷闷"嗯"了声。

"公司破产了,还被调查出暗地里有违法操作,因为涉及金额过于庞大,我们家完全崩盘了。"许汀白直白地说着,脸上毫无情绪,好像说的只是别人的一件事,他停了下,继续道,"公司的破产还害了很多人失业,那段时间,不……直到现在,提起许家,全是污点。燕戴容的父母不允许她还来找这种家庭的人。而她自己，也怕别人说闲话。"

"但是，她还是关心你的对不对？"

"……"

"她对你好，却对章易坤爱搭不理，所以章易坤因为嫉妒才讨厌你。"

许汀白轻抿了下唇，有些别扭地转开了头："关我什么事。"

"那，你是怎么想的？"

许汀白："什么我怎么想？她要怎么做是她的事，与我无关。"

林清乐："太好了，我也不希望你和她扯上关系。"

许汀白："……"

"我觉得她一点都不尊重你，如果她真的在意你这个朋友的话，为什么要怕被人说闲话，为什么任由章易坤骂你欺负你，对吧！"

林清乐说得愤愤，许汀白笑了下："你这么激动干什么？"

许汀白笑得轻浅，但林清乐还是捕捉到了。

她愣愣地看着他的嘴角，有些惊到，她是看过他笑的，可这次是她这么久以来难得一次在他脸上看到的，这么轻松这么真实的笑。

这样的许汀白褪去了身上的阴霾，真真正正有了这个年纪应该有的少年模样。

"许汀白。"

"嗯？"

"你以后多笑笑吧。"

许汀白愣了下，嘴角顿时放了下来。

林清乐皱眉，下意识地伸手把他的嘴角支棱了上去，因为她想看得久一点。但她才让许汀白假笑了两秒，手指就被他抓住了。

她回过神："我……我就想说你笑起来特别好看，我喜欢看你笑。"

许汀白手心捏着她的手指，心口"咯噔"了一下，他忽然觉得这一瞬间，自己仿佛能感觉到她的视线，就在他身上，清晰且认真。

"……别动手动脚。"

"哦。"

掌心的手指细小柔软，他立刻松开了。

"那天我把书包忘在学校了，所以今天来这里也没带书，不然等会儿我练下听力吧。"

许汀白心不在焉,随口应了一声。

于是早餐后,林清乐开了电视,按到了那个经常放外国电影的频道。

很快,纯正的英式英语从电视机里传了出来。

今天这部电影有些搞笑,林清乐仔细听着角色之间的对话,被逗得时不时轻笑。

许汀白今天没有回房间,而是坐在沙发上。

听到旁边传来笑声的时候,他就会想,这个电视好像总算有了它存在的意义。

第二天,周一。

林清乐照例买了早餐,一边吃一边去往学校,路上,蒋书艺追了上来,好似一切都没变,跟她一起去学校。

一路往学校走的过程中,遇到了几个认识她的人,他们看到林清乐的时候,眼神微微有些变化,是那种异样又八卦的打量。

林清乐想起许汀白说的,不必在意相信那些东西的人,于是,她也就坦然地忽略了他们。

等到校门口的时候,她看到了于亭亭和郁嘉佑,他们俩好像早早就等在那里似的,见到两人,连忙走了过来。

"早……早啊清乐!"于亭亭热情地打了个招呼。

林清乐愣了下:"早。"

郁嘉佑:"你果然又在吃奶黄包。"

"啊……是啊。"

郁嘉佑:"快吃吧,早自习要开始了,吃完进去吧。"

大家似乎都没变。

这瞬间林清乐便知道,他们一定和蒋书艺一样,选择相信她。

"嗯。"林清乐低眸咬了口包子,嘴角慢慢挂上了一抹笑。

原来,这世界慢慢地,跟过去不一样了。

"哎,下周五就是圣诞节了,咱们怎么过呀?"于亭亭像往常一样说着琐碎事。

蒋书艺："周五上课啊，还能怎么过。"
"那总得准备一点圣诞礼物吧。"
"唔……那也是。"
"清乐，你要不要准备一点圣诞礼物？你有没有想送的人啊？"
被点名的林清乐抬眸："送人？"
"对啊，给最重要的人准备一个圣诞礼物，多浪漫啊。"
林清乐眨巴着眼睛。
重要的人……礼物吗？

网上那个帖子的影响力还是很大的，林清乐一行人走进教室的时候，教室里面坐着的人依然如那天，唰的一下都望了过来。

但看到林清乐身旁走着蒋书艺和于亭亭，甚至连郁嘉佑都跟她有说有笑时，他们不免又有些怀疑……网上那些应该也不全是真的吧？不然，为什么郁嘉佑没有远离林清乐？

郁嘉佑可以说是学校标杆型优秀人物，众人对他都是服气的。所以接下来好些天都看到林清乐边上有郁嘉佑等人时，流言蜚语也就淡了许多。

圣诞节前夜。
下课铃响后，蒋书艺和于亭亭火速起身去拉林清乐："快快快，时间不多，咱们赶紧去挑礼物！"
林清乐最后一道选择题答案都来不及写就被拽了起来："要这么着急吗？"
"当然了，去晚了东西可能会被挑光的。"
"哦……"
蒋书艺朝教室后面喊了声："郁嘉佑，要不要一起去买东西啊？"
后排被喊到的郁嘉佑抬眸笑了下："你们女孩子买东西，我跟着去干什么？"
"男孩子也要买礼物啊。"
于亭亭拍拍她："咱们走吧，郁嘉佑买什么礼物啊，他只管收就行了。"
蒋书艺想了想："也是……那走吧。"

"嗯。"

三个女孩说着从教室前门出去了,郁嘉佑看着几人的背影,无奈地笑了下。

"哥。"

就在这时,燕戴容从后门走了进来。

郁嘉佑起身:"来了。"

"姑姑已经在校门外等了,咱们走吧。"

"好。"

今晚是他们家里长辈的寿宴,燕戴容和郁嘉佑都要去饭桌上露个脸。

燕戴容早几分钟就到了,她在教室门外等了一会儿,而这期间,她看到林清乐身边还有人,也看到郁嘉佑在跟她们说话。

"哥,你们班林清乐以前的那些事你知道吗?"两人下楼梯的时候,燕戴容问了句。

郁嘉佑:"嗯,怎么了?"

燕戴容看了他一眼:"知道你还跟她走那么近?"

郁嘉佑停了下来,皱眉道:"你什么意思?"

"我的意思是,她是杀人犯的女儿,这两天很多人在讨论她,还说她当初也差点杀了人……"

"你觉得一个十岁不到的小孩子会想杀人?"郁嘉佑不满地打断她。

燕戴容见郁嘉佑难得面露不善,心里隐隐有了怒火:"那又怎么了,她是杀人犯的女儿。"

"戴容,那都是多少年前的事了,你怎么知道都是事实?"郁嘉佑沉了声,"林清乐我很了解,她一直文文静静的,不会是你口中的那种人。再说,她父亲是杀人犯,她一个小孩能怎么办?"

燕戴容实在没想到郁嘉佑会这么说:"哥,你为什么这么偏着她说话?!"

"我是说实话。"郁嘉佑道,"倒是你,你跟她也不熟,你针对她做什么?"

"我针对她?"燕戴容紧皱眉头,"我哪里让你看出来在针对她了,我只是就事论事!"

"看不出你哪里就事论事。"郁嘉佑道,"是因为许汀白吧?"

燕戴容一怔,脸色顿时冷了下来。

"搞不懂你,明明觉得自己跟许汀白在一起会丢脸,又暗地里去找他。你是不甘心你这样放低身段去找他,他却一点不知道感恩甚至不理会你,对吗?"郁嘉佑沉声道,"现在知道林清乐可以靠近他,所以才讨厌林清乐,你这样转移你的怒火有意义吗?"

"那你呢!"燕戴容被戳破心事,瞪向郁嘉佑,"你不也是在隐藏自己的情绪吗!最开始,你难道不是因为许汀白才注意林清乐的?"

郁嘉佑一怔:"我没有。"

"你敢说你不是因为知道林清乐跟许汀白走得近,所以才好奇她的?"燕戴容冷笑一声,"你从小就被那些大人拿来跟许汀白比,可那时你样样都比不过他,所以对于和他相关的事,你从来都很在意!"

"你——!"

"哥,你可别好奇着好奇着,把自己陷进去了。"

两人到底从小一起长大,对彼此的痛点都很熟悉,对质时说话一针见血。

郁嘉佑小时候跟许汀白并不是同学,但是他对许汀白一点都不陌生,因为年龄相当的缘故,他经常听到许汀白的名字。

父母总会拿许汀白来跟自己比较,可那会儿,他的成绩、竞赛分数等确实都不如许汀白。

虽然后来许汀白家出了事,但……那时的记忆依然是自小顺遂的郁嘉佑心里的一根刺。

郁嘉佑的脸完全冷了下来:"我是对她很好奇,那又怎么样?"

燕戴容脸色一变。

"我跟你不一样。"郁嘉佑看了她一眼,"不管怎么样,我不会去伤害别人。"

从学校出来走了十分钟后,林清乐三人到了一家精致的礼品店。

因为是圣诞,今天店里已经有很多学生在逛了。

"哎,选几个礼盒,到时候买苹果装进去。"蒋书艺道,"哎呀,我要送好多人苹果啊,这下可要破产了。"

于亭亭:"我也是。"

蒋书艺:"除了苹果外,还要买圣诞礼物呢!"

于亭亭:"圣诞礼物你打算送给谁?"

蒋书艺:"要你管。"

"郁嘉佑吧?"

"什么?!"蒋书艺瞪眼,"拜托!圣诞礼物要送给自己心目中最重要的人!"

于亭亭理所当然道:"对啊,难道郁嘉佑不是吗?"

蒋书艺一噎,反手就拍她的脑袋:"怎么可能!虽说他是我男神,但男神只是用来看的!"

"是吗……"于亭亭有点蒙,"那圣诞礼物你送谁?"

蒋书艺:"最重要的人,那就不就是我爸妈咯。"

于亭亭结结实实地翻了个白眼:"我的天——"

"干吗,你呢,送谁?"

"哼,我不告诉你。"

"……"

两人各自嫌弃了对方一会儿后,看向了正在认真选礼物的林清乐。

两人对视了眼,十分默契地走到林清乐边上:"清乐,你给谁送礼物啊?"

林清乐几乎想都没想就说:"许汀白。"

"啊?"

林清乐奇怪道:"你们不是说圣诞礼物送给最重要的人吗?"

"是……是啊。"

"所以啊。"林清乐又低眸选礼物去了,她没觉得自己有哪里说的不对,也没觉得自己的话有那么多复杂暧昧的含义,她也不会掩饰自己对一个人的偏爱。

心目中最重要的人。

她脑子里最先闪过的,就是许汀白。

圣诞节在周五，那一天，下了点小雪。

盲人学校因为节日给学校里的每一个人发了一盒糖。许汀白对节日没想法，对糖更是没兴趣，所以并没有拿走那盒糖的意思。

可下了课要离开教室的时候，他突然想起，有个小姑娘大概会喜欢糖……于是也不知怎么的，走出校门的时候，大衣口袋里就多了那么一盒糖。

从学校往家走的路他已经很熟悉了，校门口出去右拐，走两百步，左拐，再走一百步会到一家小型超市，再右拐……

这条路印刻在脑海里，让他仅凭一根盲杖，就能自己走回去。

而今天，依然是那条走过很多很多遍的路。

出了校门口，许汀白心里默念着步数，按着那个轨迹走下去。因为下过雪，周边的人走路时都会发出沙沙踩雪的声音，对于看不见的他来说，挺明显的。

边上有人路过，偶尔出声都是正常的，但今天，他身后一直有脚步声。

一开始他以为就是跟他一样的行人，可走得长了，他快身后那人便快，他慢身后那人便慢，完全是在跟着他的步伐……

许汀白察觉到不对劲，在拐过一个弯时，停了下来。

后面的人果然是紧跟着他的，他停得突然，导致后面的人没有"刹住车"，直接撞在了他背上。

"哎哟——"

"谁？"

"你怎么突然停下呀……"

两人的声音交杂在一起，而许汀白听到这个声音后，也不用问了。

他倏地转身："你怎么在这儿？"

林清乐摸了摸被撞疼的鼻子："当然是找你。"

"那你为什么不吭声？"

林清乐微仰着头看他："本来在校门口看到你的时候想叫你的，但是后来突然又不想叫了……我想着，看看你什么时候能发现我。没想到这么快啊，这才走了一条路。"

许汀白眉头浅皱："今天不是周五吗，你不在学校，跑这儿来做什么？"

"是周五,但是,也是圣诞呀。"

"圣诞……"

许汀白想起来了。对,是圣诞,今天学校还稍许隆重地过了下,添了菜,发了糖。

"许汀白,你把手伸出来。"林清乐说。

"干什么?"

"别问,你先把手伸出来。"

许汀白不知道她打的什么主意,但还是把手伸了出去。

左手手掌离开大衣口袋,瞬间被冷风侵袭。但这种冷还没持续几秒,突然整只手就被包裹住了,软绵绵的材料附着在手上,立刻抵挡了寒风。

许汀白:"这个……"

"是圣诞礼物,许汀白,圣诞快乐!"

今天一早到学校的时候他便听到了很多圣诞祝福,但他一直觉得,这种节日对他而言毫无意义。

可此时此刻,听到面前的女孩甜甜地说了一句明明与别人一样的话时,他却像整个人被按下了暂停键。

"你……不喜欢?是不够暖和吗?"林清乐见他没吭声,顿时紧张。她挑了好久,总怕他不喜欢。

许汀白的左手掌无意识地抓了下,他低了眸,声音微哑:"没……挺暖和的。"

"那你喜欢吗?"

"……嗯。"

"真的啊!那另外一只也戴上吧。"她把他的盲杖暂时拿走了,然后重复了跟刚才一样的动作,把他的右手也戴上了。

"我想着天已经特别冷了,可是一直没见你带过手套。你不能那样的,会得冻疮。"林清乐认真地说,"以后出门,你戴着这个手套吧。"

好暖,两只手都被包裹住了,连带着整个人都热了起来。

许汀白站在那里,下颌紧绷,最后只说了一个字:"好。"

"那就行。"林清乐高兴道,"那就先这样,我得走了,晚自习快开始了。"

她转身了，带出鞋子和雪面摩擦的声音。

"等等！"他骤然伸手，好在准确地拉住了她的胳膊。

"嗯？"

许汀白犹豫了下，从口袋里拿出了那盒糖果："这个，你拿去吧。"

林清乐眼睛都亮了："这是什么，是你给我的圣诞礼物吗？"

听她这么说，许汀白心里突然有些不是滋味，他并没有想过今天给她准备礼物，在她来之前，他并不想过这个节日。

"不是……这个，学校给的糖。"

"但是你也不吃糖啊，你带出来就是为了给我的，对不对？"

许汀白轻抿了唇，没说话。

林清乐嘴角微扬："谢谢。"

她接了过来，很小心地打开了这个红色的盒子。盒子不大，里面摆着六颗不同口味的巧克力，形状各异。

"是巧克力哎！"林清乐问道，"我现在能吃吗？"

"嗯。"

得到允许，林清乐拿起一颗放进嘴里，巧克力味弥漫，隐约带着抹茶味。

她惊喜道："好好吃！"

许汀白被她愉悦的声音感染，心里松了口气："真的吗？"

"是啊，你尝尝看。"林清乐拿起一颗递到了他的嘴边。

许汀白没想吃，但林清乐又往前探了探："张嘴。"

于是他还是顺从了她的想法，配合着往前含了一下。但是他看不见，且这巧克力比较小，他这么一含，不仅准确地吃到了巧克力，还连带着把她的手指咬了。

"啊……"林清乐小声惊呼。

许汀白意识到自己咬着她了，立刻松开："……没事吧？"

林清乐瞥了眼他的嘴唇，手指曲起，莫名有些无所适从起来："没……没事，你没用力。"

巧克力的香甜在嘴里化开，许汀白淡淡"嗯"了一声。

两人一时都有些安静。

"好吃吧？"过了一会儿，林清乐打破了这诡异的寂静。

许汀白轻咳了声："不好吃。"

"会吗？"

"太甜了。"

"但我觉得很好吃……"林清乐道，"真的，这是我今年收到的第一份圣诞礼物，特别好吃，我特别喜欢。"

许汀白微微一怔，眼角不可抑制地染上了一点笑意。

林清乐看了眼手表："那时间差不多了，我带着你的巧克力先走啦？"

"好。"

林清乐转身离开了。

许汀白听着脚步声渐渐远去，心里一顿，突然朝那个方向喊了声："林清乐！"

"怎么了？！"脚步声停住，她的声音远远传来。

许汀白握紧了盲杖，心口像有一团温热的火。

他笑了笑，缓缓道："圣诞快乐。"

林清乐觉得，今年的圣诞，是她这几年来过得最好的一个圣诞。

她揣着那盒巧克力，回学校的路上，脸上都是掩不住的笑意。

"清乐。"

刚进校门，就听见有人从后面叫她。林清乐回头，看到是郁嘉佑也从校外回来了。

郁嘉佑走近后问："你晚上怎么没跟班长她们一起吃饭？"

"我有点事，就没一起了。"

"这样啊。"郁嘉佑沉默了片刻，突然抬了手，把他手上提着的东西放到了她面前。

林清乐愣了一下："什么？"

郁嘉佑："巧克力，这个牌子挺好吃的。嗯……圣诞快乐。"

林清乐低眸看了眼那个好看的袋子，问："你给我的吗？"

"啊……是，不是。"郁嘉佑轻咳了声，耳朵有了丝薄红，"给你们的，那个，你拿着跟班长她们一起吃，真的蛮好吃的。"

林清乐松了口气，还好不是专门给她买的，毕竟她没给其他人准备礼物，要是郁嘉佑给了她什么她却没有回礼，那就很尴尬了。

林清乐："那我拿上去给书艺看看，她很喜欢吃巧克力的。"

"好啊……"郁嘉佑说，"你拿着吧。"

"嗯，谢谢啊。"

回到教室后，林清乐坐到蒋书艺和于亭亭前面，把郁嘉佑给的那袋巧克力放在了桌上。

蒋书艺先是看到了巧克力的牌子，之后惊讶地看向林清乐："你买的啊？"

于亭亭："天哪，这好贵的，清乐你发达啦？"

林清乐压根不认得这个牌子，她愣了下，摇头："是郁嘉佑买的。"

蒋书艺一愣，和于亭亭快速对视了一眼，然后又十分默契地回头看了眼郁嘉佑。再看向林清乐时，蒋书艺眼底已经难掩惊异："你，你……郁嘉佑送你圣诞礼物了，还是巧克力？"

"不是只送给我，他说这个巧克力很好吃，让我们分着吃。"林清乐有点不好意思地说道，"我不知道这个巧克力很贵，要不然，我还给他……"

"哎哎，不用不用。"蒋书艺按住了那个巧克力盒，"还他干吗，肯定是哪个小姑娘送的，他抽屉里估计有一堆。咱们发发慈悲帮他解决一下吧。"

于亭亭连连点头，喜滋滋地打开了巧克力盒，拿起一颗拆开："唔！好好吃！"

蒋书艺也拆了一颗吃，吃的时候她看了眼林清乐手上拿着的另一个小盒子："哎，这是什么？"

林清乐："这个啊，也是巧克力。"

"看看。"蒋书艺把那盒巧克力盒子抽过去，打开看了眼后觉得蛮可爱的，随手就拿了一颗放进嘴里。

林清乐微微瞪目，都来不及阻止："别……"

可蒋书艺已经吃了，她咬了两口，微微拧眉："这也太甜了，不好吃。"

林清乐一把把那盒子抢了过去："哪有，明明很好吃。"

于亭亭:"我吃吃看,我吃吃看。"

林清乐十分护食地往后仰了仰:"……不行。"

蒋书艺:"嘿,你……郁嘉佑给的都能分,这谁给你的?这么护着。"

"那不一样。"林清乐起身,"这盒是他给大家一起吃的,这盒……这盒是我今天收到的圣诞礼物。"

"哦?"于亭亭挑了挑眉,"圣诞礼物呢,谁送的呀?"

"许汀白吧。"蒋书艺接道。

林清乐:"你怎么知道?"

"瞧你这样我就猜到了。"蒋书艺看着她,意味深长地笑道。

"我……我们只是送个圣诞礼物而已……"林清乐的脸腾地红了起来,"你们不要瞎想!"

"这哪里是瞎想,你咋愣头愣脑的啥都不懂啊!"

"铃声快响了,我先回去了!"林清乐倏地从座位上离开了。

"喂——"

林清乐没管,径直走到自己的位置上坐下。

她匆忙把手心的巧克力推进抽屉里,可在抽出手的时候,却想起了方才许汀白把巧克力递给她的那一幕。

"……"

她在想什么?!

林清乐立刻回过神来!

都怪蒋书艺这个笨蛋,说什么乱七八糟的啊!

圣诞过后,校园里的欢快气氛就淡了下来,因为没过多久期末考试就要来了。

时间紧迫起来,林清乐也没空去理那些不太受自己控制的思绪,专心地复习起来。

后来一段时间,除了周日去许汀白那儿学学英语,其他时间她每天都与书籍卷子为伍。而她的努力也没有白费,期末考成绩出来后,她因为英语成绩的明显提升,名次竟然挤进了前十,正好卡在边边的位置。

这让她十分高兴,以往她的英语翻译和作文从来没有拿过这么高的分数,想来最近一段时间在许汀白那儿猛嗑英语是有效果的!

拿到期末成绩的那一天,她迫不及待地跑回了家,趁着林雨芬还没回来,拿着手机给许汀白打电话。

她想第一时间跟他分享她的喜悦。

许汀白没有立刻接,林清乐站在房间的窗口,脸颊被风吹得有些冰,但身体却是热乎乎的,整个人都有些亢奋。

"喂。"不久后,电话终于通了。

林清乐听到他的声音传来,眉梢都挂了笑:"许汀白,你猜猜我英语考了多少分!"

许汀白听她的语气就知道可能考得不错,淡淡笑了下:"多少分?"

"一百三!而且这次我听力只扣了两分。"

"总分一百五,你没了二十分。"

林清乐一噎:"那……那也提高挺多了,你不知道,我之前英语特别烂,要不是有其他科稳着,我都排不上名次呢……"

许汀白:"总排名多少?"

"第十!年级第十!"

许汀白有些意外:"考得不错。"

林清乐被他一夸,顿时有点不好意思:"是嘛……"

"嗯。"

"那我们之后庆祝一下吧,我放假了,我给你做一顿好吃的作为奖励!"

许汀白:"要奖励的不是你吗?"

"嘿嘿,你是老师啊,你教得好!"

许汀白顿了一下,无声地笑了:"傻不傻……"

CHAPTER 6
你不是拖累

　　林清乐是个言出必行的人，说要做一顿好吃的，很快就筹划了起来。

　　放假后没几天，她逮着林雨芬去上班不在家的时间，去菜市场买了一些吃的，之后去了许汀白家。

　　天气寒冷，她裹得严严实实的。

　　进了许汀白家后，她把厚厚的外套脱下来放在沙发上，转身就去了厨房："我先洗菜了。"

　　许汀白被她风风火火的一阵走动弄得头晕，等她说话了才知道她在厨房。

　　"你等一下。"

　　"啊，怎么啦？"

　　许汀白张了张口，又道："……没什么，等会儿说吧。"

　　"哦。"

　　林清乐很利索，很快就弄了三菜一汤出来。

　　这是两人第二次一起吃饭，但对林清乐说来，第一次算是被人打扰到了，吃的过程并没有很开心，今天才是比较舒心的一次。

　　"你多吃点肉。"她给许汀白碗里夹菜。

　　"嗯。"

"鸡翅给你，我买了好几只，你多吃一点。"

"知道了。"许汀白略有无奈，"你自己多吃点吧，那么瘦。"

"你怎么知道我很瘦？"

"你小学的时候不就很瘦吗，小小的一个。"

林清乐："那是小学，我现在变了，我长胖了。我……我现在可胖了。"

许汀白："你胖？"

"对啊。"林清乐睁着眼睛胡说八道，"我胖得要减肥，所以你多吃点，我不需要。"

"真能胡扯，你当我傻吗？"

"……"

林清乐轻哼了一声，"反正，我比你胖。"

说完，她又往他碗里夹了几口菜。

许汀白说不过她，后来只感觉自己碗里的食物越吃越多，越吃越多……

最后——

"林清乐。"

"嗯？好吃吗？"

许汀白放下筷子："停了，你想撑死我啊。"

林清乐看着他又无奈又犯愁的样子，扑哧一声笑了出来："你撑着了吗，对不起啊，我以为你还没吃饱呢！"

"以你喂猪一样的节奏来看，我早就吃饱了。"

"哦！"林清乐抿着唇忍住笑，"那你歇歇，等会儿饿了再来吃。"

许汀白："……"

林清乐其实自己早就吃饱了，见许汀白起身开始收拾餐具，她也站了起来。

碗筷都收拾干净后，林清乐把电视打开，在小沙发上坐下准备看会儿电影。

"林清乐。"

"我在这儿，沙发。"

许汀白听到她的指引，从房间的方向走了过来，他站到她身边后，把提着的袋子递给她："拿去。"

林清乐诧异："这是什么？"

许汀白表情有些不自在："你自己看。"

林清乐连忙站起身，她接过袋子，把里面的东西拿了出来："围巾？"

许汀白往边上挪了一步，故作镇定的脸上隐隐显出忐忑："给你了。"

林清乐倏地抬眸："你买来送给我的？"

许汀白："你之前也送了我东西，回礼。"

"圣诞吗？可是那会儿你已经给我巧克力了呀。"

那巧克力怎么能算礼物？

许汀白没说，但是心里却是介意的。

他道："那就当奖励吧。"

"什么奖励？"

许汀白："你考了第十名，不是应该奖励吗？"

林清乐愣住，还真的有奖励啊……

可她从来没有因为考到好名次而得到过奖励，因为只要不是第一，她妈妈都是不满意的。

这还是第一次，有人因为她考了第十名给她奖励。

林清乐低眸看着手里的围巾，突然觉得眼睛都有些热了："谢谢……"

"老板说是女孩子会喜欢的围巾，我看不见，不知道好不好看。"许汀白干巴巴地问道，"你觉得好看吗？"

"嗯！好看的！"林清乐吸了吸鼻子，直接就把它戴了起来，"还好暖和好舒服。"

许汀白听着她开心的声音，从她进门起就一直有些担心的情绪总算放了下来。他一直怕老板眼光不好，怕围巾不好看。

但现在……还好她喜欢。

林清乐喜欢简简单单的款式，这种米白色是打在她喜好点上的。更何况，这还是许汀白送的。

屋里有暖气，戴着围巾其实有些热，可她满心欢喜，却是舍不得脱下来了。

两人坐在沙发上，林清乐傻乎乎地戴着围巾看电影，许汀白则坐在一旁，听着声音。

"喝水吗？"

林清乐："好啊。"

许汀白"嗯"了声，起身。

林清乐看了他一眼，下意识地想拦着，但看到他的背影，突然又没开口，任由许汀白去帮她倒水。

"给。"许汀白很快就回来了。

林清乐接过他递来的水杯，抿了一口。

"是不是更喜欢喝果汁？"许汀白想，小姑娘应该都喜欢喝果汁，也许下次他应该在家里备上一点。

"我还好，我又不是蒋书艺。"林清乐回道，"哦，蒋书艺就是我之前提过的，她是我朋友。"

"嗯。"许汀白道，"你现在在学校就她一个朋友？"

林清乐知道他是在说上次她父亲的事可能给她造成的影响。

"不啊，其实还有别人，于亭亭、郁嘉佑……他们都对我挺好的。"

"郁嘉佑。"

"嗯？你认识啊。"

许汀白很快跟印象里的那个人对上号了："小时候见过几次，以前我……父母也经常提起他。"

"提他什么？"

"成绩，各种比赛。"

"这个啊，郁嘉佑确实很厉害，他成绩很好，一直是前三，书艺经常挂在嘴边，说他是她男神。"

林清乐完全是用打趣闲聊的语气说的，许汀白闻言却是一顿："你们，关系很好？"

"还行，书艺跟他关系好一些，她老是在我们面前说他长得好看。"

"……哦。"

林清乐看了许汀白一眼，下意识地接了句："不过我觉得你更好看。"

许汀白愣了下。

林清乐自己说完也呆了呆，她想到什么就说什么了，可是突然意识到这么直白，猛地觉得哪里怪怪的。

她的脸有些僵，干巴巴地解释道："嗯……每个人都有自己的审美嘛，每个人喜欢的长相类型也不一样……"

说完尴尬地抓了下头发。

许汀白停顿了两秒，"嗯"了一声。

这下林清乐觉得更怪异了，张口想继续扯点什么好让气氛不至于这么尴尬，但看到许汀白稳如泰山的脸色，她又觉得自己也没什么好解释的。

他应该，也没在意她说什么吧……

她小声地吐了口气，干脆闭了嘴，望向电视。

而林清乐彻底安静下来后，许汀白一直僵直着的背才微微放松了点。

虽然，他知道她说的不是他想的那种意思，可是在她口中听到自己比过了另外一个人，还是隐隐感到雀跃……

那雀跃不可抑制，如果不是强行绷着脸，他觉得自己可能会立刻显露出来。

但是他也知道，这样的情绪他不应该有。

电影还在继续，林清乐从原本看得津津有味变成了现在的兴致索然。

她机械地看着剧情，剧中女主人公突然发现自己误会了男主人公，匆匆从学校往男主人公家里跑……

唔，说点什么吧，为什么他们两个都突然安静下来了啊！

他应该没觉得她刚才说的有什么问题吧，她就是说"你更好看""喜欢的长相类型不一样"而已。

这有啥？

他肯定不会多想啊！

"许汀白。"

"嗯。"

"我吧……"

林清乐刚想扯点别的缓解一下她此刻莫名的焦躁，可话还没说出来，电视里突然传来"砰"的一声。

她吓了一跳，重新看向电视。谁料入目的画面是，原先误会了男主的女主已经跑到男主家，男主打开门后，女主进去摔上门，二话没说直接扑了上去!

然后就、就在客厅纠缠得难舍难分?!

此情此景,这画面并没有很合适好吗……

虽然是国外的电影,但这么露骨的吗!

林清乐人都傻了。

许汀白显然也察觉到了不对劲,电影里男女的声音冲撞着他的耳膜,虽然看不见,但他知道是什么。

"遥、遥控器呢!"林清乐反应过来,面色涨红地找着遥控器,她伸手在沙发后摸了一圈,没找着,于是胡乱地拍了许汀白一下,示意他起身让她找。

"别找了。"许汀白抓住她乱动的手腕。

"什么?"

许汀白不动如山:"……我家又没遥控器,你瞎找什么。"

林清乐一怔:"我……我忘了。"

说完她赶紧起身,跑到电视机边上按了下按钮。她按得匆忙,没按到调台,而是直接按了关机键。

电视机被关掉,声音消失,整个客厅陷入寂静中。

"……"

林清乐窘得要死,不敢吭声。虽然刚才的画面戛然而止,但许汀白一定都听见了。

"林清乐,你在干什么?"

"啊?没事啊。"林清乐起身,拍了拍自己的脸,故作镇定道,"我想着时间不早了,得走了,所以关个电视。"

"……"

"那……那我就走了啊。"说完后,她径直开门出去了。

砰——

门关上了。

许汀白坐在沙发上,保持着和方才一样的姿势。

良久后他扶了扶额,微微失笑。

这人跑得还真快……

他想着她方才应该很窘迫的样子，觉得很好玩，想着想着，往沙发上一躺。原本只是随意躺着休息休息，没想到倒进了软绵绵的衣服里。

一瞬间，他闻到了那个他很熟悉的味道，淡淡的，甜甜的，属于少女的茉莉香。

是她的衣服。

他这么躺着，仿佛被这味道完全包裹住了。

许汀白笑容一僵。

扑通、扑通、扑通……

方才的镇定自若似乎一瞬间被瓦解了，心脏剧烈跳动，在这个空荡寂静的屋子里，像能听到声响。

"叮叮——"

就在这时，边上的手机突然响了，许汀白浑身一震，立刻坐了起来。

他的呼吸都要停滞了，一时间没有回过神来……

"叮叮——叮叮——"

手机还在响。

许汀白深吸了一口气，好一会儿才截断了持续不断的手机铃声。

"喂。"

"许汀白？"

许汀白听到手机那头女孩的声音，很不自在地应了声。

"我……我外套落在你家了。"

许汀白哑了声："……我拿给你。"

"不用不用，我已经快跑到家了，那个……下回我过来拿。"她声音很喘，是真的在狂奔。

许汀白："不冷吗？"

"还行，我还戴着你送给我的围巾呢，那……那我先挂了，我快到家了。"

"……嗯。"

电话挂了。

许汀白起身，再不敢碰那件外套，把它孤零零地留在沙发上，自己直接回了房间。

自那天莫名的尴尬后,林清乐又去了许汀白家一趟,但那天她只拿了外套就走了,没有像以前一样,坐下来看场电影。

不知道哪里尴尬,只是想起那天电视里的一幕,面对许汀白就浑身不自在。

再后来,林雨芬工作的厂里放了假,加上图书馆闭馆,林清乐没有了借口再出去,因此那段时间,她一直没能再去许汀白家。

转眼,新年过后,新的一个学期也到了。

开学后的第二周,林清乐在物理老师口中得到了一个消息,那就是今年的省物理竞赛会在本市举行。

原本物理老师只是程序化地跟他们提一嘴,他并没有多希望这个班的学生去参加。第一是因为这个竞赛并没有任何高考加分,但参加的话要做很多准备,他认为会影响自己学生的学业;第二是这个物理竞赛有些难度,一般都是高二的学生才会去参加。

但林清乐听完这个消息后,却立刻决定要去参加。

"你疯了啊,虽然你物理成绩很好,可是那考试很难的,很费时间。"吃饭的时候,蒋书艺听到她说起,一脸惊讶。

林清乐:"可是它得奖了有奖金。"

"它高考不加分的!"

"但是它有奖金啊。"

蒋书艺咋舌:"你就冲着奖金啊,虽然吧,那奖金是蛮高的,但如果没得奖,那就白费功夫了。"

"值得的,一等奖有一万块,二等奖也有五千。"林清乐说起这个的时候眼睛都在冒光,这是她离这么一大笔钱最近的一次机会。

"你家……最近缺钱?"蒋书艺知道她家的情况不太好,所以当下就想到这个。

林清乐吃了口饭,含糊道:"算是吧。"

"什么叫算是啊?"

林清乐:"不是我家,是我,我缺钱。"

"你要这么一大笔钱干吗呀……"

林清乐放下了筷子,支吾着说:"我想带许汀白去看一下眼睛。"

看外表,林清乐就是个软软糯糯的小姑娘,没有太大性子,乖乖的,好像很好相处。

但其实,她内心深处住着另一个自己。

就像曾经被父亲拖累,母亲陷入所有人指责的旋涡,被人施暴的时候,小小年纪的她敢拿起刀,用她的方法把施暴者逼走。

也像现在,她心里认为很重要的人,因为失明在黑暗里挣扎,她不顾一切,想用尽自己的全力把他救出来。

她这个人,其实很执拗。

所以自打决定参加比赛后,林清乐便从物理老师那儿借了书和往年的卷子,开始刷题。

物理老师本来是不推荐学生去参加这类比赛的,但看林清乐那么积极主动热爱物理的模样,他也十分开心,于是后来,在晚自习前或者周末,他会抽出空来给她开小灶。

物理老师愿意给她讲比赛题,林清乐自然很高兴,不过这样一来,她去许汀白家的时间就大大减少了。

虽然心里有些小失落,但仔细想想,还是许汀白的眼睛更重要。

时间一天一天过去,终于到了四月末的一个周五,物理竞赛的前两天。

已经临近比赛,这天晚自习前,林清乐没再写题,而是去了许汀白家。

两人其实已经挺久没见了,上一次见面,还是上上周的周日,林清乐给他送了水果来。但那一次也是短暂的,她甚至都没进门,就匆匆走了。

所以今天开了门,听到林清乐的声音,许汀白是意外的。

"吃饭了吗?"她站在门口,笑意盎然。

她已经很久没有在这个时间段来找过他了。

许汀白"嗯"了声。

"我还没吃呢。"她走了进来,把手上的晚餐放下,"本来想跟你一起吃来着。"

"你怎么来了?"

林清乐奇怪地看了他一眼:"跟你一起吃饭呀。"

"哦。"

但,你很久没来了。

许汀白一直不愿意多想,可这段时间,即便再怎么不愿意承认,他内心深处还是会有猜测:她是不是不太愿意来了?

"后天我要去比赛了。"林清乐拆了筷子,说道。

许汀白愣了愣:"什么比赛?"

"一个物理竞赛,我们班派我去了,老师说我物理成绩最好。"林清乐一边吃一边道,"等比赛完了,我就不用去上老师的课外班,可以多来找你玩了。"

许汀白站在原地,听着餐桌边传来的声音,顿时僵住了:"你最近,是在上课外班?"

"是啊,竞赛太难了,很多题课上都不讲的。"

许汀白朝她的方向走了两步,那瞬间心里竟是松了一大口气:"我以为……"

"以为什么?"

"没什么。"许汀白走到她的身边,眉梢克制不住带上了喜色。

"这个饭好好吃,你要不要吃一点?"林清乐问。

许汀白笑了下:"不用了,你自己吃吧,小矮子。"

"谁矮了,我不矮。"

"是吗?"许汀白拿手比了下她的高度,"这不矮吗?"

"我现在是坐着的!我站起来给你比比!"

椅子跟地面发出了摩擦声,她还真激动地站了起来,许汀白无奈失笑:"我就开个玩笑,你坐下吃饭。"

"那我真的不矮嘛,我现在一六三了……"

"哦,那你真高。"

"你——"

"行了吃饭,别迟到了。"

林清乐悄咪咪地瞪了他一眼,重新坐下来。

因为只是趁晚自习前的一段空隙时间出来的,她确实不能多留,吃完晚饭就赶紧往学校走了。

其实吧,她今天也可以不用过来,可不知道为什么,她迷信地觉得,比赛前来见见许汀白,自己可能会有更多的力量。

谁知道啊……竟然还被嘲笑矮!

她还会长高的好不好。

物理竞赛是周日早上九点钟开始,恰好林雨芬要去上班,这也省得林清乐再找去图书馆的借口了。

报名参加物理竞赛一事,她没有告诉林雨芬,因为她知道,这事对高考来说无用,林雨芬若是知道了,一定要阻止她的。

整个上午都在考试,走出考场,已经快十二点了,林清乐也没吃饭,从考场直接去往岳潜路。

她觉得自己这次发挥得不错,所以去的路上,心情十分愉悦。

"许汀白!"快走到的时候,远远地看到路口有个熟悉的身影,林清乐一路小跑着过去。

许汀白是出来买午餐的,饭还没买到,竟碰上了她。

"你考完了?"他问。

"对啊,半个小时前。"

"考得怎么样?"

"唔……我觉得还行哎,好多题老师都压准了!"

许汀白:"那恭喜你了。"

"恭喜我什么呀,是恭喜你——"

"我?为什么?"

林清乐停顿了下,成绩还没出来呢……

万一她没有得奖,没有奖金,那不是让他白高兴一场吗?

林清乐想到这儿,说:"当然要恭喜你了,因为……因为我觉得我考得还行,心情好,所以可以请你吃饭。"

许汀白闻言嘴角微微一勾:"成绩没出来你就想着请人吃饭了?"

"是啊,开心吧,你可有口福了。"林清乐拉过他的手腕,"走吧,我们去吃饭。"

许汀白由着她拉着自己走："去哪里？"

"我想想……哦，对了，书艺之前跟我说过，有一家新开的餐厅很好吃，我想试试，你陪我去好不好？"

许汀白已经很久没有直接去店里吃东西了，他是排斥的。可此时听着身旁女孩期许的声音，他却是点了点头。

"好。"

蒋书艺说的那家餐厅在学校附近，因为对林清乐来说，那家的消费是有些高的，所以即便平时听大家说它很好吃，她也从来没去过。

但今天她很高兴，想带许汀白来试一试。

"你坐我边上，我看下菜单。"

"嗯。"

林清乐摊开菜单看了看，芝士南瓜、小炒牛肉、糖醋里脊……这几道是书艺说过很好吃的，还有什么来着……

林清乐仔细地勾选着。

"嗨，你好，同学。"

就在这时，边上突然有个人打招呼，林清乐抬眸看了眼，发现他们桌边站了一个女孩子，而且，她的招呼竟然不是跟她打的，而是跟许汀白。

林清乐默默地放下了菜单，与此同时，她看到不远处有一桌女孩子正看着他们这桌，她们窃窃私语着，都盯着桌边这女孩和许汀白。

林清乐有些明白过来了，应该……是来搭讪的。

"同学，同学你是四中的吗？还是十三中的呀？"女孩大着胆，又问了一句。

这附近的学校就是四中和十三中，所以她才会这么问。

林清乐见许汀白可能没意识到这些话是跟他说的，连忙问道："请问你是有什么事吗？"

女孩顿了下，好像才发现她似的："啊……你是他的……"

女孩指了指许汀白，意有所指，显然是误会了什么。

林清乐一愣，摆手："不是不是，我们是……朋友。你有什么事吗？"

女孩松了口气："哦，没事，我就是问问。那个，能不能交个朋友啊？

我是十三中的,我叫杜灵灵。"

后一句话又是跟许汀白说的,林清乐看了他一眼,正愁怎么说明一下时,许汀白竟直接开了口。

"不能。"

"……"

"……"

女孩脸色僵了僵:"为……为什么?"

许汀白:"我有朋友。"

女孩:"啊?"

"我朋友还在这儿坐着,麻烦你不要打扰我们。"许汀白停顿了下,又补了句,"谢谢。"

"……"

女孩走了,临走前,还斜了林清乐一眼。

林清乐一脸莫名,竖起了菜单,偷偷跟许汀白说:"她好像生气了,最后还瞪我。"

"哦。"

"为什么不瞪你瞪我呀,我又没说什么。"

许汀白:"因为你笨。"

"……"

"点什么菜了?"

林清乐小声地哼了声,报了菜名,报完后道:"这都是我点的,你有什么想吃的吗?"

许汀白:"没有,你喜欢的就行。"

"那就这样了,我怕太多我们吃不完。"

"嗯。"

林清乐把服务员叫了过来,下单了。

下完单后,她转头看了许汀白一眼。

老实说,许汀白不把盲杖拿在手里的时候,一点都不像看不见。他现在这么安安静静坐着的样子,怪好看的。

难怪那边的女孩子想过来认识他……

"林清乐。"

"干吗?"

"你怎么不说话?"

"说什么……"

"你平时不是话最多了?"

林清乐:"我哪有……"

许汀白笑了下。

"你别笑了吧。"林清乐盯着他的脸,说。

许汀白的表情微微一滞:"嗯?"

林清乐侧过了身,小声道:"笑得太好看,小心等会儿又有人过来跟你交朋友。"

许汀白无语:"那我不是说了吗,我有朋友。"

"你说我啊,可朋友哪里只有一个的啊。"

"我只要一个。"

林清乐愣住,呆呆地看着他。

许汀白大概也察觉自己这话有些怪异,撇过了头,僵硬补充道:"我是说,再多一个,可能跟你一样吵。"

林清乐红了脸,结结巴巴地反驳:"我……我一点儿都不吵,就你说我吵。"

许汀白:"又不是损你。"

"那是什么?"

"夸你。"

"……"

许汀白笑:"行了,水在哪儿,我口渴。"

林清乐斜睨了他一眼,帮忙把水杯递到他手边。

许汀白:"谢谢。"

"哼……"

过了一会儿后,菜上了。

菜的摆盘很漂亮，看着就让人有食欲。林清乐往许汀白餐盘里夹了几筷子，刚想让他吃时，竟看到几个熟人走了进来。

她没想到周末会在这里遇到他们，而来人也一样，看到她和许汀白坐在里面，一脸讶异。

"清乐！你今天不是竞赛吗，怎么在这儿啊！"于亭亭见到她，小跑着过来了。

林清乐："我考完了，出来吃午饭。"

"啊……原来是这样。"于亭亭看了她边上的许汀白一眼，"好巧啊。"

林清乐点头："你们呢？约这儿吃饭？"

于亭亭往后瞧了一眼，小声说："才不是，刚才我和书艺逛街嘛，路上遇到了郁嘉佑，所以想着叫他一起吃个午饭，谁知道啊，他表妹燕戴容竟然也在，这不没办法，只好一起吃了。"

"哦……"

林清乐望向走来的那些人，不，更确切地说，是望向燕戴容。

她和许汀白上次在许汀白家门口吵了架，现在见到，应该挺尴尬的吧……

林清乐是这么想的，可没想到，燕戴容走过来后，竟然对着她笑了下。

"真的很巧啊，竟然在这儿遇到你们，清乐，不介意的话，我们一起吃吧。"

林清乐怎么也没想到，今天会有这么多人一起吃饭，她怕许汀白不舒服，所以趁边上的人不注意，小声地说了句："要不然不吃了，我们先走？"

许汀白确实不舒服，对于和别人凑在一起，他是排斥的。

可他知道这家餐厅林清乐很想吃，也知道这里多数人是她的好朋友。所以他不想因为自己，让她失落地离开。

"没事，你先吃吧。"

"哦……"

"没有点烤布丁吗？"郁嘉佑看了眼菜单，问了句。

林清乐说："刚才点的够我们两个人吃，所以没有再点，你们可以点你们想吃的。"

郁嘉佑："那我点几份烤布丁吧。清乐，你可以试试，这里的烤布丁很好吃。"

林清乐："嗯，好。"

过了一会儿，郁嘉佑又问道："冰激凌要吃吗？"

林清乐抬眸，见他是在问自己，摇头："不用了，谢谢。"

林清乐心思是在许汀白身上的，她总怕他在这么多人面前会不习惯。

"这个排骨超好吃。"她往他餐盘里放了一块。许汀白没说什么，很自然地夹起来咬了一口。

其实他有些食不知味，一是在场人很多，他确实不适应；还有一点是，这里有个她提过的，郁嘉佑。

他小时候便知道郁嘉佑这个人，很优秀，想必……现在也是。

"清乐，他们都要加一份果汁，你要吗？"是郁嘉佑的声音。

许汀白微微捏紧了筷子，这个人，似乎很关注林清乐这个小傻子。

"不用不用，我不喝。"

"好。"

林清乐操心许汀白，所有人都看出来了，包括燕戴容。

燕戴容从坐下后就一直没说话，她看着林清乐给许汀白夹菜，看着许汀白毫不拒绝地吃着，看着两人说着悄悄话，似乎有个单独的屏障一样，把其他人隔离在外。

向来被所有人宠着爱着的她心底不甘到发涩……这样顺从听话的人竟然是许汀白？明明在面对她时，他拒绝得那么难听！

"我上个洗手间。"吃到中途，林清乐起身，跟众人交代了一声。

"好，你去吧。"说完，蒋书艺见林清乐不放心地看了许汀白一眼，笑道，"放心啦，我们都在呢，会等你回来。"

林清乐被蒋书艺识破心思，有些不好意思，转身往餐厅里间去了。

蒋书艺见人走了，对许汀白道："清乐对你真好，对吧？"

许汀白意识到这人是在跟自己说话，微微侧过头："蒋书艺？"

"啊……你知道我？"

"猜的。"许汀白说，"不是你，就是于亭亭。"

一旁的于亭亭听见自己的名字从许汀白口中说出来，顿时激动得脸色涨红，她从坐下就开始打量许汀白了，方才还一边打量一边可惜，长这么帅，怎么就看不见呢！

"我，我是于亭亭！我在你左边！"

许汀白对着她的方向轻点了下头。

于亭亭十分开心："看来清乐跟你说过我们呀。"

"偶尔。"

"嘻嘻，我们可是清乐在学校最好的朋友，当然啦，是指学校范围内最好。"于亭亭意味深长地一笑，"要是在学校外，肯定就是跟你最好啦。"

许汀白微微一怔，嘴角极淡地勾了下。

蒋书艺："那倒确实，毕竟啊，那小丫头可不会为了我们，拼命去准备物理竞赛。"

许汀白听着这话有些不对劲，眉头轻拧："什么？"

蒋书艺："物理竞赛呀，她最近挤压时间，为了物理竞赛忙得团团转，不就是为了你嘛，她对你可真好。"

"……"

蒋书艺："希望这次清乐可以拿第一名！拿到那一万块的奖金！"

物理竞赛第一名，奖金？为了他？

许汀白："她不是物理很好，被你们老师选去参加比赛的吗？"

蒋书艺奇怪道："这个竞赛老师不推荐我们去的，毕竟对高考也没什么用，而且很占时间。清乐是为了奖金才去的呀……你们不是约好了去看眼睛吗？"

许汀白完全愣住了。

所以，她去参加比赛只是因为他。

为了他的眼睛，为了让他有钱看医生，所以才把自己忙成那样？

她平时的课业已经够多了，为了他做这些取舍，她是有多傻……

"你们在说什么呢？"林清乐回来了，拉开椅子坐了下来。

可她刚坐下，边上的许汀白就站了起来："跟我出来。"

林清乐："你要回家了吗？"

许汀白不语，离开了位置。

"等我一下，等我一下。"林清乐连忙跟着起身，然后跟在场的人说，"那我先走了啊，刚才我把钱付了，你们慢慢吃。"

说完，林清乐追到许汀白边上，轻扯住他的衣袖要带他出去。

"站住。"突然，燕戴容站了起来。

林清乐望过去。

燕戴容看了林清乐一眼，嗤笑了一声："许汀白，你这是什么意思啊？"

林清乐用不解的眼神在两人之间转了转，只听燕戴容突然道："你要是想去看医生，你要是缺钱，你跟我说啊！你们在这演什么苦情戏呢，为了你拼命去参加比赛，为了你去拿那区一万块的奖金？呵，想说明什么？说明她对你更好是吗？"

谁都没料到燕戴容突然这么阴恻恻地说话。

蒋书艺和于亭亭对燕戴容和许汀白两人的事几乎一无所知，见到这场面都蒙了。

郁嘉佑却是明白的，其实方才他听到林清乐参加竞赛是为了许汀白时，他也愣住了。他以为林清乐只是对许汀白好一些，一些罢了……

他没有想到，她能为许汀白做到这份上。

"戴容，你干什么？"郁嘉佑拉了她一下。

燕戴容甩开他的手，她盯着许汀白自然而然便给林清乐拉着的衣袖，简直气极。

她原本很想维持自己表面的温和，可此时此刻，她怎么也控制不住了。她只觉得颜面扫地，只觉得窒息！

"许汀白你凭什么这么对我？我对你的好你看不见？林清乐是从哪儿冒出来的，她一个杀人犯的女儿，全校都看不起她！她凭什么就盖过我啊！"

许汀白听到她提起林清乐的事，面色顿寒："她是谁关你什么事，说到这个，我倒是有事要问问你，燕戴容，之前网上那些关于她的事，是不是你搞的鬼？"

林清乐一怔，倏地看向燕戴容。

燕戴容冷笑："是又怎样，我只是把事实放上去告诉大家，我又没说错什么。"

郁嘉佑骤然起身:"戴容!你说什么?网上那些是你……"

"我说了我只是摆事实,哥,你们一个两个是不是有病,你明明知道林清乐是什么样的人,你还老跟她待在一起,你就这么在意她?!"

蒋书艺:"……"

许汀白:"……"

林清乐:"?"

于亭亭:"你胡说!清乐是什么人我们都了解,用不着你说,你现在在这里发什么疯呢?就知道你在学校的样子都是装的……还搞网暴,真下作!"

"你闭嘴。"燕戴容今天是彻底被刺激到了,她自小就喜欢许汀白,从前两家人还很好的时候,她就天天往许家跑。

后来许家出事了,她爸妈为了避嫌,不跟许家来往,也不让他们接触,她不敢不听爸妈的话,所以头两年都没去找许汀白。可后来,她听说他搬家了,便偷偷跑去看他。

她是想帮他的啊,可是他压根就不理会她……而现在,他不仅不理会她,还跟别人走那么近!

"不跟她待一起跟你待一起吗,你以为自己是谁?"许汀白冷冷道。

燕戴容:"许汀白,你都看不见了!你已经不是以前的许汀白了!你凭什么还一副看不上我的样子!"

许汀白听着她话语里的怒意,表情淡了下来:"是,我不是以前的许汀白,我只是个瞎子,我不配。所以麻烦你离我远一点。"

少女狰狞的表情微微一滞,像是突然意识到什么似的,急忙走到他前面:"不是,我的意思不是看不起你,我……我只是……"

"你父母不是让你离我远点吗,你既然已经听话了就听到底。"许汀白说,"你爸妈说的对,我家烂到根里了,跟你们燕家不必再有一丝一毫的联系。"

"我爸妈是我爸妈,我是我……"

"是吗?"

燕戴容张了张口,看着他讥诮的表情,突然说不出一个"是"字。

"可……可是我能帮你啊,就算只是在暗地里帮,比起林清乐,我也能做得更多!"

"不需要。"

"你——"

"还站着干什么,走了。"许汀白拉住了林清乐的手臂,往外走去。

"那如果是你妈那边呢,你不想知道她在监狱里的情况吗?"燕戴容突然冷了声。

许汀白脚步一滞。

燕戴容阴沉着脸:"之前都是我在告诉你她的消息,难道你以后不想知道?"

许汀白握紧了拳头:"你不用再说,我从来没求着你。"

"好啊。"燕戴容气急反笑,她缓缓往前走了两步,说,"也好,那就这样吧,我也不用再装着那边还有消息了。"

"你什么意思?"

"你妈已经死了,你不知道吧?"燕戴容说,"她一个月前就在监狱里自杀了,我是怕你难过,所以才一直没告诉你。"

许汀白僵住,脸色顿时惨白。

"你爸也没告诉你吧,也是……他告诉你干什么呢,你什么都做不了。"燕戴容已经完全失去了理智,只想看到许汀白难过的样子,"你一直在等她吧。呵,很可惜啊,她回不来了!"

燕戴容以为自己说了这个秘密后许汀白会崩溃,她想看到他这样,她想看到他跟她一样!

可是,什么都没发生。

他竟然走了。

带着林清乐。

燕戴容难以置信地看着他的背影,几乎抓狂:"许汀白——"

"戴容!你别再胡说八道了!"郁嘉佑厉声道。

燕戴容一下子眼睛就红了:"他凭什么……他凭什么!"

许汀白一直在走,林清乐担心他摔倒,抓住了他的手臂,牵引着他往家的方向去。

可这一路,她没敢开口说话。

她隐约觉得,许汀白的情绪有哪里不一样了。

后来也不知道走了多久,他们总算走到了岳潜路的小巷里。

"到家楼下了……"她担心地看着他。

他的声音很沉很哑:"好,你回去吧,自己小心。"

"等等。"林清乐在他迈上楼梯的时候抓住他的手臂。

许汀白停住,等着她说话。

林清乐踟蹰了下:"燕戴容是胡说的,你别相信她,你妈妈不会有事的,就算有事也肯定会通知家里的呀……"

"嗯,我知道。"

"你别难过……"

"没有,我没相信。"许汀白道,"你回家吧,不用担心,我也回去了。"

林清乐:"许汀白……"

"你以后别那么犯傻了。"

"什么?"

"你为了我去参加竞赛,影响你自己的成绩谁来负责?"

林清乐没想到他竟然知道了,连忙说:"不会影响成绩的,我都是挤出平常的课余时间……"

"可我也不希望你为了我那么累!"

"我不累啊。"

许汀白哽住。

林清乐道:"真的,我一点儿都不累。"

初夏了,但楼道里阴暗,还是丝毫没有暖意。

少年站在楼梯口,听着眼前女孩信誓旦旦的话,心脏发疼。

怎么会不累呢……

要拖着一个人,怎么可能不累。

林清乐很早就知道许汀白的母亲在牢里,但她觉得燕戴容说那些话只是来气许汀白的。

一是因为燕戴容那天简直跟疯了一样口不择言,二是许汀白后来也没有提这件事,看起来并没有什么不对劲。

她认定燕戴容是乱说的,可她心里还是莫名不安。

"燕戴容这个神经病,我就说吧,她就是能装。"

周三中午,林清乐三人从学校食堂吃完饭出来,于亭亭道:"清乐你放心,网上发帖的始作俑者是燕戴容这件事,我会跟班上的同学都宣传一遍。蛇蝎心肠的女人!还校花呢,笑话吧。"

林清乐心不在焉:"说了也不一定有人信,不用了。"

"怎么没人信啊,要是有人不信,我就说,不信你去问郁嘉佑啊。"于亭亭道,"郁嘉佑不会说谎的,到时候大家就信了。"

林清乐:"人家是她表哥。"

"表哥怎么了,郁嘉佑在意的是你呢!"于亭亭用手肘撞了她一下,"放心啦,会向着你的。"

林清乐:"别乱说。"

于亭亭:"那天不是听燕戴容这么说的嘛,哎,我那么一想,平时郁嘉佑对你好像是特别好啊,对吧书艺?"

蒋书艺愣了下:"啊……是吧。"

"果然,长得好看还是有用的,男神都……"话没说完,看到郁嘉佑从对面走了过来,于亭亭连忙住了口,轻推了林清乐一下。

但是,林清乐怎么都没看出来郁嘉佑对自己有什么特别。明明他对其他人也都很好很友善,不只是对她。

"你们,都吃完了?"郁嘉佑停在三人面前。

于亭亭:"是啊是啊,吃完了,你呢?"

"我吃过了。"

于亭亭:"那我们一起回教室吧。"

"等下……"郁嘉佑看了林清乐一眼,微微有些不自在,"清乐,我有话跟你说。"

于亭亭的眼睛闪烁着八卦的光芒,听到这句,她十分有眼力见地拉上了蒋书艺:"懂,我们懂!那我们先走了,清乐,教室等你。"

林清乐:"喂——"

于亭亭和蒋书艺走得飞快。

林清乐看着两人的背影，一脸黑线。

"怎么了吗？要说什么？"林清乐调整了下情绪，问道。

郁嘉佑："戴容的事，我替她跟你说对不起。"

林清乐："这不关你的事……"

"但她毕竟是我妹妹，她从小就被我舅舅一家宠坏了，有时候脾气上来，谁都拉不住。那天在餐厅……抱歉。"

林清乐："在餐厅就更不用跟我说抱歉了，她该跟许汀白说。"

"我明白。"

"放心，这些都跟你没关系，你不用这样。"

"嗯……"

林清乐见他没什么想说的，试探道："那……没什么事的话我们回教室吧？"

"等等。"

林清乐抬眸看他。

郁嘉佑犹豫了两秒，还是说出口了："那天在餐厅，戴容说我……"

"我知道她误会了！"林清乐急急道，"我没当真的，你放心。"

林清乐撇得很快，态度一目了然。

郁嘉佑心口一沉，闷声道："我明白了。"

回到教室后，于亭亭和蒋书艺旁敲侧击地问他们在外头说了什么，林清乐只说了前半段道歉的事。虽然郁嘉佑的试探让林清乐有些不自在，但她也不想再提。

五月初，临近她的生日。

林清乐这几年都没有正经过过生日，基本上就是生日当天林雨芬给她煮碗长寿面，这就算过去了。

但今年，她却想过个生日。

她还记得当初那个被许汀白打翻的香草蛋糕，她想着，上次那么可惜，这次应该补回来。而且最近因为功课比较紧，她一直没能腾出空去找许汀白,所以便想趁这次过生日去看看他。

生日那天恰好是周六,在家吃了长寿面后,林清乐借口跟朋友出去玩就出门了。因为是她生日,林雨芬难得没有拦着,还给了她两百块钱,让她请朋友吃点东西。

林清乐很高兴,拿着两百块钱买了个香草蛋糕,一路往许汀白家走去。

到楼下后,她提着香草蛋糕往上走去。在二楼拐口的时候,迎面下来一个中年男子,因为她走得有点快,险些跟那人撞上。

"不好意思!"她护着蛋糕后退了一步。

那人看了她一眼,没说什么,又往楼下去了。

脚步声渐远后,林清乐又回头看了眼。这人周身的酒味好浓……而且,之前好像没在这里见过。

这念头也就在脑子里一闪而过,林清乐没想太多,继续往楼上去了。

到了许汀白家门口,林清乐拿了外面藏着的钥匙开门进去。

这个时间点,太阳已经渐渐落山,昏黄的光芒从阳台照射进来,在地板上盖了一层素淡的光晕。

屋里算是亮堂的,所以,林清乐走进来的时候清晰地看到了许汀白所在的位置。

他在阳台,此时正坐在右边角落的废旧木梯上。

那木梯不算高,但因为阳台栏杆也不高,坐在上面看着十分危险。好像随便一翻,人就能直接跨过栏杆掉出去。

而且阳台风有些大,他坐的位置半腾空,衬衣被风吹鼓,往后飘着,气氛安静得让她觉得心慌。

林清乐眉头一拧,把蛋糕随手一放就走了过去。

"还想说什么?既然她死了,那你也可以去死了,用不着活得这么累。"

许汀白"看"了过来,黄昏下,他的脸像镀上了一层微光,而眼睛在那样的光芒下显得越发没有神采。淡色的瞳眸像一潭死水,静得可怕。

林清乐不知道他把她当成了谁,只是听到他说这句话,猛地停下了脚步。

她死了?他在说谁?

"许汀白?"

许汀白听到她的声音，显然愣了下："是你。"

林清乐："你以为我是谁？"

许汀白抿了下唇："他刚走，我以为是他又回来了。"

"他……你父亲？"

"嗯。"

林清乐这才意识到，方才上楼时撞上的那个人，可能就是许汀白的父亲。

她来了那么多回，好像没有一回碰上他，听许汀白说他过年那段时间回来过，不过也是很快就走了。

林清乐："你刚才那话什么意思？"

许汀白："不是跟你说的，你……不用害怕。"

林清乐急急摇头："不是，我没害怕，我是问，谁死了？"

许汀白静默了一会儿，终是开了口："我妈。燕戴容没有开玩笑，我也跟他确认过了，他说是真的，只是没告诉我。"

许汀白尽量让自己的声音保持平静，可林清乐还是从他的话里听出了一丝颤抖。

"许汀白……"

"我一直在等她。"许汀白有些恍惚，"我让自己坚持下去……我想着，总有一天她会回来的。可她还是选择了放弃，她坚持不下去了，放弃未来，也放弃我了……都放弃我了。"

他说得很轻，可每句话、每个字林清乐都听清了。

林清乐突然特别庆幸自己今天过来找他，因为她有种错觉，母亲死了，许汀白可能失去了坚持下去的动力。

而他身侧那道栏杆很低，要选择另外一条路，很容易。

"没有！"林清乐浑身的细胞都紧张了起来，她快步上前，毫不犹豫地拽住了他的衣角，"没有放弃，还有我啊，我在啊！"

许汀白的衣角被猛地一拉，整个人都往林清乐的方向倾了倾，他微微侧过头，听到女孩急促的呼吸，也闻到了女孩身上淡淡的味道——他一直熟悉的茉莉香。

"林清乐，你干什么……"

"别，别跳下去！"林清乐紧紧盯着他，有些克制不住地发抖，"今天是我生日，你别跳下去！别人不管你还有我呢，我管你的！我买了蛋糕，我还想你给我过生日，还想你看我许愿的！你别死！"

林清乐慌得说话都没了逻辑，许汀白愣了一瞬，知道她在想什么后，无奈地拍了下她的脑袋："怕你以后的生日是我的忌日？"

林清乐："……别乱说！"

许汀白失笑："傻瓜，想什么呢，我对你没这么狠吧。"

林清乐："啊？"

"我没要跳楼。"

"真的？"

"真的。"

"那你坐这儿干什么？！"

许汀白听着耳边呼呼的风声："吹风。"

"你吓死我了！"

许汀白低了声，有些歉意地道："对不起。"

林清乐瞪了他一眼，依然拽紧他的衣摆不肯放："那你下来，我们去里面好不好？"

她声音里带着细微的哭腔，是真的被他吓到了。许汀白很轻地叹了口气，心软了一片："好。"

谁又知道，最初让他坚持下来的旗帜倒下了。坐上木梯的那一瞬间，他确实想过用最简单的方式结束所有痛苦。

可在那个念头涌上来的时候，他犹豫了。

因为他想到了她。

那会儿他才惊觉，原来他有了另一个留下的原因，很难舍得就这样离开。

蛋糕被林清乐拿了出来，她坐在椅子上，忐忑地看着许汀白。

"你妈妈的事……"

"他处理过了。"许汀白淡淡道，"你要点蜡烛吗？"

林清乐："你要是难过就别忍着。"

许汀白低下了头，其实从燕戴容说出口的那一刻，他心里就隐约知道那是真的。这些天里，他崩溃过、绝望过，到了这会儿，已经不知道还能有什么反应了。

他最后只告诉自己，那是她的解脱。

"我妈一直特别要面子，特别不甘落后，活得也特别精致。"许汀白说，"就是因为太要强，太想要比较，所以才会走了不归路。公司破产后，银行和债主总上门，她跟我爸一直很狼狈地东躲西藏。她受不了，几乎都要崩溃了。"

这是许汀白第一次说起过去那些事，林清乐安静了下来，一个字都不敢插嘴。

"后来在一次躲债途中出了车祸，当时我们都在车里，我和父亲受了重伤，我母亲还好，她用仅有的钱给我们做了手术。可是钱不够……但那会儿，已经没有人敢借钱，也没有人愿意理会我们了。"

"可是，你们没有其他亲人了吗？"林清乐忍不住道。

"我父亲原本就是孤身一人，母亲从前为了嫁给他也跟家里断了。我记得我妈有个妹妹，早些年还偷偷地和我们家联系。小姨对我很好，可我妈性格差，后来也跟小姨闹翻了。再后来听说小姨他们移民国外了……我们一直都没联系，这么远，也接收不到对方的任何消息。"

"难怪……"

"不过也是我爸妈咎由自取，在医院一段时间后，法院宣判了，我妈因为是公司法人代表，而且涉及那些收入的项目主事人都是我妈，所以她入狱了。我爸很聪明，这种事，知道给自己留后路……"

许汀白说得很平静，也明白是非对错。

可是林清乐知道，不论如何，作为一个孩子，当年面对家庭的变故和母亲的离开，有的只是惨痛和绝望。

许汀白："车祸后我在医院躺了很久……后来因为没钱继续住下去，我父亲就带着我出院了。我想，带着我这种人对他而言也是巨大的累赘，因此他开始怨恨我、讨厌我。他的世界天翻地覆，被债压着，被人嘲笑。他翻不了身了，而我和过去，都成了他的地狱。"

"许汀白，这怪不了你的，他怎么能把不甘心和怨恨转移到你身上呢。

你受伤、你看不见都是拜他们所赐啊!"林清乐听到这儿简直要气炸了,"他怎么能这样!怎么可以放弃你!你的眼睛还没有去更好更厉害的医院看过,他也没有努力带你看过啊!"

"林清乐,也许不会好……"

"你不试试怎么知道,你们都不愿意去试,怎么知道不行!"林清乐拉住他的手腕,"我才不放弃。"

许汀白心口一烫,情绪似乎一瞬间聚集在了某个点上,无法宣泄……这个世上到现在还没有放弃他的人,只有她了。

许汀白无声地笑了下,眼眶却有些红了:"好了,不说了。今天是你的生日,点蜡烛许愿吧。"

林清乐见他不再说那些,也只好先冷静下来。

她闷闷地应了一声,把准备好的蜡烛和打火机拿了出来。

她只点了一根,放在正中间。

许汀白:"好了吗?"

林清乐:"嗯。"

"那你许愿吧。"

"哦。"林清乐看着那微弱的火光,两只手并拢,想都没想便虔诚地许愿道,"我希望,许汀白能看见我。"

许汀白一怔:"想一个关于你自己的,生日有两个愿望,另一个你就别说出来了,不然不灵。"

"不用,没有了。"

"……什么?"

"我就这一个愿望。"林清乐对着蜡烛,认真地重复了一遍,"我要许汀白能看见我。"

——希望,我专注于一点,老天就不会摇摆,也能听得更明白。

CHAPTER 7
变故与遗失

后来的一周，林清乐去咨询了溪城最好的眼科医生，也去查过全国最好的眼科医院在哪里。

她想好了，先去溪城的医院看个基本，如果解决不了，以后再想办法去更好的医院。

与此同时，她也一直期待着竞赛名次的公布。第一名的一万块奖金或许不能完全解决许汀白的问题，但至少可以让他们先去医院了解情况。

终于，周四那天晚自习下课后，林清乐从物理老师那儿得到了消息。

她不负所望，真的拿下了第一名！

得到消息的林清乐简直要开心炸了，这会儿都顾不得回家，径直往许汀白家的方向跑。

这是属于他们的希望，她想第一时间告诉他！

晚自习结束已经快十点了，等她跑到许汀白家附近的小巷时，已经快十点半了。

这个地方较为偏僻，住的都是一些老人，这个时间外面基本已经没有人走动了。林清乐沿着小巷一路往里走，最后到了许汀白家的那栋楼。

一口气跑到八楼的她气喘吁吁，在门口平缓了下呼吸后，抬手便要敲门。

砰——

是什么东西砸在门上的声音,林清乐吓了一跳。她下意识地把耳朵贴近了门,听到里面有闷闷的打砸声。

林清乐脑子一蒙,赶紧伸手去拿藏着的备用钥匙,直接开门进去。

"许汀白你怎么……"

林清乐话没说完,因为她看着眼前的场景,惊得失了语。

开了灯的客厅里,不再是许汀白一个人。

他面前站着个中年男人,身着灰衣,头发凌乱,满身酒气。而此时的许汀白则坐在地板上,靠着墙,嘴角淤红……

因为听到了声音,地上的许汀白脸色顿时煞白,他面向她,带着恐慌和急切:"你来干什么!"

他受伤了。

林清乐缓缓看向那个中年男人,突然明白了什么——这个人是那天在楼梯口遇上的,许汀白的父亲。

而现在,他的父亲对他动了手。

那么上次呢……她还记得早前那次他也被打得浑身是伤,可那时他没有说是谁干的,她便以为是他在外面被章易坤或者什么小混混欺负了。

原来,真正欺负他的人是他的父亲?!

"你在做什么!"林清乐冲了过去,把许汀白护在了身后,"你……你竟然打他!"

许汀白方才腹部被踹了一脚,此时站都站不起来:"林清乐,你走!"

"他是你爸,他是你爸对吧!"林清乐的眼泪滚了下来,手紧紧拽住许汀白的衣角,"许汀白,你跟我走吧……"

"这不是戴容啊,我还以为燕家那群人还允许女儿来这儿找你。"许汀白的父亲许宏城摇晃了下,笑了声,"许汀白,你还有朋友?"

许汀白把林清乐往边上推:"出去。"

许宏城打了个酒嗝,阴森森地道:"小姑娘,这么晚了赶紧回家吧。"

"他是你儿子!他看不见!你怎么能这么对他!"林清乐爬了回来,看着许宏城,"你不带他去看医生就算了,你还打他!你简直丧心病狂!"

"你说什么?我不带他去看医生?"许宏城瞪着眼,因为喝多了酒,他的脸色又青又红，看着十分可怖，"你说我不带他去看医生？！你知不知道我还有多少债要还！你知不知道我每天过的是什么日子！他这副鬼样子我拿什么救！我还不够惨吗！还怪我！"

"但关他什么事！他出车祸也是因为你们！"

许宏城眯了眯眼，俯下身看着林清乐："你懂什么？！嗯？我给了他生命，我现在还养着他，我还错了？"

酒气冲鼻，林清乐不自觉地往后靠了靠，眼前的男人又醉又疯，让人不得不害怕。

"林清乐，你先走……我之后会联系你的，你放心，没事的。"许汀白在她身后低语，声音压抑而急促。

林清乐回头看着他受伤的脸，眼泪控制不住地往下掉："我得了第一名……我今天就是来告诉你这个的，你现在跟我一起走好不好？"

"我会跟你走，我以后一定跟你走。"许汀白用力推了她一下，"但你听话，现在出去！"

林清乐摔在地板上。

"你想跟谁走？"许宏城弯腰，一下子拽住许汀白的衣领，把他从地板上提了起来，"你这样还想跟谁走！你配吗！"

许汀白方才已经跟他打过一通，可因为看不见，完全落了下风……

他浑身都疼，但被拽起来的瞬间，他的慌张也只是因为林清乐还没走，她没见过这样的阵势，她会害怕。

"你放开他！"林清乐见不得许汀白被这样对待，立刻从地板上爬起来，去拉拽许宏城的手臂。

许宏城喝了酒本来就没什么理智，见林清乐干扰他，他便把许汀白甩下，把她拽了过去。

"你是谁啊！啊？敢管我们家的事？"

林清乐的体重对于许宏城来说轻飘飘的，他那么随意一提，便把她按在了阳台玻璃门上。

"你别动她！"许汀白艰难地从地上爬起来，想去阻止许宏城。可他看不见，只是无能为力地被许宏城一脚踹开。

身体狠狠地撞到电视机上！

头一回，许汀白有那样强烈的愿望，希望自己能看见！

"他对你倒是挺紧张的啊，你们这一来一去的，看来是见过不少回了。"许宏城唰的一下拉开了阳台门，把林清乐丢了出去。

从阳台吹来的风呼呼往里灌，许宏城回过身，想继续去收拾许汀白。可刚走了一步，突然有什么砸在他的后脑勺上，他一顿，回头看向阳台上拿着废旧木头的女孩。

女孩目光如炬，竟丝毫没有退意。

他本来就头疼欲裂，此时更是一口气涌了上来。许宏城气极，转身就冲了过去，轻而易举地把林清乐手里的木头扔开，把人掐着按在了栏杆上。

"打我，你还敢打我！你以为你是谁！"许宏城眼睛赤红，恍惚间胡言乱语，"这都是你造的孽你知道吗，跟我没关系！是你非要去动那块地方！是你害公司破产！现在你说自杀就自杀，说死就死，这烂摊子你不想管了？！哈哈哈哈，那你让我干吗！嗯？你儿子也不要了是吗！好啊！我也不想要！"

林清乐被扣住，动弹不得，最后她艰难地捏住了许宏城的小拇指，用力一掰！

"啊——"许宏城吃痛松开，林清乐借此机会往旁边溜。

许宏城见她要逃，猛地朝她追了过去，林清乐身子娇小，躲避间往下一蹲……

醉醺醺又气红了眼的酒鬼直接冲了过去，他冲得很猛，恍惚间用力伸手往前一探，上半身都伸到了栏杆外。

可是他并没有缩回手来收住力，仿佛外面不是什么高楼，仿佛外面有他憎恨的东西……

林清乐蹲在地上护着自己，她没有被许宏城再抓回去，也没有再被他掐住脖子……她好好地在这里，眼睁睁地看着一个黑色身影越过了那不算高的栏杆，听到阳台外的风呼啸着从自己耳边掠过。

什么都停止了。

只余一声闷响。

"林清乐！"许汀白从屋里出来，他站不起来，只在玻璃门间，伸手去试探她的方向。

林清乐看了他一眼，仿佛察觉到了什么，缓缓地起身。

八楼，二十多米高。

风还在呼啸着，她朝外看了眼，只看到最底下的昏暗中，有一个深色的身影。

"你在哪儿？你怎么样！"

"我在这儿。"林清乐瞪大了眼睛，握住了许汀白伸过来的手。

许汀白握住她，一下子把她拽了过去："他伤你了？！"

"许汀白……"林清乐僵僵地摇头，"他……他掉下去了。"

林清乐说到这儿，已经克制不住地发抖，她的声音很轻很浅，是难以置信，也是恐慌至极。

许汀白一震，他刚才在屋里听到外面的碰撞声，正艰难地走出来，并没料到会有这个事。

他抓紧了她的手："什么？！"

林清乐呼吸急促了起来："我说,他掉下去了,你爸爸掉下去了！他……他刚才冲过来要抓我，但是我躲了，我不知道怎么回事，他就突然……不，不是我啊，我没有推他！"

林清乐整个人都乱了，他怎么会掉下去，她没有推他啊……是她混乱之中不小心吗？

林清乐紧紧地盯着许汀白，生怕他情绪失控。

那个人再怎么样也是他的父亲，他肯定——

"不要大声说话。"许汀白突然沉了声。

林清乐立刻紧抿了唇。

许汀白："林清乐，你听我说，他刚才从阳台上跳下去了，对吗？"

"不是，因为他要抓我，他不小心……"

"是他跳下去了。"许汀白打断她，一字一句道，"告诉我，是他自己跳下去了。"

林清乐没明白，无措地看着他。

"好，你不用说，因为你不知道，你什么都不知道。"

许汀白没有任何她料想中的情绪，甚至，他突然好冷静。

他握着她的手，认真道："今天你有带什么东西到我家吗？"

林清乐："我……我背了书包，在地板上。"

"嗯，那你把书包背上，再看看地上有没有你掉的东西，仔细看，把你的东西都带走。"

"……"

"餐桌上有条擦桌子的毛巾，你拿过来，把你今晚碰过的地方都擦一遍。"

"……什么？"

"你听我的，只要做就好。"许汀白说，"其他事情我会处理。"

"许汀白……"

"快点，擦完拿上东西就走。今天晚上，你没有来过我这里，知道吗？"

林清乐："可是你爸他……"

"我知道，他自己跳下去了！"许汀白咬着牙，"他喝多了酒，情绪失控，跳下去了。"

林清乐看着他，瞬间明白了许汀白的用意。她低着头，压抑着哭声。

许汀白听不得她哭，感觉心都要碎了。他摸了下她的头，安抚道："你别怕，你没有做错，是他咎由自取。"

……

最后，林清乐还是听了许汀白的话，把自己今晚来到他家可能留下的痕迹都抹去了。

她带上她的东西，站在门口看着他。

"走吧，快点回去，我刚才说的话你都记住了吗？"

林清乐："嗯……可是你怎么办，你受伤了啊，你得去医院。"

"明天会有人来的。"许汀白低声道，"你只当什么都不知道就好，这两天也不要给我打电话，之后我会联系你。"

"但是我……"

"你不是想让我看见你吗？"许汀白笑了下，"我现在也特别想看见你，等这件事处理完，我听你的，我们去医院。"

"你保证？"

"嗯，我保证。"

林清乐回到家的时候，已经十一点半了。

林雨芬给她开了门，见着她便道："今天怎么迟了这么多，给你打电话也不接，我差点给你们老师打电话了！"

林清乐低着头，拽着书包带："我没带手机去学校，今天……今天问老师题目，忘了时间……"

"那你也得想办法通知我一声，不知道我会担心啊！"

"知道了，下次不会了。"

林雨芬听她是因为学习才晚归，脸色缓了些，问道："那你饿吗，要不要给你做个夜宵？"

林清乐摇头，换上拖鞋往房间去了："我有点困，洗个澡就睡觉了。妈你也睡吧。"

林雨芬见女儿安全回来了，便放下心睡觉去了。

林清乐关上房间门，听到林雨芬进屋的声音后，脱力般地在门后坐了下来。

缓了好一会儿她才站起来，走到床边把枕头底下的手机摸了出来。

她看着许汀白的名字……

她不知道她走后他一个人要怎么办，也不知道他的伤能不能挨过去，她很担心他，可是，她答应了他，这几天不会主动联系他。

林清乐闭了闭眼，想把脑子里那些混乱的东西抹去，可越想抹去就越能想起来。

想到许汀白被打的样子，想到那个男人酒气熏天的样子，也想到那个人掉下去时，一声不吭，只留下一阵风声的样子。

她没法安睡，不管怎么逼自己，还是睁着眼到了天亮。

新的一天，一切似乎都没有变化。

林清乐从家里出来，照例买了早餐，也如往常一般，在路上遇见了蒋书艺。

林清乐心里挂着事，一路无言，而蒋书艺今天好像也没有什么说话的欲望，两个人并肩走着，各自沉默着到了学校。

这一整天都没有任何异常，直到晚自习下课，听到走廊里同学八卦兮兮地说："哎，你们知道吗，昨天岳潜路那边死了个人！"

林清乐拿着笔的手猛地一滞。

"真的假的？谁啊？"

"不认识，好像是个中年男人，说是从楼上摔下去摔死了。"

"啊……跳楼啊？自杀还是？"

"谁知道啊，听说家里是有家人的，也不知道什么原因。"

"我去！不会是他杀吧！"

"有毒，你悬疑剧看多了啊。"

"没啊，这都有可能的！"

"……"

边上的同学兴致勃勃地聊了起来，人越围越多，直到铃声响了，他们才嘻嘻哈哈地坐回自己的位置。

林清乐思绪回归，沉默地继续写题。

而小城里，八卦消息传递的速度总是特别快。

这一晚只是细碎的八卦，到了第二天，就已经有更清晰的消息传了出来。

"清乐！那到底真的假的啊，有人说岳潜路死掉的那个人是许汀白的父亲。"于亭亭收到小道消息，中午吃饭的时候赶紧问她。

林清乐："我不知道……"

"你跟许汀白那么好，你不知道啊。"

林清乐："他……没告诉我。"

"啊……也是，这事前天才出的呢，你不知道也正常。"于亭亭道，"哎，我跟你说啊，竟然有人传，是许汀白把他爸推下去的，趁人醉酒。"

林清乐一怔，怒道："他看不见，他怎么推？！"

"啊？这不是我说的，就是大家议论嘛，我也觉得不可能！就那些人没事找事阴谋论，说是许汀白原来经常被他爸打，所以肯定会反抗。"于亭亭道，"不过，他真的经常被家暴吗……这也太可怜了吧，要是我，我非直接杀人不可。"

林清乐听着脸色发白。

她明白为什么他不要她联系，也明白他为什么不要别人知道她那晚在他家。

因为人言可畏，他一个盲人都能被传成这样，如果当时家里还有其他人在，还不知道会传成什么样。

沾上一条命，到最后总会传出各种各样的版本。

而她已经有过被人指指点点的过去，许汀白不愿意她再牵扯进来，不愿意她成为这次的八卦版本之一。

林清乐："吃饱了，我先回教室。"

"哎，你吃这么快啊……"

林清乐走了。

蒋书艺吃了几口，也放下了筷子："我也吃饱了，走了。"

"喂，你们？等等我，等等我！"

另外一边，医院。

"里面的人醒着吗？"病房外，一个警察问。

护士："醒了，刚吃了饭。"

"好，我进去问几个问题。"

"行的，杨警官。"

杨腾推门而入。

这个病房内就一个病人，是一个被打得浑身是伤的男孩。

"许汀白。"

病床上的许汀白闻声辨出了人，昨天，也是这个人给自己录了口供。

"杨警官。"

"今天感觉怎么样，还好吧？"

"嗯。"

"那就行。"杨腾道，"对了，你昨天说，那晚你父亲喝醉了酒打了你一顿，最后从阳台上跳下去了，全程你们家就你们两个人，对吧？"

许汀白垂着眸，声音很轻："嗯。"

"你确定，现场就你们两个？"

许汀白停顿了下:"杨警官,我看不见,我能感受到的就是我父亲,你的意思是,当时现场还有另外一个人?"

杨腾沉默片刻,说:"今天我们去调查的时候,有附近邻居说那晚看到一个小姑娘从你们那栋楼出来了。"

许汀白微怔。

"那个女孩你应该认识,因为她经常去找你,她是你的朋友,对吧?"

许汀白拧眉对着他:"我不知道你在说谁。"

杨腾见他不肯承认,直接道:"林清乐,那个姑娘的名字。据你们邻居说,平时你都是一个人在家,但是这个女孩每周都会去你家,而你父亲发生意外的那天晚上她也在你家。那么,那女孩为什么在?当时她也跟你父亲起冲突了?你为什么要隐瞒她在你家这件事?"

许汀白目光微寒。

杨腾严肃道:"许汀白,你不要再说谎了,我们有目击证人。"

"哎呀杨警官,你怎么来了,我要知道的话也给你买一份吃的了。"就在这时,姜婆从病房外走了进来。

因为许汀白没了亲人,她很可怜这个孩子,这两天一直在医院照顾他。

杨腾:"不用了姜婆,我问几个问题就走。"

"昨天不是都问过了吗,怎么又要问啊,小白还很虚弱,要休息的。"

杨腾:"是这样,因为有人说那晚有个小白的朋友进出过他家,我们需要查证,那孩子跟这件事有什么关系。"

"小白的朋友,你是说清乐?"

杨腾:"您也认识?"

"那当然啦,她经常来陪小白的,你也知道他看不见,一个人也挺孤独的。警官,清乐很乖的,而且她一个柔柔弱弱的姑娘,跟这件事能有什么关系!"

杨腾看向许汀白:"所以那天晚上,她确实在你家,是吧?"

许汀白原本不想让林清乐牵扯进来,哪怕一点点都不想。可却没想到,那晚竟然有人看见她出入过。

他没法再坚持之前的说辞,只好道:"她是在,但是警官,她跟这件事一点关系都没有。当时她看到我被我父亲打,想去阻拦,两人争执间我父亲意外跌落的。"

杨腾:"那你之前为什么不说实话?"

许汀白:"她还是个学生,我只是不希望她搅和进来!杨警官,她小小的一个,你觉得她能对我父亲做什么?"

许汀白的话自然有道理,但警方办案讲究证据,他可能还要再去调查调查。

"好吧,那先这样,你先休息。"

杨腾知道在许汀白这儿是问不出什么了,起身走了出去。

许汀白看着他的背影消失,从容冷静的神色终于露出了一丝裂缝,他紧握着拳,心中苦涩难当。

他想保护她,不让她受一点流言蜚语。可是,最终还是做不到吗?

下午后两节课安排了每周的科目小考,今天考的是数学,上课前,课代表需要去办公室领试卷。

"林清乐。"就在这时,走廊外有人喊了她一声。

林清乐抬眸看去,见是隔壁班的一个女生。

"你们班主任找,让你去办公室。"

"哦……好。"

林清乐起身,走出教学楼,走向对面的教师办公楼。铃声响的时候,她正好走到班主任办公室外面,敲了门。

"进来。"

林清乐推门进去:"老师……"

她话还没说完,突然看到了一个很熟悉的人——她的母亲,林雨芬。

林雨芬安静地看着她,但是林清乐能感觉到,那是一种暴风雨前的宁静。

班主任面色有些严肃:"清乐,你妈妈来了,然后这儿还有两位警察叔叔。是这样的,他们想问你几句话,你别怕,就问一下事情。"

林清乐看了眼边上穿便服的两位警察,心里咯噔了一下,点头。

"你别紧张,回答问题就行。"杨腾拿出了一张照片,"你认识这个男孩吗？"

林清乐看到照片上的许汀白，抿了下唇，低声道："认识。"

林雨芬微微瞪眼，但碍于这里人多，她没有发作。

"你们关系很好，是吗？"

"还……可以。"

"那前天晚上，他父亲坠楼死亡这件事，你知道吗？"

林清乐垂眸："我听说了。"

"只是听说？"杨腾道，"你的意思是，你不在现场？"

林清乐心口发紧，再说不出一个"是"字。她意识到既然警察已经找上门来了，那自己那晚在现场的事，肯定已经被知道了。

果然，下一秒她就听到警察说："那晚那栋楼对面有邻居看到你了，小姑娘，说谎可不是一个好学生。"

"许汀白起先也说你不在他家，你们是约好的吧？"杨腾道，"你还是实话跟我说了吧，那天晚上，你都做什么了？"

事已至此，林清乐知道肯定是瞒不住了。

她急急道："他不是故意骗你的，他只是希望我好好的，不想把我牵扯进来。"

杨腾看了她一眼，他记得，这话许汀白也说过。

林清乐道："警察叔叔，那天晚上我是去了，我当时看到他爸爸打他，就跑进去拦着，可他爸喝得太醉了……后来他也想打我，我跑的时候他来追，是太醉了站不稳才不小心摔下去的！我没有碰他！"

杨腾和同事对视了一眼，这话，也跟许汀白的说辞差不多。

"警官，清乐是个特别好的孩子。"班主任在一旁看着，忍不住搭话，"她成绩好，性子也好，特别乖。"

——现在没有任何证据能够证明，林清乐和许汀白两个未成年人对许宏城做了什么。

但是却有很多证据证明，许宏城对许汀白做了什么。

案件到这里，其实也大概有了方向。

杨腾叹了口气道："我知道你们俩都想保护对方，这没错。但是你们说谎这件事，绝对得批评啊！"

班主任道："这确实，怎么能跟警察说谎呢，清乐，赶紧道歉，这不对啊！"

林清乐闷闷地"嗯"了声："对不起。"

杨腾："行了，那就先这样，下不为例。"

说完，杨腾便起身要离开，林清乐跟着站起来，担心道："叔叔，许汀白现在还好吗？他在哪儿？"

杨腾："医院，他伤好些了。"

等两个警察走了之后，林雨芬跟班主任道了声谢，带着林清乐出去了。林雨芬没有让林清乐回教室，而是把她往学校外面带。

"妈……"

"跟我出去！回家！"

林雨芬铁青着脸把她拉出去后，喊了出租车，把她拽上了车。

一路上，林雨芬一言不发。

一直到了家里，她锁上了门，才颤抖着指着林清乐："你说，你到底怎么回事？！"

林清乐道："妈，我该说的都已经跟警察说了，就是那么回事。其他的我晚点跟你说，现在……我能不能先去趟医院？"

"你去医院干什么？啊！"林雨芬骤然暴怒，"你还敢去找那个姓许的小子！"

"他受伤了，一个人在医院……"

"林清乐你是不是疯了？你把我的话都当耳边风了是不是？骗了我这么久啊你，要不是这次学校把我喊过去，要不是我问，我都不知道原来你跟一个男孩子走那么近！你每周说去图书馆，其实都是去找他了！你书还读不读了？什么年纪啊你敢谈恋爱！"

林清乐一震："我，我没有谈恋爱，我去他那里，也是读书啊。"

"跑一个男的家里读书？你倒是很能胡说八道啊！"林雨芬气得直抖，眼眶通红，"我说什么来着，让你好好读书，让你考出去，你现在就这么不听话，你是不是想把我气死！"

"我真的只是想帮帮他……"

"那你以后也别想再去找他。"林雨芬道,"林清乐你苦还没吃够是不是,你忘了当初你爸沾上人命,别人是怎么对我们指指点点的,直到现在,我们还因为这事受牵连。你看你这次都被警察约谈了,要是被别人知道该怎么想?!你现在竟然,竟然还敢去找他——"

"那你刚才也听到了,他被他爸打到住院,没有一个亲人可以照顾他,他很可怜啊!"

"那又怎么样,管好你自己!你知不知道外头全是有关那小子的闲言闲语!你不许再去找他,免得连你一起被人议论!"林雨芬把她拽进房间,"你进去好好反省,没我的允许,不许出来!"

"妈——"

"林清乐你让我省省心行不行!"林雨芬红了眼,眼泪滚了下来,"我是为了你好!你就听我的,乖乖在里面待着!"

林清乐的手机被没收了,而且她妈还把她锁在了房间里。

她没法见到许汀白,心里着急。

一晚过去,第二天清晨。

咚咚——

门被敲了一下,林雨芬推门进来。

林清乐已经穿好校服准备出门,林雨芬站在门口,把她的手机屏幕对着她:"这是什么?"

林清乐看到自己的手机连忙要过去拿,但林雨芬往回缩了下:"不许拿走,我问你,这是什么?"

林清乐上前一步,看向手机屏幕,屏幕上是条短信——溪城第五医院眼科最好的专家门诊挂号成功的通知。

林清乐眼睛一亮:"预约成功了。"

林雨芬见她掩饰不住的欣喜,脸色一沉:"眼科?你给那小子约医生?"

"妈,这个东西很重要,你先给我……"

"林清乐!你还想着给他治眼睛?他家现在什么情况你不知道吗?你拿什么揽这摊子!"

"我有我的办法。"

"你有什么办法!你还有钱给他去看医生啊!"

林清乐:"我有。妈,你把手机给我!"

林雨芬:"你有什么?你身上的钱都是我给的,你有什么!还看医生!你不许去!"

"这是我自己的钱!我没有拿家里一分!"

"你自己的钱?!你哪来的钱!"

眼看自己不回答林雨芬就不会罢休,林清乐急于拿到手机,急于告诉许汀白,只好道:"这钱是我竞赛得了一等奖的一万元奖金。妈,我没有拿家里的钱。这笔钱对许汀白来说很重要,你就先让我带他看医生好不好?"

林雨芬怔怔地看着她,难以置信:"你竟然为了一个男孩子去竞赛,你知不知道你要高二了,我跟你说了多少遍,学习最重要,高考最重要,你竟然还……你这是要谈恋爱不高考了是吧!"

"我说了我没有谈恋爱!"

"那你为了什么!"

"他是我最好的朋友,我只是想帮他而已!"林清乐上前要去拿手机,"妈你还给我……"

"帮他?我们家都这样了你还想着帮别人。"林雨芬大怒,可看着一向乖巧的女儿完全不听她的话,心里又十分无奈,"清乐,他自身难保,我们也一样。你现在去找他、帮他,会给你带来多少麻烦你知不知道?"

"我知道。"林清乐执拗地看着她,"但是我必须去。"

"林清乐!"

"给我——"

林雨芬气极,趁林清乐没反应过来,一下子把房门关上,又把她锁在了里面。

林清乐愣了下,用力地去敲门:"妈!你干什么!你给我开门啊!"

房门敲得很响,一下一下,像砸在人的心上。

林雨芬低头看着这条短信,心乱如麻。

她很怕自己女儿的人生偏离自己预想的轨道,很怕她误入歧途,也很怕她再被人指指点点……

林雨芬抹了把泪,不知道该怎么办,但听着敲门声,心里却只能妥协。她知道这件事不做个了断,她女儿也不会罢休:"我会告诉他。"

敲门声瞬间停了。

林雨芬站在门外,道:"我会告诉他预约了医生,我会让人帮忙带他去,你那钱我也先从银行卡里一分不少地打给他。但是清乐,你乖乖待在房间里,哪儿都别想去!"

林清乐:"可是……"

"你想让他去看医生,你就乖乖听我的。"林雨芬沉声道,"你以为你去了有什么用,他需要的是医生,又不是你!"

"妈……"

林雨芬走了,林清乐听到了关门的声音。

她又掰了两下门把,锁得死死的,压根开不了。

林清乐泄气地松了手,可又稍微放下心来。不管怎么样,她得先让许汀白知道他们约了医生的时间。

林清乐一直在家里等着。

她知道,她妈这次是真的生气了,不然以她平时的作风,是绝不可能耽误她去学校上课的。

中午临近十一点,外头响起了开门声,林清乐连忙从床上起来,趴在门上听。

脚步声近了,林雨芬开门进来。

林清乐的目光直勾勾地落在她脸上。

林雨芬看着自家女儿,淡淡道:"怎么,怕我根本没告诉他,也没给他钱?"

林清乐:"……"

林雨芬拿出手机,拨了个号码,递给她:"拿着。"

林清乐看到屏幕上显示出许汀白的号码,立马把手机接了过来。电话里"嘟"声过后,通了。

林雨芬没在房间门口停留,她有意给了女儿空间。

"喂？"

"林清乐。"

林清乐听到确实是许汀白的声音，一颗心总算是回落了，急急道："你没事吧？伤怎么样了？"

"没事，不严重。"

林清乐松了口气："那眼科医生的事，你知道了吗？"

"嗯。"

"钱……"

"你妈给我了。"许汀白道，"但是你妈妈说得对，最近你别来找我，对你不好。"

林清乐垂眸看着鞋尖，低声道："我见过警察了，他们说那晚有人看到我出来……对不起，我说了实话。"

"这事你跟我说对不起做什么，是我对不起你，本来打算不让你牵扯进来才说谎，结果适得其反。"

"也没什么，反正……我们都没做错什么，警察也都知道了。"

"我是怕别人议论你。"

林清乐想起在学校时听到的别人对许汀白莫须有的污蔑，眼睛有些红了。

他一直想的是怎么保护她，却从来不在乎自己被怎么看。

她深吸了一口气，说："没事啦，我不在意。"

"抱歉……"

"不许道歉啊，我真的没关系。"林清乐道，"现在我比较在意你的眼睛，看医生的时间你知道吧？"

许汀白苦涩一笑："第五医院下周一早上十点，对吧？"

"嗯。"

"有人会带我去。"许汀白说，"你乖乖待在家里……之后，别联系了。"

"如果可以治疗的话，你得告诉我手术时间！钱不够你也得告诉我。"林清乐放低了声音，"说不定你眼睛手术后就能好了，到时候，你就可以看见我了。"

许汀白停顿了下："嗯。"

林清乐想到那个画面就控制不住地心情愉悦:"那就这么说定了,可以手术的话我会去陪你手术的,等你眼睛好了,要第一个看到我。"

"……"

"许汀白?"

"我在。"

"说好了啊!"

"……好。"

之后两天,正逢周末。

林雨芬原本要去上班的,可是她却留在了家里。林清乐知道她是怕自己又不听话,做出什么事。现在的她在她妈看来,已经完全打破了之前那个乖巧的外壳。

原本她很郁闷,但好在这周末也有个好消息传来。

警察那边说,出事当晚,对面楼有个上初中的小孩目击了现场,看到了许汀白父亲坠楼的过程。

因为是没睡觉偷偷躲在阳台玩游戏,起初他不敢跟父母说,直到昨天才终于忍不住……他的父母骂了他一通后,便去告诉了警察,而警方这边在综合各种搜集到的证据后,总算可以彻彻底底还林清乐和许汀白清白了。

周一,林清乐总算能从家里出来,去学校上课了。

"清乐,你没事吧?"进教室后,于亭亭拍了下她的肩。

那天林清乐被警察找去的事还是在学校传开了,虽然事情的真相已经出来了,但毕竟都是些小孩,对这种事十分好奇。听过那些八卦的于亭亭有些担心林清乐,所以才问了句。

林清乐知道于亭亭的心意,笑着看了她一眼:"我没事,你放心。"

"嗯……如果有些人说话不好听,瞎猜胡说,你别理。"

"我知道的,他们也就是说着玩,没多久就忘了。"

说完,林清乐在自己的位置上坐了下来,她是真的不在意别人怎么说,反正事情的真相已经出来,别人爱怎么瞎猜怎么编排,都改变不了真相。

上课铃响了,林清乐看了眼手表。

还有两个半小时许汀白就会去见医生,到时候就能知道他的眼睛到底能不能治。

　　说实在的,她很紧张,很怕听到不好的消息。

　　她也在脑子里构想了下,万一医生说没办法了……那她要跟许汀白说些什么,才能让他不会那么难过。

　　早上的时间一分一秒过去,挨到中午放学铃声响起时,林清乐立马起身去跟蒋书艺借了手机——她的手机被她妈扣了。

　　"我今天没带,你要打电话吗?"蒋书艺道。

　　林清乐看了眼于亭亭,于亭亭也摇头:"我妈不让我带,说我成绩这么烂。"

　　"没事,我回趟家。"

　　"用我的吧。"郁嘉佑走过来,给她递了手机。

　　林清乐看了他一眼,也顾不得那么多了:"谢谢啊,我打完马上还你。"

　　"没事,你随便用。"

　　林清乐点点头,拿着手机去了走廊。

　　于亭亭看看林清乐,又看看郁嘉佑:"你俩?"

　　郁嘉佑一愣,没说话。

　　于亭亭:"哦吼……"

　　郁嘉佑:"我先回座位了。"

　　"哎……"于亭亭见他这样也不介意,笑嘻嘻地看向蒋书艺,"我就觉得郁嘉佑是真的很关心清乐,清乐还说不是呢。书艺,你觉得呢?"

　　蒋书艺低眸收拾书,听到这话心里有些烦闷:"我觉得重要吗?他爱关心谁就关心谁呗……"

　　林清乐用郁嘉佑的手机拨了许汀白的电话,可竟然是关机状态。

　　她不死心,又打了好几个,次次都是关机……

　　许汀白应该知道她今天肯定会给他打电话的,他不可能不带手机吧。

　　难道是,没电了?

　　林清乐这么想着,心里却隐隐有些不安,她紧张了一个上午,迫切地想知道一个答案。于是在许汀白的电话一直打不通后,她把手机还给了郁嘉佑,自己出门打了个车。

目的地是许汀白家,这个时间点看完医生,他应该是回了家。

然而,去到他家后,她却没能找到人。

林清乐没有停留,直接去了之前他被警察送去的那个医院,到医院问了一通后,护士说他昨天已经出院了。

最后的最后,她去了她预约的,也是他今天应该去的,第五医院眼科。

让林清乐没有想到的是,她从护士台那儿得知,她挂过的那个号过号了。

许汀白今天没有来。

她不明白为什么他今天没有去医院,他明明答应过她的。

林清乐不知道怎么才能找到他,最后,她想到了林雨芬。

下午上课时间已经到了,可林清乐完全没有去上课的心思,她现在唯一想要的,就是一个为什么。

下午两点,林清乐站在了林雨芬工作的工厂外。

林雨芬出来看到她的时候,没有意外,只是皱了皱眉头:"你现在该在学校上课你知道吗?"

林清乐:"你没给他钱,是不是?"

林雨芬沉默了两秒:"在你眼里,你妈就是这么说话不算话的人?"

"可他今天没有去医院!他没去看眼睛!"林清乐压抑到现在,情绪已经完全崩盘了,"他答应我的,可是他没有去啊。"

"你觉得他答应你的就不会反悔,我答应你的就一定是骗你的,是吗?"

"妈!"

"钱我那天确实给了,但今天他退到我卡里了。清乐,妈没有不给他钱,也没有不让他去医院。我没那么不近人情!他没有去只是因为他自己不去了,明白吗?"

"不可能!他已经答应我要去治疗!他不会骗我的!"林清乐红着眼睛看着林雨芬,"妈,他为什么把钱退回来,你那天是不是跟他说了别的什么啊,他是不是不高兴了,所以才这样!"

"我跟他说什么?我能跟他说什么!你每周去找他,发了疯一样去帮他，他拉你去他的泥潭！就这样，我还给他那些钱，还拜托别人带他去看病！清乐，妈妈能做到这样已经够了！"林雨芬道，"你做了这么多事根本就不值得，他能给你什么？他什么都不能，他只会拖累你！"

"拉着我去泥潭……拖累我？"

"是，你看看，还让你被警察约谈！他自己被人说是嫌疑犯就算了，你也差点……"

"妈！你别说他是嫌疑犯了！警察都说他不是了，你干吗跟那些八卦的人一样瞎说。你这样，跟以前说我们的那些人有什么区别？"

"林清乐……"

"他爸爸摔下去的时候我就在旁边，他仅仅不想我被别人说闲话，就为这，才硬要把我摘干净……所以你能不能不要那么说他了？"林清乐的眼泪直直地掉在地上，她眨了眨眼睛，缓了好久才茫然道，"妈，你知道吗，小学的时候，爸爸出了那些事，所有人都不理我，都讨厌我，我不知道怎么跟你说，因为你那时也天天哭，根本没空管我……那时候我太害怕太自卑了，不知道该怎么办。是许汀白，是他还理我，是他帮我赶走那些欺负我的人。他天天从家里带小零食给我，他帮我复习，陪着我玩……"

林清乐擦了下不停冒出来的眼泪，喃喃道："他没有拖累我啊……小时候没有，现在更没有，是我非要去找他，非要让他理我的。他人很好，因为我英语不好，他就陪我听他根本看不到的外国电影，教我翻译，给我改英文作文……我在他家学习，他教了我很多……妈你知不知道，小时候都是他撑着我过来的，我努力学习，努力生活……好多好多都是因为他……他真的很好，从来不是拖累我的那一个……"

林清乐说到最后声线都模糊了，她哽咽着，看向林雨芬："我找不到他了，他去哪里了你知道吗？你能不能告诉我啊！"

林雨芬知道小时候那些事对自家女儿造成了影响，但是没想到影响有那么深。

她看着哭得稀里哗啦的林清乐，心疼地想去给她擦眼泪。

但手还没碰上，就被她拦住了："他去哪儿了，你说啊！"

"我不知道。"林雨芬没想到这两个小孩之间有这么深的羁绊，她深深地叹了口气，说，"清乐，我真的不知道。我只是听警察局的杨腾警官说,他有个之前在国外的亲戚回来找他了,应该是他们把他带走了。"

"他没有……"

林清乐下意识地想说他没有亲戚,可念及国外,她突然想起她生日那天许汀白有提过的,以前有个对他很好,但后来因为跟他家闹掰就再也没有联系过的小姨。

林清乐:"他,跟他们走了?"

"清乐,这是最好的结局,你看你还这么小,你怎么照顾他?他自己也是未成年,他需要有监护人,现在有人带他走,去别的城市也好,出国也好,他们肯定会照顾他,也会给他治疗的,总比还待在这儿好吧。"

林清乐:"可是,他为什么关机?为什么也不跟我说一声?"

林雨芬心里自然记得,那天在医院,那个孩子在她的哀求下,答应再也不打扰自家女儿。

"既然要走了,自然不会再留恋这里,他明白再跟你牵扯也没有什么好处。"

"但是他答应我的啊……他说只要他眼睛好了,第一个要看到的人是我,他答应我的……"

"清乐,乖,你有你的生活,他也有他的。你们不会是一路人,你要过自己的生活,明白吗?"

——每个人都有自己的生活,你的生活,不会因为你身边少了一个人而停止。

妈妈是这么说的,可林清乐一时也不知道怎么去消化这件事。

在她还不算很长的生命中,虽然只是一半的时间里有许汀白,可在她不算多的快乐里,却全都有他。

身边没有了一个人,生活确实还能继续,但还会开心吗……

她不知道。

可那天过后,许汀白就真的从她的世界里消失了。

她再也不能在小巷路口等到放学回家的他,再也不能找出藏在外面的钥匙打开那间屋子,也无法打通他的电话,跟他偷偷聊天。

他仿佛不存在一般,仿佛这一年里,他们从没重逢过。

林清乐觉得这样突然的空白有些可怕，她有时候甚至怀疑，自己是不是产生了什么幻觉。

后来唯一让她对许汀白的存在产生真实感的人，是燕戴容。

燕戴容因许汀白突然离开，怎么都找不到，气冲冲地来教室质问她。当时的燕戴容完全没了在学校里女神的样子，像那次在餐厅一样，完全变了个人，似乎要冲上来把她撕了。

被郁嘉佑拦住后，她还是怒气冲冲地看着她，问许汀白去了哪儿，凭什么不告诉她。

可林清乐又哪里有答案，她也想知道啊……

大概是明白真的不能在她这里找到答案，那天，燕戴容竟然哭了。

林清乐看着她，像班上所有的看客一样。可她自己心里知道，她是有些感谢燕戴容的。

感谢她今天的异常，让林清乐能感觉到，许汀白是真实存在过的。他也不是走了就没人记得，这里还有人跟她一样，因为他的离开而情绪波动。

后来，他们升了高二，分班了。

因为林清乐选了理科，和于亭亭、蒋书艺不在同一个班级，起初她们还约着一起吃饭，但高中实在是太忙了，不在同一个班的情况下，她们也只能慢慢疏离，回归到自己的小世界里。

郁嘉佑倒是跟她同班，可是林清乐不太跟他往来，毕竟高一的时候，也是因为蒋书艺两人才搭上话的，没了中间人，她也不太知道能说些什么。

高二下学期期末的时候，林清乐听说了一件事，升到高三的那个小恶霸章易坤去考试的路上准考证丢了，他回头去找，竟然被人麻袋一套给揍了。

他因此住院整整两周，完美错过了高考。学校里好多人听说这事都暗自开心，因为章易坤平日里在学校作威作福，没少欺负人，大家都讨厌他。

林清乐以为自己也会很开心，可是当她听别人说完这事后，心里却觉得难过。

不是为章易坤这个浑蛋难过，而是她跟章易坤之间的联系是许汀白，别人说章易坤的时候，她会想到那个人。

其实，一开始的时候，她心里是暗暗期待着的。

她想，许汀白不告而别是因为他不想再牵连她，不想再让她为他付出。那之后，他有了亲戚，不需要她照顾了，他觉得不会麻烦到她后，说不定会主动联系她。

他会告诉她他在哪儿，会告诉她他的眼睛是不是好了，会告诉她他最近都在干什么……

可都没有。

而后一整年，她什么都没等到，便渐渐失去了期待。

这种失去，来源于她心里隐藏着的怒火。

她气恼他说话不算话，气恼他没把她当回事，走了便走了，一点音讯都不给。

之后，日子还是一天一天地过，她机械般地学习着，生活着。

高三上学期上到一半时，林雨芬工作的厂子倒闭了。厂里有人给林雨芬介绍了其他工作，那个地方还不错，工资比这儿高得多，可那个厂不在溪城，在另外一个城市。

林雨芬起初犹豫着到底要不要去，因为女儿已经高三了，她不想让她再换环境。

后来是林清乐自己说，可以去别的城市。

一是因为她们家需要经济来源，二是高中的课已经上完了，她的成绩其实也稳定，接下来不过是复习而已，三是溪城对她而言，似乎没有什么值得留恋的了。

离开溪城后，她便潜心学习，高考在即，容不得她想别的事。

后来回想起高中生活，她对高二、高三那两年没有什么特别的记忆。那两年的日子是重复的，两点一线，仅有学习而已。

而她的努力确实让她收获了好的结果，林清乐高考发挥正常，考上了首都排名顶尖的学校。

拿到入学通知书的时候，林雨芬红了眼。

被林清乐发现后，她擦了擦眼泪，说自己是高兴的，因为女儿终于考上了理想的大学，终于去了理想的城市。

她当时笑了笑,没有再说什么。

理想的大学,理想的城市……林清乐突然有点搞不清楚了,这些理想,到底是她的,还是她妈妈的。

但有时候,生活不用想得太清楚。

大学刚开始,学校便发了新的电话卡和银行卡,好像这样,过去的日子就清了零,一切重新开始。

Ａ大人才济济,高手如云,但大学那几年,林清乐为了奖学金拼命地努力,所以也能在那群人里站稳脚跟。

她的成绩是优异的,再加上过了青春期褪去婴儿肥,长相从十六岁的可爱过渡到二十岁的漂亮,因此在系里颇为吃香。

隔三岔五就有人往宿舍里送吃的,可东西往往隔天就会被还回去。

室友开玩笑说,她真的是暴殄天物。

林清乐不是不想去谈恋爱,也不是故意不去接近对她有好感的男生。

她只是没有心动,没有感觉。而且她觉得,写竞赛题、当志愿者,通通比谈恋爱有意思。

她们寝室几乎每年就会脱单一个,于是到大四的时候,就只剩下林清乐一个人还立着单身的牌牌。

但她也无所谓,大四出去实习,忙得焦头烂额,哪还有时间考虑这些……

工作一年多后,林清乐参加过一次大学同学会。

那次同学会,同寝室的另外三个室友都来了,其中有两个已经结婚了,但对象都不是大学时的男朋友,另外一个倒还没结婚,但是也说在毕业时就跟当时的男朋友分了手。

林清乐曾经眼见着他们如何如胶似漆,可如今听她们谈及以前最在乎的那个人,也不过是一笑了之。

再谈起曾经那个刻在心上的人,真的能平静淡然、丝毫不为所动吗?

她不知道,也没试过。

因为自她离开溪城后,她的生命里,就再没有一个人跟她提起过许汀白。

CHAPTER 8
你能看见了

又一年，秋。

首都今年入冬时间格外早，明明该是穿两件单衣的月份，天却突然冷得冻人。

中午十一点多，附近办公的人陆陆续续从办公楼里出来觅食。但走出来后发现温度异常低，脸上显然有了些后悔的神色。

夏谭也一样。

他在附近公司任职，刚坐着开了一上午的会，背都僵了，所以午餐时间没有点外卖，想要出来走走。

但谁想到今天中午温度突然就降了下来。

他到路边一家常去的咖啡店买了杯咖啡，准备就这样回去了。

但他突然看到不远处的公交站台边，有人在争吵些什么……

他也是闲着无聊，所以多看了两眼。

"它是导盲犬，不是宠物狗，它是可以上公交车的。"

"那不行啊，这狗这么大只，车里还这么多人，它咬人怎么办！"

"它不会咬人的，它经过了很严格的训练，它……"

"不行不行，你别上来，也别堵着，后面人还要上车呢，你别耽误别人时间。"

……

夏谭本来只是多看两眼罢了，却听到了那个戴着墨镜牵着狗的女人和司机师傅的对话。

他走近两步，看向女人身边的拉布拉多。

真是只导盲犬。

夏谭眼睛一亮，刚想走过去跟那个司机说点什么，却见那女孩已经退了出来。

后面的人蜂拥而上，车门关上后，公交车扬长而去。

夏谭脚步一滞，拧眉看向那个站在原地的女人。

"小悠，没事的，我们不上车，继续往前走吧。"女人微微俯身跟导盲犬说话，声音很轻很温柔。

接着，她便由那只导盲犬带着，往前去了。

夏谭没了回公司的心思，跟了上去。

他就跟在他们身后不远，看着那只导盲犬带领着她绕过障碍物，等红灯，辨方向……它很温和，也十分温顺。

夏谭也不知道跟了多久，后来又遇上一个红灯后，他看到那个女人和导盲犬都停了下来。

他走了过去，站在他们边上。

他低眸看着那只狗……好乖。

夏谭伸手，想去摸它。

"先生，请不要碰它。"

突然，那个女人转向他。

夏谭愣住，有些错愕地望向她。

"你……"

"导盲犬在工作中不要抚摸干扰，谢谢您。"

"对不起我不知道……"夏谭急急道完歉，又忍不住瞥了眼她的墨镜，"你，知道我刚才要做什么？"

女人点了下头，拿掉了墨镜："我看得见。"

夏谭没想到墨镜后竟是一双很漂亮的眼睛，明艳的桃花眼，加上她白皙的皮肤和精致的脸颊，拿开墨镜后，堪称惊艳。

女人客气地笑了下:"不好意思,我刚才是在给小悠做测试,它还在训练中。"

夏谭轻咳了声,收回视线:"你是导盲犬训导员?"

"不算。"女人解释道,"我朋友是,她在训练另外一只,因为我之前做过很长时间的志愿者,有经验,所以帮忙测试一下。"

"这样啊,所以这只是明视导盲犬训练基地的狗狗吗?"

女人有些意外:"你知道?"

夏谭看着她,移不开眼:"我们城市就这一家训练基地,我弟弟之前申请了一只导盲犬,在排队中,听说快了。"

女人明白过来:"那希望你弟弟早点拥有它。"

"嗯,谢谢。"

红灯倒计时了,女人戴上墨镜,闭上了眼睛:"我还要继续,再见。"

夏谭:"……再见。"

女人走了,夏谭看着她的背影,久久没转身。

叮叮——

手机突然响了起来。

夏谭拿出来接起。

"人在哪儿?"电话那头的人问道。

"我出来吃个饭。"

"午餐不都让人送你办公室吗?"

夏谭笑:"哎哟我坐了一早上都累死了,亲爱的许总,我能不能出来遛遛弯?"

"你遛五环外去了?"

"那倒不至于,就是在路上遇见了一个人,耽误了点时间。"

"谁?"

"这个嘛……就是一个,长得特漂亮的女人。"

手机对面的人沉默了两秒:"神经,回来。"

下午两点钟,明视导盲犬训练基地的一名导盲犬训导员董晓倪带着一只黄金猎犬回到了基地。

"晓倪，阳阳考试怎么样啊？"基地的同事上前问道。

董晓倪："很好，都通过了，这次能打一百分了。"

"太好了，哎，那小悠呢？"

"小悠在后头呢，心情不太好。"董晓倪叹了口气，"今儿要上公交车的时候被拒载了，司机师傅说话口气有些冲，小悠被打击到了。"

"啊……"

"这不，来了。"董晓倪往门口指了指。

同事看了过去。

此时，门口走进来一个身穿米色大衣的女人，女人戴着墨镜，巴掌大的脸几乎被覆盖了大半。她看起来有些担忧，跟方才董晓倪的表情一样。

"小悠，没事啊，别不高兴了。"

名叫"小悠"的拉布拉多到了自己熟悉的环境后，在地上坐了下来，女人也停下了脚步，蹲下来摸着它的头，小声地安抚着。

"乖，不怕的，他们只是还不懂，以后会知道你可以上公交车……"

董晓倪把原本牵着的狗狗交给同事，朝前面的一人一狗走去。

"清乐。"

地上蹲着的女人抬眸看了过来，她拿掉了墨镜，随意地放在衣服口袋里："没能上公交车，我带着小悠又走了一段，它的情绪是之后上来的，到现在可能是越来越难过了。"

董晓倪："没事，交给我吧，我来安抚。"

"嗯。"

林清乐站起身来，她虽然跟小悠已经很熟悉了，但训练小悠的到底是董晓倪，所以交给她显然更合适。

"那我去里面帮帮忙。"

董晓倪也不跟她客气："行，你去吧。"

林清乐放开了小悠，往基地内部去。

她很熟悉这个训练基地，大二的时候因为要拿社会志愿者的学分，她偶然之中来到了这里。来这儿实践了一个月后，她拿到了学分。原本她可以跟其他学生一样就此离开，但是她却没有走。

后来的每个学期，她有空的时候都会来这儿当志愿者，也因此在这里学到了很多关于训练导盲犬的知识。

　　毕业后，她参加了工作，因为能力不错，薪资也十分可观。后来除了固定给林雨芬寄回去一些外，很大一部分都捐给了这个基地。

　　她很喜欢这里，也很喜欢这些努力着，为盲人带去希望的狗狗。

　　董晓倪平时很忙，应该说，基地里所有的训练员都很忙，林清乐之前就经常来帮忙，这段时间辞了职，她更是每天都在这里。

　　喂喂狗，收拾收拾它们的窝，偶尔也对一些导盲犬做基础训练，这里都可以算是她第二个工作地了。

　　晚上六点钟，董晓倪因为还要记录今天狗狗们的考试情况，林清乐便先行回了住处。

　　"回来了。"于亭亭正在厨房做晚饭，听到开门的声音，围着围裙出来了。

　　林清乐："嗯。"

　　"晓倪没跟你一起回来啊？"

　　"她说还要加会儿班。"

　　"哦……那我给她留饭，我做了三人份呢！"于亭亭说着又进了厨房。

　　这个房子面积挺大，有三个房间，原本住的是林清乐和董晓倪，一个月前，她发布了另一个房间的招租公告，于亭亭上门了。

　　林清乐也没想到有这么巧的事，新室友竟然是她高一时的同班同学于亭亭。

　　她们自分班后渐行渐远，后来她高三离开了溪城，就没怎么联系了。上了大学后，她换了号码，跟高一的那些同学完全失了联。

　　于亭亭的出现让她意外，同时也很高兴。于亭亭的性子她是知道的，开朗活泼，直来直去，挺好相处。

　　于亭亭刚搬进来的时候跟她聊起过以前，她说，上了大学后她跟蒋书艺郁嘉佑也没怎么联系了，说着说着还挺伤心的，说曾经关系再要好，最后也会被时间磨灭。

　　不过林清乐觉得这是常态，没有朝夕相处，任何感情都很容易淡下来。

　　"哎，你什么时候去找工作啊，听晓倪说你空闲三个月了。"饭桌上，于亭亭问道。

"是啊。"

"啧啧,高材生就是好,一点都不着急。"

"没,就是想休息一阵,上一份工作太忙了。"林清乐道,"最近在基地里跟狗狗们相处也挺好的。"

"是啊,你再待下去,都能跟晓倪一样去领个导盲犬训练师的资格证了。"

林清乐想了想:"唔……以我现在的能力,是考得了的。"

"哎哟你可行了吧,这工作一般人可胜任不了,晓倪要不是有个有钱的家庭支撑着,她拿那点工资,怎么能在这城市生存下来啊!"

于亭亭说的也不是没有道理。

导盲犬分发给盲人都是公益性质,不收费的,而训练一只导盲犬价格又十分昂贵,政府拨款有限,平日里靠的还是一些企业和社会人士的捐助。总的来说,在中国,目前导盲犬训练师这个行业还没有真正得到重视,薪资也并不高。

所以,在首都这个寸土寸金、消费水平很高的城市,进入这个行业,靠得完全是爱心和满腔热血。

而对林清乐本人来说,目前确实还没有办法不管生活,不管她妈妈。

"以后我会想办法的。"

"啊?想什么?"

"想想怎么做好基地的宣传,想想怎么再给基地募集一些资金。"

于亭亭感慨地摇了摇头:"你们一个两个想的都是伟大且有用的事,不像我啊……"

"你?你怎么了?"

"我男朋友啦。"于亭亭戳了戳饭,道,"前段日子他不是因为顶撞上司被辞退了吗,过渡期没办法,他找了家酒吧工作。我可烦死了,他多大的人了,还在酒吧打杂。"

于亭亭的男朋友林清乐见过几次,脾气挺犟。

"他的脾气是该改改。"

"是啊……我也经常这么说,他每次都说改,可还是照样惹事。"于亭亭烦躁地放下了筷子，"算了，不管他了，酒吧的工作他要是还做不好，分手算了！"

林清乐摇头笑了笑，看得出于亭亭是真的喜欢他，哪那么容易说分就分。

一周后，董晓倪要带着基地里通过了考试的黄金猎犬阳阳，去往它即将服务的主人家。

这是阳阳训练生活的最后一个月，这一个月里，它需要跟准领养人一起参加训练，他们只有在这个月配合默契、相处和睦，才能成为真正的"伙伴"。

阳阳和董晓倪去的那天，是林清乐开车送去的。

车子开进一个高档小区，董晓倪带着阳阳上楼，林清乐则带着一些必备的工具跟随着。

但让她没有想到的是，打开门，看到的竟然是一张眼熟的面孔。

林清乐："哎，是你？"

夏谭眼睛一亮："是你啊！"

林清乐和夏谭同时认出了对方。

董晓倪："你们认识？"

林清乐："其实也不算认识。"

夏谭道："上次我在路上碰到她带着导盲犬，当时聊了两句，没想到这么巧，今天又遇上了。"

董晓倪："这样……有缘啊。"

夏谭笑了笑，看了林清乐一眼。

董晓倪："对了，夏泉呢？"

"在里面呢，你们进来吧。"

今天主要是让阳阳来适应新主人的生活环境，进门后，林清乐看到了夏谭的那个盲人弟弟。

那个男孩十八岁了，很有礼貌，知道是他们来了，从沙发上站起来打招呼。

董晓倪很快带着阳阳过去了，林清乐站在一旁，看着董晓倪带男孩熟悉阳阳，并教他一些基本的口令。

"喝点水吧。"夏谭走到林清乐身边，给她递了杯水。

"谢谢。"

夏谭说了句"不用"，望向今天明显很开心的弟弟："小泉难得这么高兴。"

林清乐："大部分盲人见到它们都会很高兴。"

夏谭点点头："所以你也是基地的员工吗？我记得上回你说你不是训导师，那你是……"

"还是志愿者，就是很喜欢那里，所以经常去。"

"啊……那你很有爱心啊。"

林清乐笑了笑："力所能及而已，我不算什么，晓倪他们才是真的很有爱心。"

夏谭"嗯"了声，侧眸间，他看到她眼里的笑意，停顿了下，又有点挪不开眼了。

嘶……绝！

这个女生笑起来真的好看啊。

第一天的工作结束后，林清乐开车送董晓倪和阳阳回了基地。

夏谭送她们下楼，把人送走后，他乘电梯返回了家里。

回到家时，夏谭看到门口站了一个人。

那人衬衫西裤，身姿挺拔，背影都十分养眼。

"汀白？你今天这么早回来啊。"

门口的人回身，眉目俊逸，瞳色浅淡，正是许汀白。

"下来看看小泉。"

许汀白回国后和夏谭一起住在这边，夏谭住在十六层，而他选的是这栋楼的顶层。

"哦，不过你来得不算巧，我刚送走训导师和导盲犬。"夏谭开门进去，"进来坐坐。"

夏泉在客厅听到许汀白的声音，招呼了声："汀白哥。"

许汀白"嗯"了声，在他边上坐下："第一天相处，感觉怎么样？"

"很好，阳阳很乖。"

"阳阳是那个导盲犬的名字。"夏谭道，"小泉跟它还挺默契的。"

"哥，你怎么知道我们默契啊？"夏泉揶揄道。

夏谭莫名："我一直看着你们呢，我怎么不知道？"

"哦……你一直看着我啊，我还以为你一直跟那个基地的姐姐说话，都没时间管我呢！"

夏谭："嘿，你——"

许汀白："什么姐姐？"

夏泉赶紧打小报告："就是今天我哥遇上了之前在路上碰到的那个姐姐，上回他回来就跟我说了那个姐姐，说她带着导盲犬，特别漂亮。这不，今天又特有缘地遇上了，反正我就老听到他跟那姐姐找话说。"

夏谭翻了个白眼："夏小泉，你不胡说八道能死啊！"

"我就说，你还不让人说了啊。"

许汀白淡淡地看了夏谭一眼："今天是你弟的重要日子，你还有空去招惹别人？"

"你别听他乱说话，我哪里招惹了，人家也在很认真地关注阳阳的举动，哪里一直跟我聊天啊。"夏谭辩解完停顿了下，又说，"不过，长得特别漂亮是真的。"

"……"

夏谭："你别这眼神啊，真的漂亮，不然下次她要是来家里，你来看看？"

"我看什么？"

夏谭："我不是瞧你不信我说的吗！"

"不用，你自己欣赏吧。"许汀白起身，"没什么事我先回去了。"

阳阳和夏泉相处了一周，两人匹配度很高，十分和谐。

这天，夏谭来到视明导盲犬基地。

"晓倪，真的特别谢谢你，我弟弟最近都很高兴。"

董晓倪："谢什么啊，这都是我应该做的，倒是我该谢谢你给我们基地捐款啦。"

夏谭："还好还好，我也就是做点我能做的事。"

两人从办公室出来，一边走一边说着。

走到训练场的时候，夏谭停下了脚步，望向不远处一个跟狗狗玩的身影。

今天那姑娘穿着白色衬衣和浅色牛仔裤，身姿曼妙，笑容明艳，大概为了方便陪伴狗狗，她把一头长发梳成了马尾，跑动嬉闹间，青春洋溢。

"清乐。"董晓倪朝那边喊了声。

林清乐闻声望了过来，见是两人，便放下手里的事走了过来："夏先生，你今天也在这儿。"

董晓倪："他今天是来做捐赠登记的。"

林清乐笑了下："谢谢你了。"

夏谭有些不好意思："没……不用的。"

董晓倪："你们聊会儿啊，我先去忙了。"

林清乐："去吧，哦，二区的狗狗水还没喝。"

"知道啦。"

董晓倪走后，只剩下两人站在这儿，林清乐刚在那边跑累了，在边上的石凳子上坐了下来。

夏谭连忙也跟着坐下："你不是志愿者吗，怎么今天也在这儿？"

林清乐："这个啊……我最近待业，所以挺闲的，基本每天都在这边。"

"待业？辞职了是吗？"

"嗯。"

"你是做什么工作的？哦，方便问吗？"

"没什么不方便的。"林清乐笑了笑，"之前在金诺广告上班，做策划的。"

"你是金诺广告的策划啊！那是国内广告界的大公司了。"夏谭眼睛都亮了，"这是我的名片，你之后要是有意的话可以给我们公司投简历。我们公司刚进驻国内，需要策划这方面的人才。"

林清乐接过了他的名片：Aurora Home，副总经理：夏谭。

"Aurora Home……是欧洲很火的那个智能家居品牌吗？"

"你知道啊，我还想说这个品牌在国内可能还不是特别有热度。"

林清乐："之前给国内一家家装家居公司做过广告策划，当时他们的诉求是想跟你们这个牌子的基调一样，所以当时有稍微了解过。"

"原来是这样。"

"没想到你们要进驻中国了。"

"已经进驻了，一线城市的门店都已经铺设完毕，中国区总部设在这个城市了。"

林清乐有些惊喜："那下次可以去逛逛了，我蛮喜欢这种智能美学类家居店的。"

"那欢迎啊。"

夏谭走后，董晓倪又返了回来。

"怎么样？"

林清乐莫名："什么怎么样？"

"我说那个夏谭，人家才二十九岁就坐上了大公司副总经理的位置，学历和能力都很强的，家里也特有钱，而且我瞧着性格还不错。"

林清乐："你这是做人口调查吗？"

"什么呀，那给阳阳找新主人，他家祖宗十八代不都得了解啊。"董晓倪道，"我是觉得你们看着还挺般配的，年龄差四岁正正好，他有才有貌，你也是呀。所以给你介绍介绍嘛。哎，你们刚才聊什么了？"

"介绍什么，你别瞎想了，我们刚刚只聊了一点工作的事，他说让我给他公司投下简历。"

"就聊这？这么没劲。"董晓倪道，"这人什么情况，挖人还挖到我这儿来了？"

林清乐瞥了她一眼："是啊，谁让你这里人才济济呢。"

"那可不？"

"行啦，我还有点事，先走了啊。"

"哦，那好吧。"

林清乐回到住处，洗过澡后，她打开了电脑，在书桌前坐了下来。

说起来她待业三个月，确实蛮久了。虽然之前的存款还有剩余，不过也不能一直这么下去。

她打开了招聘网站和之前猎头给她发的消息……看了一圈后,她拿起了在基地那会儿夏谭给她的名片。

Aurora Home（Aurora 家居）……欧洲一家很有实力的老牌公司,以它现在刚进驻中国,想要打开中国市场的情况来看,应该还有很大的发展空间。

夏谭从导盲犬基地离开,开车回了公司。

上电梯到会议室后,看到里头几个同事正在热聊。

"说什么这么起劲,一个个都不工作?"

"夏总啊,我们这不刚开完一个长会,稍做休息嘛。"

夏谭性子活泼,为人和善,跟一众下属都没什么距离感,他走了进去,随口问道:"你们刚才说谁?我们亲爱的许总又怎么了,跟你们发飙了?"

"没没没,不是这事,是那个赵小姐又来了。"

"赵子爱?"

"对对对,刚才来送晚饭,不过又被许总拒绝了。"

夏谭摸了摸下巴:"啧,这赵子爱怎么这么倔强啊,上回印象还不够深刻是吗?"

说起赵子爱,公司的人都知道,她是赵氏集团的大小姐,也是他们许总大学时期的同学。

这位赵小姐对他们许总那是真的豁得出去,上次他们进驻国内成功的庆功宴上,赵小姐还在外面带了花祝贺,顺便表白。

本来是一件很浪漫的事,奈何他们许总对人家一点意思都没有。

那赵小姐也很倔,许总不出去她就不走,后来下了大雨,她还演了一出类似偶像剧的戏码,在雨里热烈表白。

可是他们许总是铁了心不理会,最后那姑娘气呼呼地冲了进来……人家毕竟是大小姐嘛,对着一众人发了一大通脾气。

他们许总冷眼旁观,最后仅仅说了一个字:"滚。"

这件事到现在还为他们津津乐道。

虽然说那大小姐确实刁蛮任性,可人家长得挺好看的,家里又那么有钱，各方面条件也算优质了。可偏偏啊，遇到了他们冷情冷感的许总。

他虽然年纪轻，可完全是天之骄子啊，是 Aurora 集团唯一的继承人不说，人还极其聪明。

眼高于顶如他，他们这群人压根就没见过他把什么女人放在眼里……

"喂，许汀白，你这什么情况啊，那赵子爱又来？"进了许汀白办公室后，夏谭径直在他的沙发上坐下来。

许汀白坐在办公椅上，低头处理着文件："不知道。"

"啧，你好歹也怜香惜玉一下吧。"

"你想的话你自己去。"

"哎你——"夏谭摇摇头，"行吧行吧，说不动你。"

夏谭给自己倒了杯水喝："哦，对了，晚上去一趟麦克斯吧。"

"干什么？"

"陈柯生日啊，他叫了一帮人，让我一定喊你去。"

陈柯也是他们在国外时就认识的朋友，回国发展后，也帮了他们不少。许汀白不是很喜欢去酒吧，但听是陈柯生日，便没有拒绝。

"几点？"

"晚上十点过去也完全来得及。"

这个城市夜生活华丽而奢靡，但总有一部分人，是完全不参与这样的夜生活的，比如林清乐。

晚上十一点出头，她就已经收拾完准备上床睡觉了。然而今天，刚躺下手机就响了起来。

林清乐："喂，亭亭。"

于亭亭："清乐！你在家吧！"

"我在啊，怎么了？"

"拜托拜托！你帮我个忙！"

林清乐坐了起来："发生什么事了？"

"黄成旭在酒吧那边出事了，对方要求他赔偿，可他现在哪里拿得出钱，我也……唉。"于亭亭着急道，"我现在还在外面出差回不去，你帮我去酒吧看一下，他性子太冲不拦不行的！然后到时候确定要赔多少钱的话，你帮我先给他垫付一下。等这个月工资发了，我马上还你！"

于亭亭说完后林清乐就已经下床准备换衣服了："现在不是钱的问题，问题是不能再让他惹事……你放心吧，我过去看看。"

"好好好，谢谢你啊，真的真的超级感谢！"

"不用了，回来请我吃个饭就好。"林清乐道，"不过你这男朋友，真的得跟他好好谈谈了。"

"嗯，回去后我一定说他！"

"行了那先挂了，我换身衣服要出门了。"

"好好好。"

林清乐动作也快，换了身衣服立马出门打车，去往于亭亭发来的地址。她很少去酒吧，进门后问了人，一路往二楼去。

相较于一楼舞池的喧闹，二楼人就少得多了。林清乐上去的时候，远远看到最靠右的卡座上坐了一些人。

再离她近些的地方，于亭亭的男朋友就站在那里。他边上也站了两个人，除了酒吧的经理，另一个应该就是他得罪的对象。

林清乐眉头轻拧，小跑着过去了。

"怎么，女朋友来了是吧？"黄成旭前面站着的戴帽子的男人看了她一眼。

黄成旭回头，看到是林清乐，愣了一下，低声道："怎么是你……亭亭呢？"

"出差，她让我过来看看。"

黄成旭："看什么啊……不就这样？"

林清乐："到底怎么回事？"

黄成旭支吾了声，不情不愿地道："我送错酒了，换的时候不小心把酒倒在他身上了……我道歉了啊，他非得骂我两句，他骂得很难听，那我就……"

"你就打人？"

"他也打我了！"

林清乐无语至极，但想起于亭亭的恳求，又忍了下来："你在酒吧做服务员就要有觉悟，这里的人多少都喝了酒，有时说话会比较冲……"

"你的意思是我就得站着挨骂啊!"

"我不是这个意思,我是说你的脾气……算了。"林清乐懒得跟他多说,只想快点解决这件事,她对着那个戴帽子的男人说,"实在不好意思,他也不是有意的,您看您需要赔偿多少钱?我马上给。"

帽子男说道:"这家伙不仅泼了我一身,我那边的朋友也被牵连到了……而且这也不是钱的问题好吧,他动手了,你看我的脸?这事我非得报警不可。"

黄成旭猛地抬头:"我都道歉了……"

"道歉?那我让你白打了是吧。"

"那也……"

"行了,你别说话了。"林清乐睨了他一眼,望向帽子男,"真的很对不起,我们这事私下解决好吗,麻烦您不要报警……"

不远处的卡座上,几个男人还坐在那里聊事情。

"这还有完没完了?"其中一人往黄成旭那边看了眼,"哎?那小子说的女朋友来了,啧,什么情况,就这样的人,女朋友还长这么好看啊!"

这人说完,其他人也往那边看去。

"哎呀我去,这小子艳福不浅,女朋友身材不错啊,这腿我的菜。"

"是吧!"

夏谭本来在跟许汀白聊事,听到旁边的人都聊那边的人去了,便也看了过去,一眼后,人傻了。

"怎么是她……"

许汀白见夏谭突然也凑了热闹,抬眸看了过去。

酒吧光线不是很充足,但站在那边的女人很白,即便在这种光线下,五官和皮肤也都十分亮眼。此时她正在跟陈柯说着什么,眉头轻拧,有些为难。

"认识?"许汀白收回目光,淡淡问了句。

夏谭直勾勾地看着那边,十分崩溃道:"就我之前跟你说过的啊,导盲犬基地的那个女孩子……她,她竟然有男朋友了!"

许汀白"哦"了声,对此并不感兴趣。

方才他的裤子被那个服务生泼的酒洒到了一点,裤管处湿了,有些不舒服。

"时间差不多了，我先走了。"

夏谭："啊？"

许汀白："我回去了，你们继续吧。"

他来这儿已经坐了一个小时，算是给陈柯过过生日了。

说完他起身，往楼梯处走去。

去往楼梯处要经过陈柯他们那边，陈柯原本正在跟林清乐说着什么，余光看到许汀白走过来，直接道："这样吧，你问我朋友，我朋友刚才也被泼到了一点，他要是说不报警，这事就这么算了好吧。"

许汀白走过来时正好听到这话，皱眉看了陈柯一眼。

关他什么事？

而林清乐的视线原本专注在陈柯身上，此时见他这么说，目光自然转向了他突然指的那个人。

然而看了那人一眼后，她愣住了。

她从未想过会跟他重逢，也早就没有了这个想法。

可是，就在今天，她竟然看到他站在自己面前。

不是十六岁的许汀白。

他又长高了，人也更挺拔了，少年的青涩感褪去，完完全全变成了一个成熟俊朗的男人。

他变了很多，周身一切都是她所陌生的，可是她认识他的眉眼，不论过去多久，她都能一下子认出他的眼睛。

浅浅淡淡、略显冷漠的眼眸，跟以前一模一样。

哦，不对……还是不一样的。

他好像，看得见。

林清乐怔怔地看着走近的人，也不知怎么的，竟然没法发声。

她看着他，像完全石化了一样，不知道该做何反应……

旁边的人并没有发现她的异常。

陈柯把许汀白拉了过来："哥们儿，你说，这事怎么办？"

许汀白语气略有不耐，淡淡道："该怎么办怎么办，有问题找警察，没问题就散了。"

"有问题啊！我脸疼死了！"陈柯轻哼了声，说，"行吧，你既然都这么说了，那我现在就报警。"

许汀白拎开他的手，懒得再理会这件事，径直往前走去。

"能不能不报警——"林清乐猝然回过了神，她看着许汀白的背影，艰难地重复道，"麻烦你，不要报警好不好？"

舞池的音乐正好换了，相较于之前的摇滚嘈杂，现在这首显然温和了些。

于是，许汀白清晰地听到了身后女人的声音。

声音撞击耳膜的那一刻，似乎有什么东西在他脑子里疯狂滋长，他没有刻意地记过一个人的声音，但是那一刹那，身体仿佛被激活了一种惯性，音线出现了，他便自然快速地辨认了出来。

许汀白回过身，目光定定地落在眼前女人的脸上。心脏好像一瞬间提到了嗓子眼，堵得他整个人都有些僵住了。

"陈柯，算了吧！"夏谭和原本在卡座上的几个朋友也跟了过来，夏谭看了林清乐一眼，道，"算了算了，也没打多严重。"

陈柯："我们许总没说算了啊，他说有问题报警处理。"

夏谭望向许汀白："汀白，给个面子，这姑娘我认识的，就算了吧。"

然而他说完后，发现许汀白有些不对劲。不仅他发现了，在场其他人也发现了许汀白的异样。

许汀白一言不发，却是一直看着眼前这个姑娘。

他们这群人几乎都是海归富二代，在国外那会儿跟许汀白关系就不错，他们眼里的许汀白性子寡淡，甚至有点冷漠。

他这人，向来一心扑在学业和工作上，此前明目张胆追他的女孩子虽然不少，可他从来没正眼看过……

今天是怎么了？

林清乐迎上许汀白的目光，声音克制不住地有些发抖："他的事我们道歉，该赔多少赔多少……我们私下解决，可以吗？"

是她的声音，就连停顿和紧张时的语气都一模一样。

许汀白轻吸了一口气，转开目光。此时他只觉胸口有一道力在拉扯，是极度的狂喜，也是极度的落寞。他的思绪在这样的两极中挣扎混乱……

不知该怎么开口。

等到他稍微平复了些，再回眸望向她时，眼底已经有了一丝血红。

他缓缓开了口："好。"

林清乐："谢谢……"

林清乐没有再让自己去看许汀白，她望向黄成旭："你去门口等我。"

黄成旭见事情能解决，松了口气："那钱……"

"我给。"

"行。"黄成旭感激地看了她一眼，匆匆下了楼。

"多少钱，我打给你吧。"林清乐对陈柯道。

陈柯看了许汀白一眼："可……"

"不用。"许汀白看着她道，"没关系。"

陈柯："？"

即便是许汀白在跟她说话，林清乐也没有看他，只是看着陈柯说："还是打给你吧，你们的衣服、酒钱，还有要去医院的钱，毕竟是他做错了。"

陈柯轻咳了声，有些不知所措地看向边上其他朋友。

林清乐："不然，你们先看看损失多少，我到时候跟夏先生联系？"

"行，行啊。"陈柯拍了拍夏谭，"你们认识对吧，那交给你了。"

夏谭的视线在许汀白和林清乐之间移动，也忘了回应。

"那我先走了，今天实在不好意思。"林清乐说完，竟然径直往酒吧楼下去了。

她从他边上走过，没有一丝要停留的样子。

许汀白心口一抽，在众人还没反应过来的情况下，转身追了下去。

待两人的身影都消失在楼梯口，其他人才反应过来，一脸震惊。

"刚才那是咱们家许总吧？"

"汀白今天是怎么了？看上那姑娘啦？眼睛都不带动的。"

"是不是有点劲爆啊，之前心如止水，今天就来个一见钟情？现在这是追过去了吗？"

"哎不是……他们是不是认识啊，我怎么觉得汀白刚才的脸色很不对劲啊，眼睛那么红，要哭了似的。"

"那不至于吧，哪里哭了？"陈柯看向夏谭，"你跟他最熟了，你不是认识那姑娘吗，汀白也认识吗？"

夏谭皱眉，摇了摇头。

许汀白认不认识林清乐他并不清楚，但是方才他清楚地看到，许汀白的眼眶是真的红了。

林清乐觉得自己是在落荒而逃，可是她不知道自己在逃什么。

从楼上下来，她的耳边充斥着音乐声，她挤过人群，穿过长廊，脚下在跑，可脑子却像被卡住了，一动不能动。

"林清乐！"

终于到了酒吧门口，身后却传来了那个熟悉的声音。

她没有办法，只能站住。

"林清乐。"他好像在确认一样，叫她的名字。

她缓缓回过了头。

酒吧门口光线交错，蓝色的射灯投下一道道明亮暧昧的光影，让夜晚有了躁动的气氛。而此时，那人就站在这些光影之下，衬衫西裤，表情严谨冷淡，跟这里的光怪陆离格格不入。

她看着他，眸光微颤。

许汀白往前走了几步，离她更近了些。他低眸看着她，再开口时，声音已经有些哑了。

他说："我是许汀白。"

林清乐暗自做了个深呼吸，接着对他笑了下："嗯……我知道啊。"

许汀白屈指握拳，因为过于用力，掌心发痛："你知道啊，那你刚才怎么没跟我打招呼？"

"我，我以为你没认出我呢。"林清乐还是笑，可是她的笑是疏离的，是不达眼底的，她说，"我没想到在这里碰到你，太久没见了，我怕我打招呼你也想不起来我。"

怎么可能？

林清乐："那个……好久不见啊，你这眼睛，已经完全能看见了吗？"

许汀白："能。"

"那太好了，恭喜你啊。"

"嗯……"许汀白一直看着她，他心心念念想看到的人，原来长大后是这个样子。

"今天的事真的对不起了，你帮我跟你朋友再道个歉吧。"

"没关系的。"许汀白想了想，说，"那你最近……"

"清乐，要走吗？"突然，有人截断了他的话。

黄成旭在酒吧外等了一会儿，回头看到林清乐出来，走了过去。

而许汀白原本要说的话，都在看到那个陌生男人走过来时，一下子都咽了回去。

林清乐看了黄成旭一眼，忙对许汀白说："那下次有机会再见吧，我还得送他去一下医院，不能在这儿待了。"

许汀白看了那男人一眼，唇线微微绷紧。

"那，拜拜。"

她没有犹豫没有停留，仿佛只是遇见了一个很久没见，需要尴尬社交一下的朋友。

她很快就走了，拦了一辆出租车，和那个男人一起。

出租车驶向离酒吧最近的一家医院，林清乐把窗开下来一点，望着外面不断飞驰而过的车流发呆。

心口怦怦直跳，可却莫名感觉空荡荡的。

她也没想到重新遇见许汀白后，自己能这么镇定地跟他说话，她也不知道为什么能做到……她只是觉得，好像这样才是合理的。

她不是十六岁的林清乐，他也不是十六岁的许汀白了。

他们和过去隔了八年，这八年里，她从期待到失望，从生气到伤心……再到麻木。

再相遇，他们都长大了。现在看到他有了新生活，而且眼睛也复明了，那就挺好的。

她不能跟他多说什么了，她也不想多说什么。

"清乐，对不起啊，今天麻烦你了。"黄成旭见她一直闷闷不乐，尴尬地道歉。

林清乐关上了车窗："你对不起的是亭亭，是她叫我来的。"

黄成旭:"我,我知道……我今天是不该冲动。你赔偿的那些钱,我会还你的。"

林清乐看了他一眼:"亭亭很喜欢你,你能不能不要再让她失望了,你动手前想过她吗?"

"对不起……"

"算了,你们之间的事我不想多说。"林清乐靠在椅背上,有些累了,"我就是希望你能多考虑考虑她,她工作也挺累的,别再让她为你操心。"

送黄成旭去医院,看着他上完药后,林清乐便回家了。

到家已经深夜,她重新换了睡衣。可是她睡不着,满脑子都是今天在酒吧遇到许汀白的那个场景。

她坐在客厅沙发上,一遍遍地告诉自己,这就是过去的一个朋友,就是过去的一件事,她不要再计较着了……可大脑却不受控制,一直跳出他的样子。

"我天!你干吗呢,大半夜坐在这里?"董晓倪从房间出来上厕所,看到昏暗的客厅里坐了个人,吓了一跳。

林清乐:"没……我压根就没睡。"

"啊?你刚才不是洗完澡睡觉了吗?"

"亭亭她男朋友在酒吧出了点事,我去看了眼,不过已经没事了,他也回家了。"

董晓倪:"啧……又是黄成旭啊。你说说这到底怎么回事,亭亭这人也不错吧,怎么就喜欢他呢!"

林清乐揉了揉太阳穴,一个人对另外一个人的感觉,不是自己能控制的。

"不知道……"

董晓倪:"哎,那你今天这么晚还没睡,明天就不要去跟阳阳了,休息吧。"

导盲犬阳阳和夏泉的磨合期还没过,训导员需要跟着做记录。原本明天董晓倪有事,拜托林清乐帮忙去观察记录的,现在看她大晚上没睡,便不忍打扰她了。

林清乐摇头:"你明天不是家里有事必须回去吗,放心吧我不累,而且明天也不用很早去,阳阳和夏泉交给我,你回去吧。"

"真的没问题?"

"可以的。"

"那你现在快点去睡觉吧,熬夜可不好啊。"

林清乐:"嗯,知道了……"

CHAPTER 9
不只是朋友

第二天一早,林清乐便出发去了基地,然后开了基地的公用车,去往夏泉家。

停好车后,她带着阳阳往夏泉住的那栋楼里走。

上楼需要门禁卡,因此林清乐不能直接坐电梯,而是需要先带阳阳去大厅的物业处做登记。

"阳阳,我们去左边。"

阳阳很乖,完全能听懂林清乐的话。

就在一人一狗要掉转方向的时候,不远处的电梯门打开了,林清乐看到两个人走了出来。

为首那人今天依旧是衬衫西裤,只是昨天衬衫是烟灰色,今天是白色的,更是衬得那人面若冠玉……

而后方那人穿着更为正式,西装革履,领带板正,手上还提着文件袋和笔记本电脑。

林清乐的目光在为首那人脸上停了一瞬,正想着是要打招呼还是假装没看见的时候,物业那边的女职员已经非常礼貌地鞠了个躬。

"许先生,早上好。"

许汀白的目光随声而去,微微颔首算是回应,但正要收回目光时,却看到了物业前台边站着的一人一狗。

他的脚步顿时停了下来。

林清乐注意到他看过来的眼神,这下是不打招呼也不行了。

她对着他笑了下:"好巧啊。"

许汀白目光森森,看了眼她边上的导盲犬,明白过来。他直接走了过去,停在她的面前:"你,来找小泉的吗?"

林清乐点头:"对,你怎么会在这儿啊?"

许汀白:"我住这里。"

"这样……"

他跟夏谭是朋友,那住在一栋楼也确实有可能。

她就知道,像他这样聪明优秀的人,如果看得见,一定可以活得很好。

林清乐垂眸,笑了笑:"那我准备上楼了,再见啊!"

"林清乐。"他突然叫住她。

"怎么啦?"

许汀白看着她,浅淡的瞳眸里仿佛有万千情绪浮动,但最后通通只能归于隐忍:"没事……再见。"

"嗯。"

林清乐转身去前台做了登记,在和楼上打电话得到允许后,前台放了行。

电梯上升,许汀白站在原地看着跳动的字数,也不知道在想什么。

助理见此提示了下:"许总,会议在四十分钟后开始。"

许汀白收回目光:"好。"

"您……是不是身体不太舒服?"

许汀白看了他一眼。

助理道:"我是觉得您今天脸色不太好。"

许汀白:"没什么,走吧。"

他只是一夜未眠。

"好的。"助理见他往外走,连忙跟了上去。

夏泉和哥哥夏谭生活在一起,平时夏谭上班或是出差的话,他身边都有保姆跟着。

　　夏泉是个音乐天赋很强的少年，平日里，他会去附近的音乐中心跟老师学钢琴和小提琴，偶尔还会进行公开表演。

　　之前，他去音乐中心都是保姆和司机开车带他去的，但其实路程并不长，走路的话也就十来分钟。所以今天林清乐希望不要有别人插手，只由阳阳来带领他走去音乐中心。

　　当然，她会尾随他们进行观察。

　　林清乐接替董晓倪的工作，跟了夏泉和阳阳一整天。下午四点钟，她又陪着夏泉和阳阳回了家。

　　"清乐姐，阳阳真的好乖，我今天去弹琴，它就一直在等我……"夏泉很兴奋，回到家后，拉着她不停地说今天的事，"哦，还有啊，刚才走路的时候它突然转弯了，其实起初我有点不太相信它的，可后来伸手一摸，前面竟然真的停着辆电动车，它太聪明了。"

　　林清乐看着他开心的样子，心里也十分满足和欣慰："当然了，他现在已经完全可以带你在外面走路了。"

　　"太好了，我以后可以自己出门了。"

　　林清乐"嗯"了声："那今天差不多了，你先休息休息，我带阳阳回去了。"

　　"别这么快走啊，在家里吃饭吧姐姐。"夏泉道，"我已经让阿姨做了。"

　　"不用的。"

　　"吃吧吃吧，我还想听你说更多阳阳的事。"

　　"但……"

　　话没说完，就传来有人进门的声音，林清乐望了过去，看到了夏谭和……许汀白。

　　夏泉的听力更为敏锐，听到熟悉的脚步声立刻道："哥，是你回来了吗？"

　　夏谭的目光在林清乐身上停了停，又瞥了许汀白一眼："嗯，回来了。"

　　"今天是清乐姐陪着我的哦。"夏泉道，"我还留她吃饭了。"

　　林清乐匆匆站了起来："我还是先带阳阳回去吧。"

　　"留下吃饭吧清乐。"夏谭轻咳了声，"还想谢谢你呢。"

"对啊对啊，姐姐你留下吧。"夏泉拉着她的衣摆没放手。

林清乐低眸看到男孩期许的模样，有些无奈也有些心软。

"姐姐？"

"啊……那，那好吧。"

许汀白从进门起就一直看着林清乐，第一次重逢在酒吧那个昏暗的环境下，他并不能把这个样子的她跟九岁、十岁时的她联系起来，而今天早上又很匆忙……

但现在仔细看，他其实还是能从她的眼睛里依稀看出她以前的样子。

不过也就是一点点，长大的林清乐褪去了幼年时期所有的稚嫩和青涩，比起之前的可爱，她现在无疑是漂亮的。

如夏谭所说，很漂亮。

"喝点东西吧。"阿姨见人都回来了，端了果汁、牛奶等饮料出来。

"姐姐，这个牛奶特好喝，我很喜欢的。"夏泉捅了下自家哥哥，暗示他递给人家。

夏谭愣了下，忙给林清乐推过去，但推到一半就被拦住了。

许汀白拦住牛奶的同时，把果汁给她递了过去："喝这个吧。"

林清乐低眸看了眼，说了声谢谢。

夏谭："你不喜欢喝牛奶？"

林清乐："……嗯，不好意思，我从小就不太喜欢喝。"

"啊，没事没事，是我没问。"夏谭看向许汀白，"所以你连这个都知道……"

许汀白没作声。

林清乐抿了口果汁，解释道："我们高中的时候……关系挺好的。"

夏泉："是吗，那也太巧了吧！汀白哥跟姐姐竟然是朋友！"

"嗯……"

"哎呀，可惜我哥哥小时候不是在国内念的书，不然说不定他也有机会那么早认识姐姐你呢！不过……现在也不算迟啦。"夏泉开心道。

但刚说完，就被夏谭狠扭了一下手臂。

"嘶——"

夏谭侧身到夏泉耳边，阴森森地道："你不要说话了。"

夏泉也压低了声音，恨铁不成钢："我在帮你啊。"

"不用！"

"但是……"

"闭嘴。"

夏泉看不见几人之间的风起云涌，只知道自己的哥哥喜欢林清乐，所以一直在帮他凑对，可谁知道竟然没有被哥哥表扬。

呵……不帮就不帮，活该你打光棍！

阿姨那边的饭菜很快就做好了，林清乐在夏泉的挽留下吃了饭，但吃完饭后她没有停留，带着阳阳出了门。

等电梯的时候，许汀白出来了。

两人站在电梯门前，一时间有些沉默。

"你……"

"你……"

两人同时开了口，停顿了下后林清乐道："你先说吧。"

许汀白："这几年还好吗？"

林清乐低眸："挺好的，你呢？"

"还行。"许汀白看向她，"你现在在导盲犬基地？"

"嗯。"

"你……为什么？"

"其实有你的原因呀。"林清乐说得直白，反而让许汀白愣了下。

林清乐："因为接触过看不见的人，所以大学的时候选择去导盲犬基地做志愿者。也因此在那里看到了很多很多的盲人，我想，如果导盲犬可以普及的话，能帮到很多人。"

林清乐笑了下："其实一开始看到夏泉的时候，我有想到你，你那时候年纪跟他差不多大。唔……不过性子差很多啦。"

许汀白低眸"嗯"了声："小泉比我开朗多了。"

"是啊。哦，对了，你后来是出国了吗？"林清乐侧眸看他，一句轻飘飘的话，问得似乎很不经意，也似乎，只是久别重逢后的小客套。

许汀白看着她，轻点了下头。

"那是什么时候回国的？"

"三个月前。"

"那还没多久呢，你在国外待了好长时间啊。"林清乐淡淡一笑，"我本来以为，应该再也见不到你了，没想到这么巧……"

小时候的林清乐终究是长大了。

会客气地笑，会疏离地问候。

而这些客气和疏离，都是因为他于她来说，空白了很多很多年，也缺席了很多很多年。

是他迟到了。

许汀白念及此，心口一瞬间有尖锐的疼痛，他抿了下唇，声音有些低："我一直在为回来做准备。"

"是吗？"林清乐道，"挺好的，但其实你这么聪明……在哪儿都会很好。"

叮——

电梯到了。

她并没有想久留的样子，立刻就进了电梯："那我先走啦，还得赶紧把阳阳送回去。"

许汀白："……好。"

电梯门一开一合，她消失在自己的眼前。

许汀白其实有很多想说的，可他突然没有了理由。

说那么多还有用吗……他迟到了是事实，她身边已经有了另一个人也是事实。

"我说你怎么今天晚上要来我家吃饭，原来是知道林清乐在我家啊！"夏谭倚在门口，凉飕飕地说道。

"我先上去了。"

"你等一下。"夏谭道，"你现在能告诉我你们俩怎么回事了吧，哎，你可别说只是什么朋友，你那天的反应可不像朋友。嘶……在一起过？前女友？"

"不是。"

"那到底什么情况啊，暗恋啊？"

许汀白这下沉默了，他的反应看得夏谭心惊肉跳。天知道许汀白竟然会暗恋人，这对他而言有多惊悚。

"不是吧……虽然我承认这姑娘真的不错，但你竟然会暗恋人？"夏谭咂舌，"你这副样子，我都不敢说我喜欢她了。"

许汀白一记冷眼飞了过来。

夏谭后退了一步："喂喂喂，你这什么眼神，我哪知道你喜欢她啊，我在不知情的情况下喜欢上她我还有错了？"

"……"

夏谭轻哼了声："不过这会儿说喜欢也没用了，不止我，你也别想了，人家都有男朋友了。"

许汀白的脸色顿时有些沉。

夏谭摇了摇头："你今天来就是专门为了看她的吧，汀白，你是不是有什么歪心思？虽然挺不道德的，但也不是不行，就怕万一干扰到人家……"

"我没想干扰她。"

"是吗，那你今天来干吗的？"

许汀白一顿。

他不知道，明明是不应该，可是他控制不住。

他想见她，想看她，即便知道她已经有男朋友了，还是没能克制住自己……

"你就老实说吧，你就是想横刀夺爱了。啧，我还真不知道你会这么喜欢一个人。你说我怎么这么惨啊……"夏谭捂了捂胸口，"我也是好不容易看上一姑娘，谁知道人家不仅有男朋友，还被我兄弟暗恋，这……这我要怎么办？！"

许汀白原本只是觉得心脏疼，现在连脑仁儿也有点疼了。

"……你闭嘴。"

这段时间，林清乐陆续投了几份简历，也去过三家公司面试，但跟对方 HR 谈过之后，条件都没有达到自己的预期，于是工作这事也就搁置了。

直到周一这天，她收到了 Aurora 的面试邮件。

前段日子夏谭给了她名片后，她就关注了这家公司，她对 Aurora 这个品牌是感兴趣的。所以那天回来斟酌过后，她投了简历。

没想到，今天竟然收到了面试通知。

她看到面试通知时，其实有一瞬间想到了夏谭和许汀白的关系。

她想着，自己这样算不算闯入了他的圈子……不过后来仔细想想，她只是去了他朋友所在的那家公司而已，夏谭是上级领导，估计平时跟她也没多少交集，所以更别谈她和许汀白可能存在什么交集了。

于是思索过后，林清乐回了邮件，确定去面试。

其实她也不知道一开始为什么会考虑和许汀白交际圈有交集的问题，好像自己下意识地在回避什么。但到底是回避些什么呢……她也说不清楚。

其实他们现在就算遇上了，彼此之间也就是点头之交而已，她不应该这么在意的。

隔天，林清乐去了 Aurora 面试策划副经理的岗位。

这家公司在国外是老品牌，尤其在欧洲，十分有名气。如今公司入驻国内也十分豪气，办公地点竟然选在市中心，还是一整幢办公楼。

林清乐依稀记得几个月前有路过这边，当时还想着这里在装修什么，原来是有新公司搬入……

这次面试有三轮，直到下午四点多，林清乐才从公司里出来。

HR 那边的人让她等消息，虽然她的头两份工作都是策划类型的岗位，算是有经验，但 Aurora 相比于她之前的公司还是优质许多，所以即便和面试的人都聊得很好，她也并不十分肯定自己就能行。

后来的两天，她一直在导盲犬基地帮忙，因为两天都没有收到消息的缘故，她觉得自己这次的面试应该是凉了。

可是没想到，第三天一早，她在睡梦中被电话惊醒，接到了入职消息。

"你要去上班啦？下周一吗？"晚上，于亭亭、董晓倪和她三个人在家吃饭。

林清乐："嗯，我这次也休息得够久了，该上班了。"

董晓倪："确实久，都三个多月了。"

于亭亭："不过她很强的啦，有积蓄。哎，这次工资怎么样？"

"比上一份多百分之四十。"

"哇……可以啊,好高了!"于亭亭哀叹,"怎么我还拿着惨兮兮的工资呢,人比人气死人哪。"

董晓倪:"你要是跟她一样,名牌大学出来,又有不一般的成绩,你也可以这么吃香。"

于亭亭:"你可饶了我吧,我高中的时候成绩多差我就不说了,哎,清乐知道的。"

林清乐给她夹了块肉:"你现在也还可以了,要是不总接济黄成旭的话。"

于亭亭顿时蔫了:"也……也还好啦。"

董晓倪:"我说亭亭,你确实得好好考虑考虑你们之间的事了。"

于亭亭:"可是他对我很好的……虽然上进心和能力差了点,但是吧……哎呀,我也不知道怎么说。"

林清乐和董晓倪对视了一眼,也都不提了。

感情这种事只有两个当事人知道,她们只是站在朋友的立场上看她吃了亏心疼。但说到底,这事她们也不能说多。

周一,入职日。

林清乐今天穿了一身新衣服,偏休闲款的小西装,不会很正式,但又能显出对第一天上班的重视。

到公司楼下的时候是九点,离上班打卡还有半个小时。而她早来这么半个小时,是把吃早餐的时间算进去了。

入职的时候她就被告知,公司福利很好,还包三餐,餐厅就在办公楼里。

林清乐站在公司门口,深吸了一口气,抬脚往里走。新的生活、新的工作即将展开,她其实还是有些激动的。

"清乐,嗨!"

刷了卡走到电梯前面,竟然碰见了一个熟面孔,是那天第一轮面试她的 HR 钱小静。

林清乐跟她打了个招呼:"早啊。"

"早,你今天这身衣服真好看。"钱小静年纪跟她差不多,再加上是

HR，话总是多些，"哎呀你身材真好，身材好穿这种小西装就是出挑。"

林清乐有些不好意思：「谢谢。」

"对了，你哪儿买的啊，是实体店吗，还是网上买的？"

"网上，有链接的，你要吗？"林清乐道。

"行啊行啊，你有我微信的哈。"

"嗯。"

"来来来，发给我看——"钱小静原是笑嘻嘻对着她说话的，但后来却卡了一下。

林清乐见钱小静突然正经起来，刚想问"怎么了"时，就见钱小静恭恭敬敬向着她身后道："许总，早上好。"

边上其他正在等电梯的人也如出一辙，对着她后面的人打了个招呼。

林清乐链接还没发出去呢，见此连忙停住了，转身往后看。

她知道一定是上司来了，但是她怎么也没想到，她回头的时候看到了许汀白……

许……总？

夏谭在这里她是知道的，因为她拿过他的名片。但，许汀白也是在这里上班吗？

林清乐一瞬间脑子有些卡机。

许汀白看到林清乐也是愣了下，他的视线在她脸上停了几秒，缓缓落到她身前挂着的工牌上。

策划部副经理：林清乐。

叮——

电梯到了，钱小静拉了下林清乐，两人一起进入电梯。

钱小静看了下手机，刚想说链接怎么还没发过来，突然见他们的许总走了进来。

她呆了呆，嗯？高层那边的专属电梯是坏了吗，老板怎么进来了啊？！

许汀白在公司里是出了名的严苛冷厉，他一走进来，一时间整个电梯的气氛都僵住了，电梯里的人都提着一口气，不敢说话。

唯有什么都不知道的林清乐看了许汀白一眼，思索着是不是应该跟他说声"好巧"。

"什么时候入职的？"没等林清乐想好，许汀白已经开了口。

电梯里静默一片，众人面面相觑，一时都不知道他是在跟谁讲话。

"没听你说要来这里工作。"许汀白侧过头，这次，视线准确地看向林清乐。

林清乐对上他的眼神，心里莫名一慌："啊？我今天第一天上班。"

"……哦。"许汀白看着她，平静的面容下有些猝不及防。

而林清乐一时间也不知道说些什么，见他的眼神一直在自己这儿，只好开口说话："嗯……怎么了吗？"

"没什么。"许汀白收回了目光。

电梯继续往上升，就在林清乐以为两人的交流到此结束时，许汀白突然又问："早上吃过了吗？"

林清乐："没呢……"

"餐厅的奶黄包挺好吃的。"

林清乐愣了下："……"

"你可以去试试。"

"哦……"

许汀白淡淡笑了下，接下来就没有再说什么了。

电梯到了十五层，这里是餐厅的所在。电梯门打开后，里头的人鱼贯而出。

林清乐对许汀白点了下头："那我去吃早饭了。"

许汀白："好，去吧。"

林清乐跟钱小静一起走出电梯，直到电梯门关上后，已经走到前面的人还纷纷回头看她。

钱小静更是立刻抓住了她的胳膊："我去！你认识许总？"

林清乐："我们之前是……同学，他，也是这个公司的？"

钱小静："Aurora欧洲总部是他阿姨和姨夫创办的啊！许总是特派到中国区的，虽然由于经验的缘故，现在还没被正式任命为中国区总裁，但这就是时间问题……妈呀，你们竟然是同学？！那这些你都不知道吗？"

她知道Aurora是李浩森和苏寒景夫妇在海外做起来的，但她哪里会知道许汀白跟这有关系。

林清乐咋舌:"我不知道,同学是很多年前的事,自然……没联系的。"

"是吗!但我还是第一次见许总主动说话,原来你们只是同学啊,我还以为有什么呢……"钱小静是真的差点想多了,因为许汀白给人的印象太过冷硬,今天这么亲切的态度,她还是第一次见。

钱小静:"哎,那许总上学时是不是就很厉害啊?"

"唔……是吧。"

"啧啧,真是逆天啊,我听说 Aurora 前两年遇到过一个大坎,当时我们许总还只是在公司兼职的大学生而已,却依靠核心技术能力带着咱们的智能家居翻了盘。他真的太强了,难怪总部这么放心把他派过来。他才多大啊,就让他接这么大个盘。"钱小静说起许汀白两眼泛光,简直把他奉为超级偶像。

但说是超级偶像也完全不为过,这样看来,许汀白确实有那个资本。

不过……他既然是这家公司的准主理人,那她以后是不是很可能经常遇到他?

"刚才许总还给你介绍了奶黄包,你快吃一个!"进餐厅后,钱小静拿着夹子往林清乐餐盘里放了一个奶黄包。

林清乐低眸看了眼:"这个真的很好吃吗?"

"是啊,这个奶黄包可不是一般的,是特意请了香港那边的师傅过来做的,我们餐厅的一绝。"

"哦……"

"许总好像也爱吃,这个师傅就是他特别邀请过来的。啧,我们就跟着享福呗,嘿嘿。"钱小静说,"哎,许总学生时代还有什么故事没,我们边吃边讲吧。"

"这个,我有些忘了。"

"不会吧,学校风云人物你也能忘啊。"

吃完早餐,钱小静去了人事部,林清乐则去了策划部报道,没了钱小静在身边絮絮叨叨地说许汀白后,她总算是松了口气。

对于许汀白的出现,林清乐内心是有些凌乱的,但第一天上班要交接和熟悉的工作有些多，她只能强行搁置那些心思，专心于工作。

晚上下班后，董晓倪来公司接了她一起吃饭。

"你今天不忙？"

董晓倪："今天难得有空，想着你第一天上班，就庆祝一下呗。怎么样，在这里的第一天？"

"还行吧，事情挺多的。"林清乐，"亭亭呢？"

"她今天找男朋友去了，晚上说在那儿陪他。"

"黄成旭不是要在酒吧上班吗？"

"是啊，人家去酒吧陪。"董晓倪感叹道，"恋爱啊，真是够累的。"

林清乐笑："那你想吃什么？今天我请客。"

"好啊，那我可不客气了。"

这天晚上，林清乐跟董晓倪在外面吃了饭，买了一堆零食回家，之后窝在客厅里看电影。

而另外一边，许汀白被夏谭拉着，又去了麦克斯酒吧。

车上，许汀白面色淡淡，语气里却带了质问："你之前没告诉我她在我们公司。"

"这我真不知道啊，还是你跟我说我才知道她入职的。我是给了她名片，但是我当时就是求才若渴嘛，绝对没给她走什么后门，她能不能进策划部全靠自己啊。"夏谭道，"不过看来我眼光不错，她这么快就入职了，说明能力也很强。怎么，你不高兴？"

许汀白："没有。"

"那就是太高兴了。"

"……"

夏谭斜睨了他一眼："挺好的呀，做不成情侣，至少还能做做朋友嘛。"

许汀白心口一沉，望向窗外。

"好了好了，你先别想这个了。陈柯今天搞了几瓶极品好酒，你最近这么忙，放松放松。"

酒吧对许汀白而言压根就不是什么放松的地方，要不是夏谭和陈柯死活要他去，他是不会去的。

所以在卡座上坐下来后,他也没什么心思,只管自己喝酒。

原本他是准备喝几杯就走的,没想到不经意一瞥,竟看到了一对牵手相拥的身影。

女人他自然是不认识,但那个男人……

他见过的,林清乐的男朋友,黄成旭。

许汀白对黄成旭的印象绝对是深的。

见第一面时这人就洒了他一身酒,被他朋友追究后,便说自己女朋友会过来处理。

后来他怎么都没想到,过来的人会是林清乐。

他不知道他们之间的故事,但对于林清乐身边站了黄成旭这么一个人,他心里其实是不甘的。

可林清乐是什么样的人他很清楚,她若选择跟一个人在一起,一定是那个人对她真的很好,她也真的很喜欢他……所以那天之后,他怕自己会克制不住打扰到她,让她不舒服,便一直压抑着自己的情绪。

但他怎么都没有想到,这个他以为会对林清乐很好的人,竟然背着她跟别的女人拉拉扯扯,暧昧相拥。

林清乐这个小傻子心思单纯,她不可能知道自己被人这样脚踏两条船!

"你起来干吗呢,还喝不喝了?"陈柯回头看到许汀白的目光阴沉地看着前方,拉了他一下。

然而,许汀白没有任何反应。

"哎,汀白——"

陈柯的手被许汀白甩开了,他一脸纳闷地看着许汀白往前走去。

现在是晚上十一点多,酒吧渐渐进入了该有的气氛,音乐声震耳欲聋,每个人都陷在醉生梦死的旋涡里。

许汀白朝那对男女走近,满面寒霜化为一腔怒火。

另外一边,丝毫没察觉到有什么不对劲的黄成旭正拉着女友的手,趁着领班没发现多温存一会儿。

"宝贝我不能在这儿站太久,我得去上班了。"

"那我在这儿等你哦,晚上回你家。"

"嗯呐,好的宝贝。"

黄成旭目光黏糊,依依不舍地松开了手。结果一个转身——

"啊!"

脸被人一拳重击!

许汀白把黄成旭揍倒在地后,揪住了他的领口,二话不说就又要来一拳,黄成旭惊叫一声,反射性地抬起手臂挡住了脸:"你你你!你干什么!"

"你谁啊你!你放开他!"于亭亭反应过来后,尖叫着过来拉人。

然而许汀白不为所动,他的拳头停在了黄成旭面前,狠声道:"你知道自己在干什么吗?"

"我不就是……偷个懒,你谁啊,你至于吗!"黄成旭的眼睛从手臂后露出来一些,等看到许汀白这张脸后,他愣了一下,瞬间想起来了。

是上次被他泼了酒的那个客人。

黄成旭:"上次的事不是已经处理好了吗?你怎么还打我!"

"你打我男朋友干什么啊!"于亭亭去扯压着黄成旭的手臂,可她完全拉不动。

而陈柯、夏谭他们也发现了不对劲,匆匆赶了过来。

"怎么了这是?!怎么了啊!"

许汀白充耳不闻,他侧眸看了拉他手臂的女人一眼,冷飕飕道:"他有女朋友你知道吗?"

酒吧光线比较昏暗,而且许汀白来得突然,于亭亭一开始并没有注意到他长什么样。此时离得这么近,见他回过头来,她整个人都蒙了。

"我,我知道啊,我就是……"

"你是?"许汀白深吸了一口气,望向黄成旭,"两个女朋友?你把林清乐放在哪里?"

黄成旭:"……"

许汀白:"你想死吗?"

黄成旭眼见他戾气顿盛,赶紧保护住脸颊:"什么林清乐啊!我女朋友在这里,林清乐哪是我女朋友啊!"

许汀白一愣:"什么?"

"许汀白？我的天……你是许汀白！"许汀白都还没弄清楚他的意思，就突然听边上的女人喊出了他的名字。

许汀白转头，皱眉看着她。

于亭亭一脸激动："不会吧，你的眼睛……啊，我是于亭亭！你记得吗，高中的时候我们也见过的，我是清乐的好朋友。"

林清乐的好朋友。

许汀白停顿了一秒，想起来了。

然后他就感觉到了什么不对劲，缓缓回头看了黄成旭一眼："那他……"

"他是我男朋友啊，你是不是误会什么了？清乐怎么可能是他女朋友啊！"

林清乐接到于亭亭电话的时候还在家里跟董晓倪一起看电影。

"喂，怎么啦？"

于亭亭："清乐，你来麦克斯一趟吧！"

林清乐："看电影呢，快要结尾了。"

"哎呀大事！真的！许汀白在这儿呢！"

指尖捏着的薯片掉回了袋子里，林清乐倏地坐直了："你们碰上了？发生什么事了吗？"

"我去，真的绝了，这事大发了。许汀白打了我男朋友！"

"什么？"

"真的！你知道为什么吗？"于亭亭声音高亢，与其说她是在心疼自家男朋友，不如说她是见到了许汀白太激动。

"许汀白打他是因为他以为你是黄成旭的女朋友，然后我今天不是在酒吧嘛，他看到了后，以为黄成旭脚踏两只船！"

林清乐："……"

这确实大发了……

而且，她没明白为什么许汀白会觉得她是黄成旭的女朋友，难道因为在酒吧遇上那次？

林清乐满心疑惑，赶紧收拾一下到了麦克斯，之后由服务生指引去了二楼靠里的一个包厢。

推门进去时,她看到于亭亭、黄成旭,还有许汀白和夏谭。

许汀白看到林清乐进门的瞬间,眼睛是亮的,是掩不住的欣喜。可到底今天的一场乌龙由他引起,欣喜之余,也有一丝尴尬。

"怎么样,你还好吧?"林清乐走到黄成旭前面,他右脸肿了,看着……还蛮严重。

黄成旭气不打一处来,但刚要说什么就被于亭亭按了回去:"还好还好,这不是误会嘛。"

黄成旭:"宝贝,我一点儿都不好……"

"安静,你很好。"

黄成旭:"……"

于亭亭:"许汀白已经跟我们道过歉了,不过我想着这事有误会,还是你过来说一下比较好。"

林清乐踌躇了下,看向许汀白。

许汀白坐在沙发处,包厢的幽暗光线下,神色难辨。

"那个……我看现在也没什么事了,我先出去找陈柯他们,你们聊。"夏谭拍了下许汀白的肩,说道。

于亭亭连忙一把拉起了黄成旭:"我们也出去!我带他去上一下药!"

"……"

原本五个人的包厢瞬间只剩下他们两个,林清乐轻咳了声:"那个,你没事吧?"

许汀白起身走了过来,因离开了那片阴影,他的五官顿时清晰。他直勾勾地看着林清乐,浅淡色的眸子深远且安静。

他的眼睛跟以前一样,在光线中尤其勾人。不过不一样的是,他现在眼睛看得见了,比起从前更有神采。

林清乐悄无声息地往后挪了一点,突然觉得自己被他这么看着有些不自在。

"我没事,是我打了他,他没打我。"他停在了她面前。

林清乐:"哦……那,谢谢你啊。"

这个谢有些滑稽,不过她想着,他这么做也是站在她的立场上为她好。

所以她应该说个谢谢。

许汀白轻撇过头，有些尴尬了："不用，之后你再帮我跟他道个歉。"

林清乐点头："会的。"

许汀白停顿几秒，道："所以那天，你只是替于亭亭来帮他。"

"嗯。"

许汀白嘴角微不可见地轻挑了下："好。"

"那没什么事的话，我就先走啦？"两人就这么站着，林清乐也不知道要说些什么，转身便想往门口去。

"等等。"许汀白拉住了她的衣袖。

"还有事吗……"

许汀白低眸看着她，沉默半晌，突然说："林清乐，你是不是讨厌我了？"

林清乐微怔，她看着问出这个问题的许汀白，恍惚间竟然觉得他们回到了十六岁。

只是，位置对换了。

林清乐："我……我没有啊。"

许汀白看着她，道："但你排斥跟我待在一起，不是吗？"

"没有……"

"我感受得到。"

"我说了我没有。"

"你明明就有。"

"……"

"林清乐，你——"

"那就算有又怎么样？"林清乐打断了他。

许汀白的话顿时咽了回去，他看着她浅皱的眉头，拉着她衣袖的手有些发僵。

林清乐缓缓把他的手拉开了，她垂下眸，声音有些低："我是说，朋友之间那么久没见，总会有点小生疏的，我不是讨厌你，我可能就是不知道说什么……"

许汀白："只是这样吗？"

林清乐抬眸对着他笑了笑:"嗯,只是这样。"

"可我不希望我们关系生疏,我们……"

"但这么多年过去,两个人的关系怎么会和从前一模一样呢?"林清乐说,"我们生活不一样,也完全没有交集,你没有试图找过我,我也没办法联系到你。这样的话,我们肯定会生疏的呀。"

她说得很平静,当然只有她自己知道,她只是强行让自己显得很平静。

许汀白喉咙一紧:"我找过你……回国前。"

他终于解决完所有的事,终于觉得自己有能力、有资格站在她面前的时候,他去寻了她的踪迹。

但是她的号码已经换了,而他托人去以前高中的学校查找后得知,她高三转学了,那里的老师没有她的联系方式,不过幸运的是,那个老师知道她大学考到了哪里。

于是回国后,他让人去 A 大打听,由此知道了她毕业后在两家企业工作过,但后来消息就断了,因为三个月前她辞了职,一时间没法再查到踪迹。

其实,当初托人去 A 大的时候,那人传回了她的毕业照。

但是他没有看。

他一直想,等她什么时候工作了,能让他查到踪迹,他再亲自去见她。

可他没料到,会发生酒吧的那件事。

"回国前找过我吗,那你为什么不早点打电话给我呀?高中的时候,我等了你很久呢。"林清乐抬眸看他,是带着玩笑的语气问的。但内心深处,她却克制不住地泛起恼意。

她一面问着,一面又告诉自己,他们都长大了,许汀白也过得很好,她没必要把那么多年前的事拉出来对他生气。

她没有资格和立场跟他生气,他选择的一切,都是对的。

"号码你换了……"

"号码我上大学才换的,那之前呢?"

"我……"

许汀白脸色有些白。

林清乐看着他,眉头又皱了起来。不是没必要对他生气吗,那她步步紧逼做什么呢……

想到这儿,她暗自深吸一口气:"好了,其实我知道你的选择是对的,是我小时候不懂事,想得太美了。我那时有什么能力去帮你呢,你跟你的亲人走是对的。我……我只是当时有一点点难过,因为就算你走到很远的地方,也可以联系我的……你可以告诉我你很好,我只是想知道一下而已。"

"对不起,我当时不想再影响你……"许汀白身体紧绷,过去那么些年,面对那么多难事他都可以面不改色,可在她面前,却怎么都无法保持镇定,"你因为我,已经遭遇了很多你不该遭遇的事,你的学业,还有我父亲的事……我答应过你母亲,不会再让那个状态的我拖累你,影响你。"

林清乐眼眶顿时有些发热,但她很快掩饰住了。

他为什么总是不明白呢……那一年的林清乐,从来没把看不见的许汀白当成拖累。

他是她的方向,是她的动力,因为他,她一直在努力。她没有落下任何功课,甚至学得更好了。

可是所有人,就连他自己都觉得他会影响她,会成为她人生路上的绊脚石。

明明……不是这样的。

林清乐低眸。

现在说再多也没有用了,他们都回不到过去了。

林清乐沉默片刻,平稳了情绪:"其实现在说那么多过去的事也没意义,你现在很好就好了,而且我们也重逢了,依然是朋友,挺好的。唔……刚才我也就是随口一提,你别介意。"

林清乐想了想,又说:"那,我还是先走了吧?"

没有意义吗?许汀白想。

但那些对他而言,全都是意义。

而且,不论她是不是真的不生气,真的无所谓,他都清楚地知道,他不想和她只是朋友。

林清乐从酒吧出来,站在路边打车,这个地段、这个时间点人很多,所以迟迟没有司机接单。

"上车。"

没一会儿,一辆黑色的车子停在她的面前。

林清乐看到驾驶位上的许汀白,说:"没事,我打车了。"

许汀白知道她所说的生疏就像现在这样,一点点地推开他,但,他不希望被推开。

他下了车,把副驾驶的门打开:"不是说还是朋友吗,这么晚让朋友送你回家,没问题吧。"

林清乐:"……"

回去的路上,车内很安静。

林清乐坐上了许汀白的车,看着车窗外,也不知道自己现在是什么心情。

她只能暗示自己,刚才她说的那些话都是真心的……过去那些没有意义,她没有生气,没有难过,她是可以把他当普通朋友看待的。

"今天工作还顺利吗?"车子平稳前进着,许汀白打破了两人之间的寂静气氛。

林清乐回过神:"唔……还行。"

"有什么不懂的,你可以跟我说。"

林清乐讪讪道:"我会问经理和总监的……跟你说,越级太多。"

许汀白停顿了下:"私下问我没关系,我有时间。"

"哦。"

"下周一,你们策划部有个智能家居新品的会议吧。"

"嗯。"林清乐问,"你也去吗?没在名单里看到你……"

"是没有。"许汀白看了她一眼,"但是可以去。"

哦,也是,大 boss 想去哪场会议做监工不行!

红灯了,车子停在斑马线前。

许汀白突然回身从后面拿了一条毯子放在林清乐腿上:"盖上。"

"我不冷的。"

许汀白说:"手都冻红了还不冷?"

"还好……"

"刚才出门很着急吗，衣服穿那么少。"

毯子毛茸茸的，很舒服。

林清乐下意识地摸了两下："是有一点着急……听到你打了黄成旭，有被吓到。"

说到这个，许汀白的表情有些不自在，他轻咳了声，转开了话题："要听歌吗？"

"都行。"

这辆车的音响设备显然很优质，英文乐曲传出来十分悦耳。车子再次发动，音乐持续，两人便沉默了下来。

许汀白是个不太爱说话的人，以前要不是林清乐在边上叽叽喳喳，他们之间不会有那么多话。所以现在林清乐不说话，两人之间就变得更安静了。

半个小时后，车子停了下来。

"我到了。"

许汀白看了眼小区门口："你注意安全。"

"嗯，那我下车了。"

林清乐开门下车，走了几步，突然又听许汀白叫了她的名字。她回过头，看见他下车了。

"裹上。"他快步走来，在她身前停住，低眸看着她，把方才车里的毯子披到她身上。

林清乐慌忙地抓住毯子防止它掉在地上："不用的，我已经到家了。"

"这里走进去还有一段路，会冷。"

"但是……"

"下次来接你的时候再还我就好。"

"……"

许汀白说完，转身往车子走去。

林清乐愣了下，下次来接……什么下次啊。

林清乐回到家后，发现于亭亭和董晓倪都在客厅。

她看了眼墙上的钟表："晓倪，这么晚你还没睡？"

董晓倪:"等你们呀,刚才你就那么出去了,我怕有事。"

林清乐:"那你呢,你不是跟黄成旭一起吗?"

于亭亭满眼放光:"我让他自己死回家去,然后我就赶紧回来等你了!"

"……你等我干什么。"

"啧,当然是说说许汀白了!"于亭亭道,"什么情况啊你,你都见过他了,回来竟然没有说?"

"说什么……这有什么好说的。"

于亭亭:"不是吧清乐,你高中那会儿对许汀白好得我都要感动哭了。现在重逢了,你都没有半点高兴?!"

董晓倪对林清乐高中的事不了解,刚才听于亭亭讲了一通,才知道她以前还有这么一段。

林清乐:"我,我高兴啊……这不稍微高兴一下就好了嘛,还要大肆宣传吗?"

于亭亭:"至少该跟我宣传一下啊!我去,他眼睛好了啊,天哪太帅了,比小时候还帅!真绝!"

董晓倪:"多帅啊?有那么夸张吗?"

于亭亭:"那可不,你要是见过你也流连忘返。"

林清乐:"……"

于亭亭过来拉着林清乐坐下:"老实说,高中的时候我还觉得许汀白会拖累你……但是我现在觉得,你们俩好相配啊!我宣布你们可以在一起了!"

林清乐一噎,耳朵顿时有些红了:"什么在一起?我们现在也就是朋友。再说了,他还是我上司,你别乱说话。"

"上司?他也在Aurora?"

"嗯……他是中国区主理人。"

于亭亭和董晓倪对视了一眼,同时蹦出了一句脏话。

董晓倪:"他不是跟你们同龄吗?这是什么逆天的存在?"

于亭亭吞了口口水,艰难道:"没事,冷静,那是许汀白嘛,有可能的,他以前上学的时候就贼聪明。"

林清乐无奈地摇了摇头:"不跟你们扯了,我去睡觉了。"

于亭亭:"不是,清乐,现在这情况,你倒是考虑一下啊!优质有为青年啊!"

"安静。"

在于亭亭嘴巴里,在一起似乎就跟挑白菜一样简单。

但林清乐压根就没有这么想过,所以对她们的话直接一个耳朵进一个耳朵出,完全忽略。

后来几天,林清乐在公司没有再遇上许汀白。不过也确实,许汀白的办公室在顶层,活动范围很难跟她的重叠在一起。

不过这样也好,如果真成了天天能见的同事,她还会觉得有些不自在。

CHAPTER 10
原谅我一点

　　上班后的第一周很快就过去了，林清乐对工作上手很快，她的直系领导成总监对她十分满意。
　　所以周一关于智能家装家居系列的会议，成总监推她去讲解新策划案。
　　这个策划案林清乐是中途接手的，也是她接下来主要负责的项目。
　　上台前，林清乐做足了准备，所以原本她没什么压力，但没想到在会议开始前，她看到许汀白和他的助理从外头走了进来。
　　说来……还真来啊。
　　她顿时紧张起来。
　　"许总。"成总监起身打了个招呼后，其他人也纷纷起身。
　　"开始吧。"许汀白落座，看向林清乐。
　　林清乐在他的注视下脑子有些卡壳，成总监见她怔愣的模样，"咳"了一声。
　　林清乐回过神，连忙俯身去操作电脑上的PPT。她将PPT点到第一页后，暗自稳了稳心神，这才直起身，开口说话。
　　从头至尾，林清乐的眼神都刻意避开许汀白的位置，即便他的位置十分显眼。
　　她全程没敢去看他，因为她发现，有时候不小心对上眼神，她就会磕绊……她似乎很不适应许汀白这样看着自己,而且,还是在这种工作场合。

半个小时后,林清乐终于把策划案都讲完了。成总监接着上去说另外一个项目的安排,林清乐坐回位置,松了口气。

嗡——

手机震动了下。

林清乐打开看了眼,是许汀白。前两天他从公司大群里加了她的微信,刚加之后并没有说话,这还是他第一次给她发消息。

许汀白:"紧张?"

林清乐:"还好。"

许汀白:"讲得挺好的,不用紧张。"

林清乐:"谢谢……"

成总监还在台上讲事情,林清乐把手机放回口袋里。

震动……一下、两下、三下。

林清乐只好趁还没讲到什么要紧事,又偷偷拿出手机看了眼。

许汀白:"上周有点忙,没去找你。"

许汀白:"那条毯子就先放你那儿吧。"

许汀白:"公司的奶黄包尝了吧,还行?"

林清乐抬眸看了许汀白一眼,后者面色冷淡,平静地看着台上说话的人。

林清乐:"……"

同事们之前怎么说许汀白来着,他们说这个老板很严苛,吹毛求疵,对工作严谨到不像话。

所以……大家知道严肃得要死的许老板开会偷偷发信息吗?

林清乐没有回,把手机放回了口袋。

老板能发消息,她作为卑微打工者可不能开小差。

嗡……

手机又震动了下,林清乐的目光挪到许汀白身上,看见他刚放下手机。

这人怎么回事啊!

林清乐拧眉,偷偷拿出手机在桌下快速回复:"等会儿说。"

许汀白:"这个项目不是你跟的。"

嗯？这都知道……

现在正在说的这个项目确实跟她没什么关系，其实她听不听都不要紧。

林清乐心虚地回复道："那也不行……"

许汀白："很认真，不错。"

还回还回！

林清乐："别说话了，项目跟我没关系但都跟你有关系，你要认真开会。"

许汀白："哦，我知道了。"

怎么……好像她在跟老板说教啊。

林清乐抿了抿唇，再一次把手机丢回了口袋。而她抬眸间发现，许汀白也已经变成一副"认真听讲"的模样了。

散会后，许汀白带着助理走了，林清乐回到了办公室。

"清乐，今天讲得不错。"成总监路过她的工位，说了一句。

"谢谢总监。"

"哦，对了，后天去杭城的 Aurora Home，你跟许总他们一起吧，你去看一下他们那边的智能家居广告和现场落实得怎么样，到时候给我出个报告。"

杭城的 Aurora Home 已经落地，但是还没正式营业。营业前，策划部需要去个人跟现场弄报告，这她是知道的，但是为什么要跟 boss 的大部队一起啊……

"要跟许总一起吗？"

成总监："是啊，一线城市每个 Aurora Home 落地，许总都会亲自去验收，你对智能家居策划那块的细节已经比较了解了，你跟着去好一些。"

"呃……好。"

"怎么，怕许总啊？"成总监知道全公司的人都怕许汀白，之前他们部门一个小姑娘跟着一起出差，因为布置现场出了错，被许汀白很不客气地说了一顿，都把人说哭了……后来全公司都知道他们老板很不好对付了。

林清乐："不，不是。"

"说实话没事。"成总监拍了拍她的肩，"许总对下属是严厉了点，但是他骂你也是为了你好，为了公司好，就事论事的，你少出错就行。"

"哦。"

出差这事对林清乐来说并不陌生，她上一份工作也经常出差。

周三一早，她带上了出差专用的小行李箱，出发去了机场。

这次一起出差的有五个人，许汀白和他的助理杰森、市场部的黄经理、设计组的设计师李恒，还有她——策划部副经理。

林清乐到达机场的头等舱候机厅时，市场部经理和设计师已经在了，她过去和他们打了个招呼，一起在那里等许汀白他们。

十多分钟后，设计师李恒提醒道："许总到了。"

林清乐随着众人的视线看向门口，果然见许汀白和他的助理进来了。身边的人都起了身，她也只好跟着站了起来。

"许总。"

"嗯，你们坐。"许汀白说着，目光落到了林清乐身上。

林清乐和他对视着，一时不知道他要干什么。

许汀白好一会儿才道："策划部是你来？"

林清乐连忙正色："因为经理在跟一个要紧的项目，而我对这次的智能家居策划案也很熟悉，所以总监派我过来。"

"哦，行。"许汀白微微颔首，本来要走，突然又回头道，"吃了吗？"

林清乐："啊？"

"早餐。"

"在家吃了一点……"

许汀白点了下头，没再继续说什么，转头跟市场部经理说话去了。

林清乐微微松了口气，她暗自庆幸许汀白没有再说别的。因为她莫名觉得……在公司里，两人好像很熟的话，应该也不是特别好。

林清乐今天早上起得很早，所以上飞机后，她基本都在睡觉。

杭城这边的分公司有专车来接，落地后出了机场，他们一行人先去了入住的酒店。

别说，Aurora 对员工还是很大方的。

出差坐头等舱就算了，酒店住的还是五星级，林清乐之前所在的公司出差都没这么好的条件，而自己出门旅行的话，更不可能住这么贵的。

到了房间后，她在里面溜达了一圈，还在床上躺了躺，试图感受五星级的床跟一般的床到底有什么差别。

不过让她感受的时间并没有多少，因为时间紧张，她短暂地休息了一会儿后，便跟许汀白他们一起去了 Aurora Home 开业的招待会现场。

招待会就在 Aurora Home 内部举办。

Aurora Home 占地面积达 5.1 万平方米，共有三层，里头包含了智能家具、家居用品等所有产品，当然，还有两百多间模拟展示屋。

林清乐主要负责智能家装家居的策划，所以参加完招待会后，她便去了那块展示区域和杭城这边的工作人员接洽了解。

其他几个和她一起来的同事来自不同部门，各有各的任务，因此后来算是分头行动了。

等林清乐处理完手头的事时已经快下午六点了，她收起所有资料，匆匆去了办公区。

"清乐，你来啦。"设计师李恒见她进来，抬手招呼了下。

林清乐走了过去："黄经理呢？"

"他还有其他事要对接，先去分公司了。我跟许总在这儿等你，等会儿一起去跟客户吃饭。"

"你们在等我啊……"林清乐看了眼坐在位置上戴着耳机打电话的许汀白，小声道，"你们先去不就好了，我可以打车去。"

"我刚才是这么说的，我让许总先走，我留着等你就好了。"李恒道，"但许总没走。"

林清乐又看了许汀白一眼："哦……"

"好了是吗？"许汀白打完电话了。

林清乐连忙点头。

许汀白："走吧。"

他们今天晚上是要跟一家大型房地产公司谈合作。Aurora Home 虽然主打零售模式，但也会跟这种合作方合作，房地产公司会在装修精装房时大量购入 Aurora Home 家具。

不过今晚只是合作的前奏,一起吃个饭探探口风。

这个行程林清乐是知道的,他们公司也希望促成这个合作。所以她作为 Aurora Home 策划部的人,跟设计师一样也要出席,好在客户有什么问题的时候及时回答。

晚上七点钟,他们一行人到了吃饭的酒店。

"许总,久仰大名久仰大名,果然是一表人才年少有为啊。"刚进包厢,对方的人就迎了上来。

许汀白跟来人握了下手,冷静且礼貌地道:"郭总客气了,坐吧,不好劳烦您起身迎接。"

林清乐跟在许汀白后面,看了眼那个郭总。郭总名叫郭东绪,就是今天他们主要攻略的对象。这人看着四十出头的模样,但实际上五十多了。按年纪来看的话,他是比许汀白老成许多。

但是吧……林清乐瞄了眼许汀白。

许汀白年纪是不大,可是站在这些人面前,完全不会有落了下风的感觉,虽年轻,但看着沉稳内敛,极有分量。

郭东绪:"好好,许总这边坐,咱们坐下聊。"

"嗯。"

众人都坐下后,饭局正式开始。

林清乐不是主角,所以也只是在对方问起他们智能家居那块未来的营销方案,许汀白需要她说时,才会跟对方说一段。

不过开口的机会也不是很多,因为这个饭局上,对方似乎并没有很想聊合作上的事,一开始还问了两句,后来喝了点酒,也就没再谈了,零零散散说的都是些无关紧要的话。

"哎呀,你们 Aurora 可真是人才辈出啊,一个个年纪这么轻就这么有能耐了。"郭东绪朝林清乐举了下酒杯,"小姑娘都是策划部经理了啊,我瞧着也就二十岁嘛。"

林清乐客气地笑了下:"谢谢郭总夸奖。"

"我说的都是真的,不是虚夸。许总啊,你们公司招人是不是还看脸啊，你这策划经理长得就很标志。"

边上人附和："是，跟许总一样，都是有才又有貌。"

对方四人显然都有些喝高了，说话随意了许多。

许汀白面色淡淡："招人自然是看能力了，郭总。"

"啧，我觉得不是，这外表也是很重要的嘛，看着就心情好啊。"郭东绪盯着林清乐道，"来，林经理，咱们喝一杯吧。"

林清乐知道自己的酒量，非常不行，所以从一开始她喝的就是白开水。

"那我以水代酒，跟您……"

郭东绪缩回了手："哎！水代酒可不行，这多没诚意啊，当然要用酒了。"

林清乐眉头浅浅一皱，想着她不能给许汀白拖后腿。虽然酒量不行，但喝一点也是没关系的。

于是她抿了下唇，伸手便要去拿边上的酒。

但手还没碰到杯子，就被人拦了下来。

"郭总，我这经理酒品很差，我带她来就是为了给你讲解一下你需要了解的东西。喝酒就算了，怕等会儿打扰到你们。"许汀白拿起自己的酒杯，抬手跟他碰了一下，"我跟你喝，干了。"

郭东绪笑容微微一滞，但看许汀白一下子一杯干到底，情绪立刻又转变了："好好，好酒量，来来，咱们再喝一杯！"

……

接下去，基本都是郭东绪那边的人在天南地北地聊天，许汀白话不多，但并不冷场，别人说什么，他会恰到好处地说一句，不会让对方觉得自己在对牛弹琴，也不会让对方觉得难堪。

除此之外，就是喝酒了。

林清乐是 Aurora 这边唯一的女性，长得还漂亮，所以对方的人喝多了不免有些爱找她的事，只是来了几次，都被许汀白拦了。

而这样的结果就是，许汀白被灌了许多。

虽然他看着依然不动声色，但林清乐心里有些着急。李恒都替他喝了很多……就她，还让他被迫喝更多。

"许总啊，你对你这下属保护得可真好啊。"数次劝酒被拦之后，郭东绪说话也有些阴阳怪气了。

"酒量不好的人自然不需要喝了，免得出事。我就带这一个女孩出来，让她醉着回去就不好交代了。"许汀白笑了下，淡淡道，"郭总，继续？"

郭东绪已经喝得面红耳赤了，他摇晃着站了起来："那我跟你喝得也够多了。林经理，给个面子，跟我们这边四个喝一杯，喝完今晚就放过你了，怎么样！"

许汀白嘴角微微一勾，目光却是冷了下来："怎么，郭总是觉得，我跟你喝还不给你面子？"

郭东绪看到他的神色，愣了下，酒都清醒了一两分："那……那当然不是了。"

许汀白："那不如就我跟你们四位各喝一杯吧。"

郭东绪："等下啊，既然又要替喝，那许总也要跟刚才一样，林经理本来只要喝四杯的，那你就要双倍——八杯了哦。"

八杯红的……他刚才已经喝了很多了。

林清乐知道眼前的合作方不好得罪，得罪了损失会很大，所以许汀白今晚才会耐着性子跟他们应酬。可是，她真的眼睁睁地看着他喝了很多酒，再这么下去……

"不用，我来喝吧。"林清乐很快给自己倒了杯酒。

许汀白拧眉，转头看她。

林清乐起身朝对面的人笑了下："不过郭总你们要说话算话，我这四杯下去，您可就放过我了。"

"那是自然！"

"行。"林清乐道，"真的不好意思了，我确实是不太能喝，不过既然是郭总的酒，那我觉得我还是该喝一点的。"

林清乐说完场面话，眼睛一闭，一饮而尽！

唔……真的好难喝。许汀白是怎么一杯一杯灌下去的！

林清乐不敢让自己有停顿，立刻又倒了一杯，逼着自己喝了下去。

"好酒量啊，许总，我看你这下属很不错啊！"

第二杯喝下后，林清乐一阵反胃。

她勉强稳定了下，倒了第三杯。

"行了。"许汀白握住她倒酒的那只手腕，他站了起来，把她手上的酒拿开。

　　林清乐忍着喉管到胃里翻江倒海的感觉，小声道："你，你不能再喝了，我来吧……"

　　许汀白低眸看了她一眼："还轮不到你这么拼。"

　　"……"

　　"郭总，我看今晚也差不多了。"许汀白对着众人直接道，"我有些喝多了，就这样吧，合作的事，我们改天再说。"

　　"哎——"

　　然而许汀白已经完全不停留了，拉着林清乐，径直走出了包厢。

　　助理杰森一直站在门外，保持清醒。

　　许汀白出来后道："把李恒带回去。"

　　"好的。"杰森看了眼他边上的林清乐，"那您？"

　　许汀白："我没事。"

　　"好。"

　　许汀白带着林清乐走过了走廊，就快到坐电梯的地方时，林清乐突然停住了。

　　许汀白回头："怎么了？"

　　林清乐低着头："别动……我晕了。"

　　许汀白看着她很快就红透了的脸，不满道："两杯酒脸就这么红，你刚才还敢喝？"

　　林清乐轻哼了声："那我不是想他们不要再拿我做由头灌你了吗……"

　　大概是真晕了，她说话都软绵绵的，听着十分委屈。

　　许汀白的心一下子就软了，他扶住了她的手臂，轻声道："还能走吗？"

　　林清乐酒量是真差，上头速度也十分快，她挪了一步："飘……"

　　"那我背你。"

　　说完，许汀白转过去俯下了身。

　　林清乐愣愣地看着他的背影，脑子虽乱，但依稀想着还有同事在后面。

　　"不要……不好。"

　　"没事，上来。"

"不好的……"林清乐想了想，磕磕绊绊地道，"我……我重！"

许汀白回头看她，无奈地笑了下："还跟小时候一样忽悠我？林清乐，我现在看得见。"

叮——

电梯到了。

林清乐凭着一点点剩余的神志，没有趴在许汀白背上，晃荡地绕过他，走进电梯。

"我可以自己走的……"

许汀白直起背，只好跟着她走了进去："不让我背，那你就扶着吧。"

"啊？"

许汀白把手伸到她前面："扶着我。"

林清乐低眸看了几秒，缓缓伸手抓住了他的衣袖："谢谢……"

电梯下降，到了大厅。

方才的下坠感让林清乐觉得整个人都不对了，走出电梯后，她从一开始只是两根手指揪着许汀白的衣服，到现在两只手完完全全抓住了他的手臂。

嗯……还是不摔倒比较重要。

林清乐走得摇晃，许汀白时不时地还要扶她一把。

"我背你吧。"

"不不不，不用！"

许汀白睨了她一眼："这里不是公司，没人认识你。"

"那也不行！"她继续坚强地往前走。

许汀白的注意力一直在林清乐身上，看着看着，他突然觉得眼前的场景有些熟悉。

她就这么拽着他的手臂，摇摇晃晃，谨慎地往前走……似乎好多年前的雪地上，她也是这样的。

那时，他看不见，只能在脑海里描绘着当时的样子。

而现在……许汀白轻笑了声。

果然跟企鹅一样,又笨……又可爱。

走到饭店门口时,司机师傅已经在等着了。看到两人出来,连忙开了车门。

"唔……等下!"林清乐整个人一呆,然后匆忙往边上看了眼,看到不远处的垃圾桶后,她松开许汀白的手,火速往那边奔去……路线曲折,跑得摇摇晃晃。

而她的举动实在是太突然了,许汀白反应过来后立刻道:"拿水和餐巾纸过来!"

司机师傅连连点头,进了车里取。

许汀白接过之后,快步走向趴在垃圾桶旁的林清乐。

他眉头轻拧,轻拍她的背。

"你走远一点……"林清乐已经难受得没边了,但还记得一件事,那就是此时自己狼狈得要命,不想让许汀白靠那么近!

许汀白置若罔闻,抽出纸巾给她擦嘴,然后拧开瓶盖:"漱口。"

林清乐接过,胡乱漱了几口。

许汀白:"还想吐吗?"

林清乐摇了摇头。

"那起来,我扶你。"

林清乐搭住了他的手臂,然而站起来却是软绵绵的,好像随时要往边上倒。

许汀白把餐巾纸和水放到她的怀里:"拿好。"

话音刚落,他俯下身,一把将她横抱了起来。

林清乐猛地腾空,下意识地紧紧抱住了怀里的水:"不……不能。"

"也不能抱?"许汀白低眸看了她一眼。

"对……"

许汀白冷笑一声:"让你自己走,走到天亮也走不进车里。"

"……"

今晚喝的红酒后劲十足,坐进车里后,许汀白的头也有些疼了。

车子往他们住的酒店方向开去,他把毛毯打开,盖在了旁边的林清乐身上。

林清乐："不盖……我热。"

手被她推开，许汀白只好对司机道："麻烦你空调调高一点。"

"哎，好的。"

林清乐整个人都窝在车座里，她睁眼看着车窗外，不一会儿，突然抬高手臂闻了闻："臭的……"

许汀白转头看她："什么？"

林清乐皱眉："我是不是臭的？"

许汀白倾身过来，稍微检查了下才道："没吐身上，你放心。"

可林清乐却觉得自己身上萦绕着奇怪的味道，坚持说："是臭的，垃圾桶……好难闻……"

"没有。"

"有——"林清乐突然坐直了，往他身上靠，"你闻，你闻闻……臭的！"她突然靠得很近，几乎要倒在他身上了。

许汀白抿了下唇，克制着把她扶稳了："没有，你出现幻觉了。"

"明明就有！你鼻子是不是坏的……"林清乐迷惑了，奇怪又同情地看着他。

昏暗的车里，她的眼睛像蒙上了一层水雾，秀丽无方，却又有股纯纯的可爱劲。

许汀白抿了抿唇，移开了视线："你先坐好。"

林清乐："唔……"

她没坐回去，支撑在边上的手忽地滑了一下，脱力般地磕在了他的肩膀上。

离得无比的近。

微微侧头，他就能闻到她身上的味道，是他熟悉的、淡淡的茉莉香。

目光微暗，此时许汀白也说不清是自己心猿意马，还是酒精作祟。只能由着身体，不由自主地靠近了些，贴近了他过去曾暗自贪恋着的味道……

鼻尖碰上了发丝，可就在这时，怀里的女人突然抬了头，她忽然趴到了前座的靠背上，语气娇娇地道："师傅！再给我瓶矿泉水吧！"

旖旎的气氛顿时被打破。

许汀白动作定住,耳后薄红。

司机师傅:"小姐,后面放着水呢,您可以自己拿。"

"有吗……哪儿呢?"

"在这儿。"许汀白轻咳了声,把她拉了回来,把水递给她。

可林清乐却不接,她的视线从水瓶上慢慢挪到了他的脸上。她一动不动地看了他好几秒,确认似的叫了声他的名字:"许汀白?"

"我在。"

"你真可恶。"

"……"

她歪着脑袋,直勾勾地盯着他,声音忽然拔高:"你这个骗子,大骗子,超级大骗子。"

许汀白:"别闹……喝水。"

"我不喝!你给的水我才不喝。"林清乐扭过头,眼睛里突然蓄起了眼泪,"你觉得你现在给我杯水我就原谅你了吗,我不会的,我才不原谅你……"

许汀白一愣,明白过来她在说什么了,他低了声,呼吸发紧:"那天在酒吧,你没有说真话对不对?"

"我当然没有说真话!你觉得我真的不介意吗?我怎么可能不介意!"林清乐愤愤道,"你根本就没把我放在眼里,我把你当朋友,当成很重要很重要的人,可是你没有!你知道高中时你走掉后,我等你的消息等了多久吗,你知道那时候我每天都很难过吗?!我以为,你至少会给我个信儿的……可是没有任何消息,你像人间蒸发了一样!许汀白,原来我根本就不重要对不对,你说你眼睛好了要第一个看到我也是骗人的对不对,你才不稀罕看到我呢……你才不稀罕!"

林清乐一股脑儿地说了一大通。

司机师傅从后视镜里看了后面的两人一眼,原先他以为两人只是上下级关系,现在看来……好像不止。

他不敢再看,专心开车。

"不是这样!"许汀白看着她,声音里隐约带着痛苦,"你很重要,就是因为重要，所以我才不想再搅乱你的生活。我想等眼睛彻底好了，我想有一天能以一个很好的状态出现在你面前。那个时候，我能照顾自己，更能……照顾你。而不是像以前一样，所有事只能让你帮我，让你去受累。"

"我不想听你说这些，我才不用你照顾！我好得很！"林清乐堵住耳朵，"反正你就是个大骗子，你说话不算话，害我难过了那么久！我以后再也不要理你了，你以为我现在真的想跟你当朋友吗，我就是骗骗你的！"

许汀白拉住了她死死堵着自己耳朵的手，心口发闷："你别这样压着，轻点。"

"你走开，不想理你。"林清乐瞪着他，"你别动我，你听见没啊——"

许汀白低眸看着她，脸色微白："好……我知道我错了，我以前不该那样……我错了行吗？"

"不行！"林清乐不要他拉她的手腕，可是她这个姿势挣扎不掉，于是她松开了耳朵，用力一甩。

啪！

她的手直接招呼在了许汀白左脸的下颌处，指尖划过，顿时留下痕迹。

"……"

声响太大，司机师傅实在忍不住，又往后视镜看了一眼。

这……打老板啦？！

林清乐眯了眯眼，自己也蒙了："……嗯？"

许汀白被打得侧了头，他顿了下，之后目光又缓缓挪回她的脸上。

林清乐眨巴着眼睛："我，打你了？"

许汀白看着她，轻点了下头。

"我真的打你了？"

"嗯。"

林清乐一股子气都被自己的举动打回去了，她惊讶得眼睛都圆了："那……那疼不疼啊？"

许汀白沉默了下，又点头："疼。"

林清乐愣了愣，伸出手指抓了下他的衣服，想了半天道："我也不是故意的……"

许汀白不见恼火，语气里只有纵容，他低声道："那你骂也骂了，打了打了，能不能，稍微原谅我一点？"

林清乐却只是盯着他的脸看，仿佛什么也没听见。

"林清乐，能吗？"

"我打了老板，老板会扣我工资吧……"林清乐突然道。

"……"

林清乐头疼欲裂，苦恼道："会扣吗？可我才刚上班不久啊……"

许汀白愣了两秒，无奈地拍了下她的脑袋："不扣。"

"真的？"

"嗯，只要你不再生你老板的气。"

后来发生了什么，醉酒的人基本都不记得了，被背着回酒店后，林清乐裹进了被窝里，睡得极沉。

翌日，两杯倒的林清乐终于幽幽转醒。

她从床头柜上摸过手机看了眼时间，早上九点。

时间还算早。因为今天她没有什么重要安排，主要就是在酒店把报告写完，其间有什么漏洞及时跟分公司的同事核对。

确认完时间后她解锁了屏幕，微信上有几条未读消息，除了总监给她发来的外，就是许汀白的。

许汀白："醒了记得先吃饭，要是人还难受，记得跟酒店的人讲一声，让人送药。"

许汀白："我要去见客户，晚上机场见。"

见客户……有老板跟员工报备行程的吗？

林清乐脑子里先是这么想了下，下一秒，眼睛就定在了"人还难受"这几个字上。

她立刻坐了下来。

"唔……"还真的晕啊。

宿醉的结果。

林清乐捏紧了手机，昨天她记得自己从饭店出来的时候就吐了吧？当时……当时许汀白就在她边上？太丢脸了。

她平时三杯红酒才是极限啊……怎么这次两杯就吐了，那红酒是比一般的烈很多吧?

对了,那吐完之后呢?

她应该是上了车……

再然后呢?

再然后,她好像在车上闹了一通……

林清乐僵住了,她喝醉酒很容易失态,她昨天好像说了什么不该说的,也做了什么不该做的。

"你很重要,就是因为重要,所以我才不想再搅乱你的生活……"

脑子里突然出现了这样的声音。

是许汀白说的吗?

林清乐捂住了头,头晕得要炸了,可昨晚那些记忆却慢慢浮了出来。

许汀白说,他知道错了……他不该那样。

他说,他要照顾她。

他还说……原谅他好不好?

他竟然跟她说了这些话?他真的觉得自己做错了吗,他跟她道歉了啊……

那然后呢?

她原谅了吗?

脑子里有某些"凶猛"的画面闪过。

不,她没有。

她甚至还赏了他一巴掌。

林清乐:"……"

一定只是个梦。

她怎么可能打人呢!

对,只是梦。

林清乐自我安慰了很久,而只有这样安慰自己,她才能撇开脑子里那些乱七八糟的东西,努力把今天的工作报告写完。

晚上六点钟,完成工作的林清乐收拾好行李,从酒店出发去了机场。

大部队已经到了,林清乐走进候机厅的时候,许汀白正低着头看 iPad

上的项目资料。

"清乐,来了。"设计师李恒和市场部经理都跟她打了个招呼。

林清乐瞥了许汀白一眼,后者一如平常淡定,好像没什么异样。她稍微松了口气,走到李恒和黄经理对面坐了下来:"你们都这么快就到了啊。"

李恒:"我从门店过来的,近一些,你在酒店吧?"

"嗯,赶报告呢。"

"你脑子还能转啊,昨天我喝了那么一场,今天去门店那边都有些蒙了。"李恒道。

林清乐:"我……我还行吧。"

"哦对,昨天你也没怎么喝,都让许总拦下了。别说,我们许总人还真好。"李恒往后面许汀白坐的位置瞄了一眼,小声道,"不过我估计许总昨天也喝醉了,你瞧他的脸。"

林清乐心里一惊,立马看了过去,但因为角度问题,她看不清,只能道:"脸……脸怎么了?"

"他脸上有两道抓痕呢,刚才我过来看见了问怎么回事,他说自己昨天喝太多了,不小心抓到的。"

"……"

口干舌燥,林清乐整个人都不好了。

市场部经理:"自己抓的?这还能抓到?"

李恒:"不知道啊,那总不可能是别人抓的吧,谁敢啊。"

……

如坐针毡,林清乐听完他们的谈话后直接离开了位置,走去饮料区那边透气。

不是梦……竟然不是梦……

她真打他了!

怎么办?!

"选了这么久,要拿哪个喝?"身侧突然传来熟悉的声音。

林清乐倏地抬眸,只见许汀白不知什么时候站到了她的身边。

她正好站在他左侧,所以这个角度,她能清晰地看到他左脸的下颌位置,明晃晃地挂着两条红色血线。轻微破皮处已经结痂,看着还挺严重……

林清乐低眸看了眼自己的指甲,修剪得整整齐齐啊……她是要多用力才能把他搞成这样啊。

"蓝莓汁还行,要不要?"许汀白问。

林清乐握紧了拳头,心里还存着一点点侥幸,强装不经意地问道:"你的脸……怎么回事啊?"

许汀白抿了口手上的咖啡,看了她一眼:"忘了?"

林清乐干笑一声:"什么?"

"你打的。"

"……"林清乐,"我打的?真的假的?我……我还真忘了……"

她赶紧拿过一罐蓝莓汁喝了一口,压惊。

不要承认,不能承认,这个时候失忆是最好的选择!

许汀白一顿,侧眸看向她:"喝醉了会断片?"

林清乐连忙点头:"会!我会的!"

许汀白看着她躲闪的眼睛,嘴角微扬:"是吗,那我说了什么也不记得了?"

林清乐顿时沉默下来。

她记得,他说只是想要更好地出现在她面前。他说,不要生他的气……

林清乐低眸,有些百感交集。

她过去是怪他的,怪他遗忘了她。现在依然是怪他的,怪他自以为是,觉得不联系她就是为了她好。因为他,在过去的那些年里,她很多时候会感到特别特别难过。

可现在,她知道了他过往那些日子也没有多好过。

她想……在不联系她的那么多年里,他又要治疗眼睛又要努力学习,一定很辛苦。他一定要付出很多很多的努力才能追回他落下的那些年,也势必要很拼很拼,才能达到今天的成绩……

她该一直怪他吗?林清乐突然觉得很矛盾。

林清乐:"我……我不记得,对不起啊,我喝多了人很蒙,有点乱来了。"

许汀白看着她,仿佛能看透一般:"有时候蒙了也挺好的,反而会说真话。"

"……"

"只是这样的话我就有点遗憾了。"

"什么?"

许汀白低眸看着她,缓缓道:"好像白挨打了。"

林清乐下飞机回到家时已经是深夜了,因为出差奔波,成总监十分贴心地让她第二天在家办公。

第三天,是周六。

林清乐不想待在家胡思乱想,干脆起床跟董晓倪一起去了导盲犬训练基地。

因为刚上班的缘故,她最近一段时间都没有来,这周六难得有空。

林清乐:"阳阳我带去夏泉家就行,你忙你的。"

"可以,辛苦你啦。"董晓倪道,"最近你不在,我真是少了个得力助手啊。"

"我之后有空都会来帮你的。"

"好啊好啊。"

林清乐挥挥手:"那我先走了啊。"

"嗯。"

林清乐带着阳阳到夏泉家的时候,他哥哥夏谭也在家,而且不仅夏谭在……许汀白竟然也在。

林清乐看到许汀白的时候愣了一下,想起出差那晚醉酒的事,心情异常复杂。

"姐姐,今天我不用去音乐中心了,但是我想去公园逛逛,可以吗?"在家待了会儿后,夏泉道。

林清乐:"当然可以了,你想去什么地方都可以和阳阳去试试,以后我不在,你们就可以自己去了。"

"嗯,那走吧,我现在就想出去散散步。"

"行。"

夏泉起身,突然道:"哥,你要不要一起去?"

被点名的夏谭愣了下:"啊?"

夏泉微微笑着:"因为我跟阳阳走的时候清乐姐姐都在后面跟着不靠近,我想着她一个人走也挺无聊,你要不要一起啊,正好可以陪姐姐聊聊天。"

夏谭一愣,侧眸看到边上坐着的某人瞥过来的森冷眼神,寒毛顿立!死小子你给我添什么堵!

"哎呀,这可不巧了啊,我等会儿还有个视频会议要开呢。"夏谭心痛地说道。

林清乐连忙摆手:"不用的不用的,你忙吧,我不需要人陪。"

夏泉恨铁不成钢:"什么会议啊……往后挪挪不行吗?"

林清乐:"小泉,真的不用。"

夏泉:"不行!哥,今天周末,哪有什么会议啊!"

夏谭:"……真有。"

"你——"

"我去吧。"

夏泉听到这个声音,愣住:"啊?"

许汀白起身:"我跟你们去,走吧。"

夏泉:"?"

林清乐:"……"

夏泉起初就是为了自己家哥哥的终身大事才坚持要人陪着一起,没想到他那蠢哥哥竟然要工作不要爱情,那么笨。

而更没想到的是,他竟然把汀白哥招来了……

震惊过后,夏泉心里也是感动得一塌糊涂。

呜呜呜,汀白哥对他真的太好了吧,这么个大忙人竟然愿意陪他们出去。

林清乐也没想到夏泉竟然还操心她跟在后头有没有事干,其实完全没这个必要,她注意着他们就行了,不需要有人聊天陪同。

但她拒绝的话压根就没机会说出口,因为许汀白已经开门下楼了。

于是到了最后,她就只能这样跟他并肩走着,跟着前面不远处的夏泉和阳阳。

她觉得还挺尴尬。

唔……应该说点什么吧。

"你脸上的伤看着好点了。"

"你周末都会来这儿吗？"

两人同时开了口。

林清乐："啊？不会每次，但是我有空都会去基地。小泉的话，过段日子他就不需要人陪同了。"

许汀白点头："我的伤也差不多好了。"

"哦……"

"训练导盲犬很累吧。"

"以前试过……挺累的，不过我觉得还是有成就感的。"林清乐道，"你看，小泉现在就很高兴，他以后就相当于多了一双眼睛。"

"嗯。"

"要是以前你也有导盲犬就好了。"林清乐脱口而出。

许汀白一顿："当时的话，给我很浪费。"

"不会啊……"

"那时必须去的地方我已经知道路了，别的地方……不是有你吗？"

林清乐想起过去，嘴角也挂上了一点笑："你把我当导盲犬使啊。"

许汀白停顿了下，说："是把你当眼睛。"

林清乐心口微微一跳。

她十六岁的时候确实心甘情愿当他的眼睛，当时只想多带他去外面走走，让他过得快乐些，并没有别的想法。

可现在听他说起来，却觉得莫名多了层别的意思……

"姐姐，汀白哥！这里有冰激凌对吗？"夏泉回身朝他们喊道。

林清乐回过神，连忙走了过去。

此时边上有辆冰激凌车，小喇叭里的叫卖声招揽着客人。

"有，你想吃冰激凌吗？"

夏泉："嗯，不过我出来忘带手机了，汀白哥呢，让他过来帮我付钱。"

林清乐："我给你买，你想吃什么口味？"

"谢谢姐姐。"夏泉想了想，"巧克力的有吗？"

林清乐往那边看了看:"应该有的。"

"那我要巧克力味的。"

"行。"

林清乐转身便想去,但走了两步就被拦住了,许汀白道:"在这儿等着我,我去买。"

夏泉听到说话声,连忙交代:"汀白哥,你记得也给姐姐买一个。"

许汀白:"我知道。"

几分钟后,许汀白拿了两个冰激凌回来了。

把巧克力味的给了夏泉后,他把另一个递给林清乐:"拿着。"

林清乐低眸看了眼,她的是香草味的……他们俩最喜欢的口味。

夏泉:"汀白哥,你自己买了吗?"

"没有。"

"你不吃吗,挺好吃的。"

许汀白:"小孩子吃的东西。"

刚咬了一口的林清乐:"?"

夏泉嘿嘿一笑:"才不是,女孩子也喜欢吃啊,是吧姐姐?"

林清乐轻哼了声:"就是。"

许汀白看着她有些不服的表情,嘴角微微一弯。

"对了姐姐,你有男朋友吗?"

"……咳咳。"问题突如其来,林清乐直接呛着了,她咳了两下才问道,"你问这个干什么?"

夏泉道:"是这样的,我哥他脸皮薄不好意思,他之前说很喜欢你来着,你要是没有男朋友,考虑考虑他怎么样?"

林清乐的脸顿时红了,她仓皇地看了许汀白一眼:"你胡说什么呢……"

夏泉认真道:"我没胡说,真的!他之前一直夸你漂亮,还说想追你!不信你问汀白哥!他也知道的。"

林清乐这下耳根子都红了,诧异地望着许汀白。

许汀白眉头轻拧:"是夸漂亮了。"

夏泉:"嗯嗯嗯!"

"但他什么时候说要追了？"许汀白淡淡道，"小泉，不要随便误解你哥的意思。"

夏泉："？"

在家里处理公司事务的夏谭结结实实打了个喷嚏。

一个小时后，在外面逛了一圈的队伍回来了。

夏谭从书房出来迎接他们："回来了，逛得还开心吗小泉？"

夏泉"嗯"了声。

夏谭："那准备吃午饭吧，饭菜已经好了。"

林清乐："你们吃吧，我还有点事要回基地一趟，晚点再过来接阳阳。"

夏谭："不着急这一时半会儿，先吃个饭再走也行呀。"

"不用不用，我赶时间。"

许汀白："那我送你吧。"

林清乐立刻道："我开车来的，不用送。那什么……你们好好吃，我先走啦。"

她说完没做停留，换了鞋后，很快下了楼。

最后，餐桌边只剩下三个男人。

"汀白哥，问你个事。"夏泉突然道。

许汀白："你说。"

"你是不是喜欢清乐姐姐啊？"

许汀白拿着筷子的手一顿，但也就是停滞了一秒而已，下一秒，他就很冷静地答道："嗯，怎么了？"

夏泉嚯地放下了筷子："要不要这么狗血！你们，你们同时喜欢一个女人啊！那你们之后会竞争吗？会绝交吗？会老死不相往来吗？！"

夏谭扶额："行了吧我的弟弟，你脑补的功力能不能别这么强？"

夏泉皱眉："可是好遗憾啊，我怎么就看不见呢，清乐姐姐到底是什么绝世大美女。"

许汀白抬眸看了他一眼，又望向夏谭。

夏谭摸了摸鼻子："行了啊，你别看我，得亏我没情根深种，要不然我真的得跟你拼个你死我活。"

夏泉叹息摇头："哥，不是我说，你这认怂速度有点快啊！"

夏谭恼了："那我能怎么办！这俩人青梅竹马！这货还暗恋人家那么久，我能怎么办嘛！我是服了！"

"暗恋……"夏泉惊了，"汀白哥，你还会暗恋人啊？"

许汀白："……"

"震惊吧，我当初表情可跟你一样。"夏谭戳了许汀白一下，"你说说呗，你们俩到底怎么回事？"

夏谭比许汀白年长几岁，他大二暑假在 Aurora Home 做兼职时，就知道许汀白了。但那会儿也只是听说董事长从中国把他外甥带了回来，那个小孩看不见，需要做手术。

因为自己弟弟也是个盲人，所以他当时对许汀白有了几分好奇。但两人真正见面，已经是几年后了。

那年，董事长将许汀白放进了 Aurora Home 实习。许汀白当时是一边上学一边实习的，原本夏谭以为这人就是高层的一个关系户罢了，可后来公司在一次竞争危机中，靠这个"关系户"新创的核心智能器打败对手时，他才惊觉，这个他以为的关系户，绝不是什么简单的人物。

后来他从同事的八卦里听说，许汀白的眼睛在治疗中慢慢恢复后，短短几年内就补上了之前落下的所有功课，并且用很短的时间学完该学的东西，考上了一所好的大学。

夏谭自认已经是个十分优秀的人才，从小到大是被人夸着长大的。但面对这个"非人类"型的人时，他第一次觉得自己的成绩也不算什么。

反正从那天起，他对许汀白这个"关系户"就格外关注，之后，也成了朋友。

不过许汀白是个话少的人，夏谭知道他以前在国内有一段时间特别难，但是具体的经历，许汀白很少说。

所以他压根不知道，他心里还有个念着的人。

许汀白："什么怎么回事？"

"你不是喜欢她吗，那你为什么不告诉她？"夏谭问。

许汀白停顿了下："她对我还有芥蒂。"

"芥蒂？什么芥蒂？"夏谭道，"我跟你讲啊，别的我可能比不上你，但是我的年龄摆在这儿，感情经历摆在这儿，追女孩这方面，我肯定比你更有经验。"

许汀白："……"

"你管她什么芥蒂呢，你要是不说错过了她……"夏谭语气阴恻恻地开玩笑道，"那你到时候就别怪我横刀夺爱了！"

许汀白沉默了半晌，说："以前在国内的时候我的情况很糟糕，那个时候，只有她陪着我。不管我脾气多差，对她多坏，她都没有离开。但后来却是我走了，而且没有告诉她……直到今年，我们才重新遇上。"

夏谭愣了下："啊？你，你这个渣男啊。"

许汀白："过去那么多年，我没有勇气，也觉得自己没有资格找她。我一直想着，等我准备好了，可以回国了，我就去见她。"

许汀白忽地抬眸看向夏谭："你不是问我，为什么我们的总部要设在这儿，而不是 S 市吗？"

两座城市资源旗鼓相当，原本公司更偏向于 S 市的……

夏谭瞪大了眼睛："你可别告诉我，是因为林清乐在这里。"

许汀白："我知道她考到了这里的学校，我猜，她会留在这个城市的。"

夏谭："你疯了吧……"

许汀白放下了筷子，淡淡道："还好。"

"……"

许汀白："你不是说你有追女生的经验？我都说完了，你可以说了。"

我去，还真是因为要经验啊……

这还是他认识的许汀白吗？

夏谭抓了抓头发："我觉得我得去冷静一下，我一开始以为你只是暗恋，没想到你是这么大阵仗地暗恋！"

夏泉在一旁也是惊呆了，好一会儿才道："汀白哥，清乐姐姐以前对你那么好，你却走了，她肯定不高兴的。你得好好哄，对她要比以前她对你更好才行！"

"我知道。"

"那……以前你是怎么让她对你那么好的呀，你想想以前自己的特质，想必她过去那么喜欢你也是有原因的。"夏泉认真道,"要想她现在也喜欢你,你得跟以前一样呀!"

夏谭:"我出主意还是你出主意,你谈过恋爱吗臭小子。"

夏泉:"要你管——"

过去她对他好是有原因的……

以前一样的特质。

以前有什么是他现在没有的?

【未完待续】